《說文古本考》考（第一冊）

陶生魁　著

作者簡介

陶生魁博士，1974 年生於甘肅省白銀市。2005 年碩士畢業於西北師範大學，2011 年博士畢業於陝西師範大學。主要從事漢語言文字學與古文獻學研究。

提　要

許慎《說文》自二徐以來遞相傳述，唐宋以後別本寖多，面目漸失其眞。至於清代，學者或專以考訂《說文》爲事，以期恢復本眞，成績顯著。乾嘉沈濤，蒐歷代《說文》異文以訂許書而成《說文古本考》一編，頗具特色，然學界褒貶不一，未有定論。2008 年筆者負笈長安，投黨懷興先生門下治文字學，論及《說文》，先生每歎今之傳本不古而坊間校本多疏，遂以此事勉之。後生淺陋，復以沈濤未見之《說文》異文訂其作，所述有三：

一、判定沈氏考訂之是非，進而考察許書本來面目。如《說文・舟部》：「艘，船著不行也。」沈濤案語：「《廣韻・一東》《三十三個》引『艘，著沙不行也』，是古本有『沙』字，今奪。《韻會》所引亦有之，是小徐本尚不誤。」筆者謹按：「原本《玉篇》艘字下引《說文》云：『船著沙不行也。』《倭名類聚抄》卷十一引《說文》云：『艘，船著沙不行也。』據二引，《古本考》所訂是。」

二、基於考訂結果剖析《古本考》校勘義例，指出運用義例校勘《說文》之得與失，以爲今後《說文》之校勘提供借鑒。

三、基於沈濤《說文古本考》總結《說文》異文之字用關係，於今後《說文》之校勘當有益助，亦於認識古代典籍異文或有借鑒。

要之，本文之研究或可爲《說文》校訂做一臂之助，亦可爲「說文學」史研究提供個案之資。

目次

第三冊

第四冊

第一章　緒　論

第一節　沈濤生平與學術

沈濤（1792～1861），原名爾政，字季壽，一字西雝，號匏廬，浙江嘉興人，明代沈鍊（1507～1557）之後。濤早慧，有神童之稱，嘉慶十五年（1810）舉人，其年十九。嘉慶二十一年（1816）鄉薦知江蘇如皋縣知縣，後擢守直隸、眞定等府，政聲頗著，援例以觀察指發江西，歷屬鹽法、糧儲道。咸豐三年（1853），太平軍來犯，濤隨巡撫張芾嬰城拒守四十九日，解圍後，授福建興泉永道，未到官，改發江蘇，病歿泰州。傳略見《清史稿・藝文志》、《清史列傳》、《許學考》、《嘉興府志》及其《交翠軒筆記》等。其中以《清史列傳・儒林傳》所記較詳，其晚年光景杜文瀾《憩園詞話》嘗有記述：

> 吾鄉宦裔凋零，以沈西雝觀察爲甚。觀察名濤，一字匏盧，嘉興籍，嘉慶庚午舉人。由江西知縣，官至福建興泉永道。罷官後，以其次子健亭刺史需次江蘇，僑居泰州，旋終旅邸。觀察幼有神童之譽，精鑒賞、富收藏，酷好碑刻。長子花溆大令，宰吳江日，曾爲姜石帚建祠於虹橋側，亦有風雅名，惜早逝。觀察老年窮困，所藏及身已有散失。健亭繼卒，家事蕩然，賴同里張少渠大令敦古誼，爲代求佳傳，列入新修《府志》中，藉謀不朽。其詩詞稿無人爲之刊刻，

余與往還日，已不復能談文墨矣。〔註1〕

沈濤一生著述頗豐，著作等身，計有《論語孔注辨僞》二卷、《說文古本考》十四卷、《銅熨斗齋隨筆》八卷、《交翠軒筆談》四卷、《常山貞石志》二十四卷、《十經齋文集》、《匏廬詩話》三卷、《柴辟亭詩集》四卷等。《清史列傳·儒林傳》、《嘉興府志》並載其「生平學尚考訂，兼嗜金石」，而觀其著述有詩作三種，可知沈濤亦兼擅文詞。徐世昌《晚晴簃詩匯》論沈濤詩作云：「（沈濤）與陶鳧薌分主壇坫，文士多歸之。其詩少作幽奇哀艷，中年後多詠古之作，才鋒駿發，跌宕波瀾，不落考據詩窠臼。」〔註2〕可見其詩歌不落學者考據之列而在當時頗有一定影響。沈濤生活於樸學之風盛行的嘉慶之世，其尚考訂之學也是風氣使然，他自己在《書六九齋饌述藁後》一文中也說：「六書之學爲畢生所嗜。」〔註3〕這從他受業老師那裡更能得到說明。

從目前所見資料看，沈濤嘗受業於阮元（1764～1849）和陳詩庭（1760～1806）、段玉裁（1735～1815）等當世巨擘碩儒，究其問學先後尚有待於進一步考證，姑試述如下。

沈濤曾受業於阮元「詁經精舍」，阮元主持「詁經精舍」在嘉慶六年（1801）至嘉慶十四年（1809）。據沈濤《十經齋文集》卷二《史記太初元年歲名辨·敘》曰：「余十四始獲見於大中丞令漕師阮工，見錄爲詁經精舍生。」沈濤十四歲即嘉慶十年（1805），正在阮氏主持期間。又沈濤在其《交翠軒筆記》中也記述：「山陰梅梁少空（傑）與余同爲詁經精舍生，皆受知於阮相國。」

沈濤十七八歲時曾師事陳詩庭似在阮元之後。「陳詩庭字令華，一字蓮夫，號妙士，江蘇嘉定人。嘉慶己未（1799）進士，性篤實，精研六書，得漢儒家法，以學行著於時。爲錢竹汀先生入室弟子。嘗著《說文聲義》八卷，《讀書證疑》二十八卷，多闡發潛研未竟之緒。尚有《深柳居詩文集》六卷。卒，年四十七。」〔註4〕沈濤爲其師《讀書證疑》作跋云：

〔註1〕杜文瀾《憩園詞話》，唐圭璋《詞話叢編》，中華書局，1986年，第2891頁。

〔註2〕徐世昌《晚晴簃詩匯》，《續修四庫全書》（第1631冊），上海古籍出版社，1995年。

〔註3〕沈濤《十經齋文二集》，《叢書集成續編》（第195冊），臺灣新文豐出版公司，1988年。

〔註4〕支偉成《清代樸學大師列傳》，臺北：藝文印書館，1970年，第92頁。

> 吾師陳蓮夫先生，淹通經史，精治洨長書，潛研翁嘗引爲忘年友。余十七八時，執經受業，先生授以聲音訓詁之學，每以古通人相期，惜問字未久，哲人其萎，致余學業無所成就。今其令子聘侯孝廉，刊先生遺著《讀書證疑》成，屬余跋尾，余受而讀之大半，當日篝鐙侍坐時，所親承講畫者，末學膚受，何敢贊游、夏之一辭。〔註 5〕

由此跋可知，沈濤曾從陳氏習聲韻訓詁之學。在《說文古本考》中，沈濤嘗稱引「先師陳進士」兩條，當指陳詩庭。陳詩庭卒於嘉慶十一年（1806），大概因陳詩庭早逝，沈濤師事未久即轉從段玉裁受業。段氏《十經齋記》云：

> 嘉興沈君濤久從余遊，……沈君天資卓犖，十二三時已倍誦十三經如瓶瀉水，長益氾濫辭章，苕發穎豎，離眾絕致，而猶自恐華而不實也，乃沈潛於五經，以五緯博其趣，築室閉户，著述其中，不爲聲華馳逐。其於訓詁、名物、制度、民情、物理之際，犨之深矣，此其志之遠大何如哉！豈守兔園帖括，或勦說宋儒一二，以拾青紫、誇學問者所可輩哉！抑余耄矣，不足以測君之所到，近者亦閉户一室中，以二十一經及吾師《原善》、《孟子字義疏證》，恭安几上，手披口讀，務欲訓詁制度名物、民情物理稍有所見，不敢以老自懈，其勤猶沈君也。惟沈君知我，我雖無沈君高文，顧請沈君爲我作《二十一經堂記》以酬吾，以勉吾好學不倦、好禮不變，耄期稱道不亂，豈非以敝帚易千金也哉！〔註 6〕

段氏此記言沈濤「十二三時已倍誦十三經如瓶瀉水，長益氾濫辭章」，道出了沈濤問學次第，實際上也道出了其爲學的兩個方面：經學、小學與文學，沈濤著述也大致可分爲此二端。潘祖蔭《說文古本考》序也說：「其所箸甚富，經史、小學、詩、古文詞不減小長蘆也。」段氏此文末署「年七十有八」，當時沈濤只有二十一歲，足見少年沈濤才情頗得段氏之賞識。濤爲其師作《二十一經堂記》，段爲濤作《十經齋記》，師生情誼深厚於此亦可見一斑。

除此三人之外，與沈濤交往師友還有陶梁、梅曾亮、吳雲、陳奐、劉寶楠、

〔註 5〕 沈濤《十經齋文二集》，《叢書集成續編》（第 195 冊），臺灣新文豐出版公司，1988 年。

〔註 6〕 段玉裁《經韻樓集》，上海古籍出版社，2008 年，第 236 頁。

汪獻玗等。

第二節 《說文古本考》著述背景

沈濤的《說文古本考》是一部《說文》的考訂之作，它的撰作與乾嘉時期的樸學之風密切相關，也與沈濤自己的學習經歷不可分割。

有清一代學術，導源於昆山顧炎武，他的學術範式與治學方法對後世學術產生了廣泛而深遠的影響，因而被奉爲清代學術的開山之祖。就治經而言，他提出「讀九經自考文始，考文自知音始」〔註7〕的治學範式，爲以後的學術研究標明了路向，文字、音韻之學因而成爲「通經」的唯一途徑，「小學明而經學明」成爲乾嘉學者的共識，「由小學入經學」成爲治經的不二法門。誠如梁啓超所言：「清儒以小學爲治經之途徑，嗜之甚篤，附庸遂蔚爲大國。」〔註8〕就文字研究而言，東漢許愼的《說文解字》因其在漢語文字學史上的經典地位而備受推崇與重視是理所當然的。如王鳴盛（1722～1797）爲陳鱣《說文解字正義》序云：

> 凡訓詁當以毛萇、孟喜、京房、鄭康成、服虔、何休爲宗，文字當以許氏爲宗。然必先究文字、後通訓詁，故《說文》爲天下第一種書，讀遍天下書，不讀《說文》，猶不讀也。但能通《說文》，餘書皆未讀，不可謂非通儒也。〔註9〕

此論雖有過激之處，但確也代表了當時一些學者對《說文》的普遍看法。再者如嚴可均（1762～1843）《說文校議・序》云：

> 夫《說文》爲六藝之淵海、古學之總龜，視《爾雅》相敵，而賅備過之，《說文》未明，無以治經。

世風所向，有清一代的文字學主要體現爲對《說文》的研究，出現前代無法比肩也堪爲後人稱道研究的著作。根據丁福保《說文解字詁林》所附《引用諸書姓氏錄》統計，從清初到清末，研究《說文》並有著述傳世者多達203人。丁

〔註7〕顧炎武《答李子德書》，《亭林文集》卷四，《顧亭林詩文集》，中華書局，1959年，第73頁。

〔註8〕梁啓超《清代學術概論》，上海古籍出版社，1998年，第50頁。

〔註9〕黎經誥《許學考》，華文書局，1970年，第427頁。

福保在《說文解字詁林·自序》中對清代的《說文》研究有所描述，他說：

> 若段玉裁之《說文注》，桂馥之《說文義證》，王筠之《說文句讀》及《釋例》，朱駿聲之《說文通訓定聲》，其最傑著也。四家之書，體大思精，迭相映蔚，足以雄視千古矣。其次若鈕樹玉之《說文校錄》，姚文田、嚴可均之《說文校議》，顧廣圻之《說文辨疑》，嚴章福之《說文校議議》，惠棟、王念孫、席世昌、許槤之《讀說文記》，沈濤之《說文古本考》，朱士端之《說文校訂本》，莫友芝之《唐說文木部箋異》，許溎祥之《說文徐氏未詳說》，汪憲之《繫傳考異》，王筠之《繫傳校錄》，苗夔等之《繫傳校勘記》，戚學標之《說文補考》，田吳炤之《說文二徐箋異》，稽核異同，啓發隱滯，咸足以拾遺補闕，嘉惠來學。又有訂補《段注》而專著一書者，如鈕樹玉之《段氏說文注訂》，王紹蘭之《說文段注補訂》，桂馥、錢桂森之《段注鈔案》，龔自珍、徐松之《說文段注劄記》，徐承慶之《說文段注匡謬》，徐灝之《說文段注箋》等，皆各有獨到之處，洵段氏之諍友也。此外，又有錢坫之《說文斠詮》，潘奕雋之《說文通正》，毛際盛之《說文述誼》，高翔麟之《說文字通》，王玉樹之《說文拈字》，王煦之《說文五翼》，江沅之《說文釋例》，陳詩庭之《說文證疑》，陳瑑之《說文舉例》，李富孫之《說文辨字正俗》，胡秉虔之《說文管見》，許棫之《讀說文雜識》，俞越之《兒笘錄》，張行孚之《說文發疑》，于鬯之《說文職墨》，鄭知同之《說文商義》，蕭道管之《說文重文管見》，潘任之《說文粹言疏證》，宋保之《諧聲補逸》，畢沅之《說文舊音》，胡玉縉之《說文舊音補注》等，不下數十家，靡不殫心竭慮，索隱鉤深，各有所長，未可偏廢。

丁福保的描述與簡評勾勒出了清代《說文》研究的基本輪廓。後來王力先生在《中國語言學史》把這些著作分爲四類：第一類是校勘和考證的工作；第二類是對《說文》有所匡正的；第三類是對《說文》作全面研究，多所闡發的；第四類是補充訂正先輩或同時代的著作的。

可以看到，《說文》校勘只是清代《說文》研究的一個重要方面，而沈濤的《古本考》只是衆多校勘著作中的一種。沈濤在《十經齋文二集》之《元次山亭銘跋》中云：「余嘗據唐以前書所引《說文》作《說文古本考》，以正二徐本之誤。」潘鍾瑞在《古本考》跋中也說：「匏廬先生此書，意在參攷舊說以訂其是。」「據唐以前書所引《說文》」「以正二徐本之誤」是沈濤撰作《古本考》目的所在，而他受當時著作風氣的影響也是顯然的。沈濤曾從陳詩庭、段玉裁受業。陳氏爲錢大昕入室弟子，曾「精研六書，得漢儒家法」，又撰《說文聲義》八卷；而段玉裁位則居《說文》四大家之首，其《說文解字注》被譽爲「千七百年」無有之作。沈濤從此二人受業，後來撰《說文》考訂之作可以說是學有淵源。另外，沈濤撰作之前，段玉裁的《說文注》、桂馥的《說文義證》以及鈕樹玉的《說文解字校錄》、嚴可均的《說文校議》等著作均已撰成，這些成果一方面爲沈濤提供了比較成熟的考訂義例，另一方面也使他看到了其中考訂的不足。比如鈕、嚴之最多臚列《說文》異文而少下斷語，其中也有疏漏，嚴章福作《說文校議議》即在補苴《說文校議》。這些也是他撰作《古本考》的動機所在。沈濤以「古本考」爲名顯然有別於其它著述的旨趣。在《古本考》中他勇於論斷，雖遭後人責難，但也表現出不群的學術勇氣。

第三節　《說文古本考》的版本與流傳

《說文古本考》付刊甚晚，李慈銘光緒四年（1878）所見仍爲鈔本〔註10〕，因「傳本甚稀」，故「最不易覓」〔註11〕。通行本爲滂喜齋刻本，卷次同今傳大徐本《說文》，分上下卷，凡二十八卷，前有潘祖蔭序，後有潘鍾瑞跋。序云：「此書從繆小山太史鈔得刻之。」不言有缺頁。而《續修四庫全書提要》云：「光緒初，潘文勤從繆小山鈔得刻行，卷三上脫第十一、十二二葉，卷五下脫第五葉，卷十一下脫十一、十二二葉。」〔註12〕又，孫殿起《販書偶記》云：「光緒十年吳縣潘氏滂喜齋刻本，原缺卷十一下十一、十二二葉。」則滂喜齋刻本已有缺頁。

〔註10〕李慈銘《越縵堂讀書記》，中華書局，2006年，第522頁。

〔註11〕丁福保《說文解字詁林》（第1冊）之《說文解字詁林引用書目表》小注，中華書局，1988年，第133頁。

〔註12〕中國科學院圖書館整理《續修四庫全書提要》（經部），中華書局，1993年，第1114頁。

後來，潘祖蔭之孫潘景鄭（1907～2003）有重刻本，其《著硯樓讀書記》嘗云：

> 從祖文勤公好刻書，生平所刻，自《功順》、《滂喜》兩叢書而外，又不下二十種，《說文古本考》其一也。是書刊成於光緒甲申（1884），不數載而公薨，以是藝林間流傳未廣，四十年來，嗜許學者珍爲球壁焉。惟刊本原有缺葉，又校勘未精，據公序自云「從繆筱珊氏假錄付梓」，或繆氏原本舊有闕誤，未可知也。今春與伯兄輯印先世遺集，因檢理故板，得此狂喜，所幸歲久尚未漫漶，僅稍有缺葉。聞同邑許氏懷辛齋藏有方子勤校鈔本，急假歸校讀一過，其闕葉悉從補出，又校正誤字若干，其有證引諸書，鈔本亦原闕未補者，則發篋考訂，補其罅漏。長夏無事，樂此不疲。顧起潛姐夫復假示《北京大學月刊》所載《古本考校勘記》，又得補正若干字。凡誤者剜之，脱者補之，其一二處之未敢臆定者，則姑存闕疑，不敢妄增一字。又鈔本原有方氏悛方氏琦序跋各一，論述頗精，因并爲迻錄，付諸手民，於是斯書稍備矣。又聞孫伯南師藏其先人洨民先生《古本考補證》遺稿若干卷，復假歸錄副，異日當并此行世，以垂不朽，書此以誌予望。時己巳冬日（1929）。〔註13〕

據此可知，重刻本《說文古本考》已將闕頁增補，今見此本，上文即潘景鄭爲之所作的跋，署名潘承弼，即潘景鄭原名；另有方悛、陶方琦跋文。方跋有云「尙無敘例，則仍未定本耳」，陶跋有云「稿經七易，尙未寫定」，則《古本考》當沈濤未竟之作。《說文古本考》另有醫學書局景印本，名曰《重印說文古本考》，屬滂喜齋刻本，即雷夢水先生所云「縮小影印」本，見下文。

除刻本外，本書尙有稿本、鈔本傳世。傅增湘《藏園群書經眼錄》云：「《說文古本考》十四卷，清沈濤撰，原稿本。鈐有『盛伯羲（昱）』藏印。」〔註14〕《北京大學研究所國學門月刊》1937 年第 15～16 期第 39 頁附錄三《說文古本考》（學術消息）亦云：「本學門在十二年曾借得盛伯羲校舊鈔本——鈔本僅十

〔註13〕潘景鄭《著硯樓讀書記》，遼寧教育出版社，2002 年，第 37 頁。

〔註14〕傅增湘《藏園群書經眼錄》，中華書局，1983 年，第 130 頁。

三卷，佚十二卷。……現在此本已歸本學門矣。」據傅增湘所言盛伯羲所藏爲原稿本，而據《國學門月刊》則爲鈔本，且缺一卷，此本當存今北京大學。今人雷夢水（1921～1994）曾見過《說文古本考》鈔本一部，他對《古本考》版本也有梳理，其《古書經眼錄》嘗云：

> 《說文古本考》十四卷，每卷分上下。清嘉興沈濤撰，光緒十年吳縣潘氏滂喜齋刊。有潘祖蔭序，長洲潘鍾瑞跋，惟卷三上原缺第十一、十三兩頁；卷四下原缺第二十三、二十七兩頁；卷五下原缺第五頁；卷十一下原缺第十一、十二兩頁。又民國十五年二月上海醫學書局以吳縣潘氏滂喜齋刊本縮小影印，並增無錫丁福保序。又民國十八年（己巳）祖蔭之孫承弼校正補闕本。
>
> 按：此本除補缺六頁外，尚缺卷四下第二十七頁。嘗見傳鈔本一部，紫色墨格，板心下刊有室名「五葉蓮花山房」六字，有目無序，首有題字云：「沈西雍此書未見刻本，此本乃客蓮池時借勞君玉初藏稿鈔存，光緒二十一年乙未壽坤記。」下鈐有「彝臣所藏」四字印一方，每卷之首鈐有「彝臣讀過」四字印。又「深澤王氏洗心精舍所藏書畫」十二字印一方。是書內有後人增注或用紙條粘於書眉，或書於後，書中原文較刊本尚有多寡不同，至起潘氏刊本所無者，如卷十一下雲部雲字。〔註 15〕

除上述而外，後來學者尚有增補之作，見諸於王重民《中國善本書提要》：

> 《說文古本考》十四卷，滂喜齋刻本。原題「嘉興沈濤纂。」卷內有：「王氏籀鄦誃藏書記」、「王仁俊記」、王仁俊舊藏本也。仁俊屬其弟子闞鍾衡，迻錄孫傳鳳《說文古本考補》於書眉。傳鳳元和人，光緒十五年舉人，赴禮部試，卒於京師。江標爲刻其遺文爲《洨民遺文》一卷，《古本考補》竟無刻本，賴以此傳。卷末題「光緒甲午冬月合肥受業闞鍾衡霍初甫謹校讀」，并有「鍾衡手印」。茲錄仁俊題記於後：

〔註 15〕雷夢水《古書經眼錄》，齊魯書社，1984 年，第 26 頁。此段文字又見於《〈說文古本考〉補闕》（《古籍整理研究學刊》，1985 年第 3 期）一文，後收入作者《書林瑣記》一書中。

> 故人孫孝廉傳鳳，字洨民，精研小學，續學能文，己丑舉於鄉，庚寅公車，卒於京師，豐才嗇遇，年僅中壽，惜哉。此《說文古本考補》，系孫君手稿，補苴沈書，致爲精碻。甲午冬乞段南歸從伯南茂才，借錄一遍，坿志於此，仁俊。
>
> 爲余錄者，及門闕生鍾衡，余爲之覆校一過。籀許又筆。
>
> 潘祖蔭序　光緒十年（1884）
>
> 潘鍾瑞跋

可見孫傳鳳尚有《說文古本考補》，爲《古本考》增補之作。

今日所見以《續修四庫全書》（第222冊）和董蓮池主編《說文解字研究文獻集成》（古代卷第9冊）影印滂喜齋刻本最爲易得，本文寫作即以此爲準。缺頁據潘承弼重刊本補足。又潘氏刊本欠精，訛誤頗多，北京大學國學門曾從盛伯羲處借得舊抄互相校讎，撰成《說文古本考校勘記》一冊，刊於《北京大學研究所國學門月刊》，1926年第6、7、8期，又見董蓮池主編《說文解字研究文獻集成》（現當代卷）第8冊，本書亦多有參考。

第四節　《說文古本考》研究簡述

長期以來《古本考》並沒有得到足夠重視，對它的評價大多見於書跋、箚記以及後來的語言學史、文字學史著作中。單篇文章與專著僅見近人周雲青所撰《補說文古本攷纂例》〔註16〕一文和臺灣國立中央大學鍾哲宇的碩士學位論文《沈濤〈說文古本考〉研究》（2009）。本節主要對前人評價以及周、鍾二文加以介紹和評述。

一、前人對《古本考》的評價

學界對《古本考》的評價褒貶不一，有極力推舉者，也有嚴厲批評者。極力推舉的，如清潘鐘瑞在《古本考》跋語中說：「此書意在參考舊說以訂其是，言簡而賅，可識眞面目矣。」晚清學者李慈銘認爲「其書采唐宋人所引《說文》以正二徐本之誤，亦有二徐是而所引非者，採取極博，折衷詳愼，極有功于許

〔註16〕丁福保《說文解字詁林·前編上·序跋類一》（第1冊），中華書局，1988年，第230～233頁。

書。」[註17] 胡玉縉在《許廎經籍題跋》中說：「是編采唐、宋人所引《說文》，以證二徐本之誤，亦有謂二徐是而所引非者，引徵繁富，考訂周詳，足與姚文田《校議》、錢坫《斠詮》諸書相發明，而較爲完具，極有功於小學，爲擘究《說文》不可少之書。」[註18] 近人丁福保在《重印說文古本考敘》中認爲該書「甄錄群言，實事求是，即（既）不拘文牽義而失之鑿，又不望文生義而失之疏。措辭謹嚴，體例完密，……爲治許書者之要書也。」周雲青在《補說文古本攷纂例》中說：此書「甄引群書，考證精碻」。趙振鐸先生也說：「沈濤的《說文古本考》十四卷，參考舊說，措辭謹嚴，體例嚴密，與《說文校議》是同一類型的書，但多有前者所不曾考察到的新材料新見解，對於瞭解《說文》原貌，頗有參考價值。」[註19]

嚴厲批評的，如近人胡樸安所說：「以《說文》疑他書與以他書疑《說文》，皆爲學者一偏之弊。二徐本誠誤矣，他書所引《說》本，果眞古本，亦未易言也。沈氏概以他書所引爲古本，未免啓學者之懷疑。」[註20] 張舜徽先生也說：「余往者讀其所著《說文古本考》，病其過信他籍，動議改竄原書。凡所考訂，多違于許書義例。即以校字而論，亦以沿襲鈕樹玉、嚴可均成說爲多，而濤所自得者無幾。知其於《說文》之學，復不足以專門名家也。」[註21]

以上評論實分兩極，稱譽者推重其「極有功于許書」、「爲治許書者之要書」，而批評者如張舜徽幾乎否定了它的價值。其他評價還有陶方琦與方恮二家跋語，茲錄如下：

> 先生之書，精心富學，歎爲絕詣，覽其全編，體例畧具，雖或晳採之處不無遺漏，獨持之論未免少偏，要其一失之智無累全書之美。其中援引師承，折衷至當，六書究洞爲功勤矣。（陶方琦跋《說文古本考》）

[註17] 李慈銘《越縵堂讀書記》，中華書局，2006年，第522頁。

[註18] 胡玉縉《許廎經籍題跋》，吳格整理《續四庫提要三種》，上海書店出版社，2002年，第468頁。

[註19] 趙振鐸《中國語言學史》，河北教育出版社，2000年，第432頁。

[註20] 胡樸安《中國文字學史》，中國書店，1983年，第556頁。

[註21] 張舜徽《清人文集別錄》，華中師範大學出版社，2005年，第212頁。

鈍盧博極群書，學有淵源，與世飣餖為寶，剿竊為功者迥別嘫。吾謂東原之學明隱扶幽，其功偉矣，而隱括好奇，排斥前人亦往往過是。鈍盧其再傳弟子，故亦深染此風。如二徐疏於經學而緜續許氏之功則千載難泯，此書則目為鄙夫、淺人，揆之亭林之尊才老量判雲泥矣。《汗簡》《佩觿》《五經文字》諸書未始不可補二徐之誤，然鈍盧過信其言，往往執其說以改《說文》，《說文》刊本有誤，他書刊本獨無誤耶？譬諸兩造，各執一辭，必有碻證始能言其是非，不然則以愛憎為去取矣。推原其故，蓋由命名之誤，何則書名曰「古本考」，則不得辨孰為古本，孰非古本。夫定二千載前之書，欲其錙銖不爽，雖聖賢有不能。鈍盧過嚴其名，自致束縛，而遇彼此難定，暨他書誤二徐不誤者，復不忍舍其說，此可謂「異同考」，不可謂「古本考」也。(方悛跋《說文古本考》)

此二跋有褒有抑，各有側重，尤以方跋有見地，可謂切中要害，與胡樸安所評合。

由以上評價可以看到《古本考》是一部極有爭議的書。

二、周雲青《補說文古本攷纂例》

周雲青認為此書「甄引群書，考證精碻」，而以無纂例為憾事，故撰成《補說文古本攷纂例》一文。現迻錄如下，並加以討論：

一、許氏《說文解字》一書，今所最盛行者，惟徐鉉奉敕校正之本，世稱為大徐本。故本書先列大徐本原文，後附案語，以辨正之。

二、大徐不明古音，每于《說文》諧聲之字，疑為非聲，輒刪聲字。如：元，《九經字樣》引作「从一兀聲」，今刪為「从一从兀」。

三、大徐不知篆文連注讀之例，輒疑為複衍而刪之。如：羽部「習」字，《文選》左太沖《詠史詩》注引作「習習，數飛也」，今刪重習字。

四、《說文》之例，多有言「亦」者，今為大徐妄刪。如：《言部》「謦」字，玄應《音義》引作「亦欬也」。

五、《說文》古本有引經語，而爲大徐本奪去者。如：《艸部》「苾」，《廣韻・五質》引有「《詩》曰：苾苾芬芬。」

六、大徐用《字林》以刪改許書本文者。如：《艸部》「蔦」，《詩釋文》引作「寄生草也」，今本據《字林》刪「草」字。

七、《說文》古本有訓釋，而爲大徐竄改者。如：《目部》「盼」，玄應《音義》引作「目白黑分也」，今本奪，而以稱《詩》語爲說解。

八、《說文》「一曰」以下之文，爲大徐妄刪者頗夥。如：《疒部》「痡」，《文選》嵇叔夜《幽憤詩》注引有「瘢也」一訓。

九、大徐不知篆文連解之例，而妄增一字者，亦復不少。如：骨部「髑：髑髏，頂也」，《御覽》引無複「髑」字。

十、大徐因誤讀他書，而以竄入正文者。如：「示」下「觀乎天文」云云，乃顏師古《匡謬正俗》演說垂象示人之義，非許君原文。

十一、大徐本有傳寫之誤及誤倒者。如：《目部》「眽，目財視也」，《廣韻・二十一麥》引作「衺視」。「衺視」即「傾視」之義。「財視」義不可通。

十二、《說文》篆文爲大徐妄增者。如：《艸部》「蒢」字，據玄應《音義》即「莬」字。

十三、《說文》篆文爲大徐妄刪及竄入《新附》者。如：《邑部》「鄭」字，《廣韻・十六蒸》引作「地名也」；小徐亦有之，云「从邑興聲」，今本刪去。

十四、因上列所舉十二端，而知大徐本之譌奪舛謬，不一而足。故本書引據各書，如《玉篇》、《廣韻》、《藝文類聚》、《太平御覽》、《初學記》、《北堂書鈔》、《經典釋文》、《齊民要術》、《止觀輔行傳》、《白孔六帖》、《匡謬正俗》、《文選》李善注、《史記正義》、《九經字樣》、《五經文字》、玄應《一切經音義》、《華嚴經音義》、《水經注》、《汗簡》、《六書故》、《龍龕手鑑》、《急就篇注》、《大唐類要》、《韻會》、《集韻》、《類篇》等，以訂正之，以復許書古本之舊，故名「說文古本攷」。

十五、本書間有采取近人之說。如：臧茂才琳、孔編修廣森、桂大令馥、段大令玉裁、王觀察念孫、邵編修晉涵、孫觀察星衍、錢詹事大昕、任侍御大椿、阮相國元、臧明經庸、張編修惠言、洪編修亮吉、錢徵君大昭、錢別駕坫、鈕布衣樹玉、瞿文學樹寶、陳文學潮、程徵士瑤田、祁相國寯藻、嚴孝廉可均、姚尚書文田、錢教授源、陳徵君奐、莊大令炘，及戴氏東原、吳氏穎芳等，猶許君「博采通人」之意也。

十六、本書限于篇幅，有言之未盡者。別詳《十經齋眞古文尚書學》及《十經齋文集》中，茲不贅。

周雲青的十六條纂例可以視爲研究《古本考》的一篇專門論文，第一至第十三條爲沈濤考訂《說文》古本的條例，第十四、十五條爲作者引用書目及前賢時哲之說，總體而言是符合《古本考》原文的，也當是符合沈濤意旨的。總結《古本考》條例對於理解《古本考》作者旨意是具有指示作用的，對於進一步研究也有啓發意義；而徵引書目與他人之說也足見沈濤撰作之用心，對於全面瞭解《古本考》內容不可或缺。

三、鍾哲宇《沈濤〈說文古本考〉研究》

臺灣國立中央大學鍾哲宇的碩士學位論文《沈濤〈說文古本考〉研究》（2009）是目前所見到的一部《古本考》研究的專論，作者在摘要中闡述其研究目的是「將沈濤對《說文》的研究，放入學術史脈絡中來檢視，期能看出沈濤《說文》校勘的得失，及與其他清代《說文》研究者學說之異同」。全文分七章：

第一章「緒論」，闡述了研究動機與方法，介紹了近年兩岸地區《說文》校勘研究的主要成果；第二章「沈濤生平學行及其著述」主要從生平事蹟、交遊、著述三方面介紹了沈濤的基本情況；第三章「沈濤《說文古本考》著述背景及其性質」，主要以乾嘉時期的《說文》研究爲大背景，介紹了清代《說文》校勘方法與著作，並以此爲小背景從成書、著作主旨、版本流傳、著作體例等方面對《古本考》的性質加以界定；第四章「沈濤對《說文》義例之觀點運用及其檢討」，主要討論了「形聲兼會意之問題」、「連上篆字爲句例」、「互訓例」、「一曰例」、「《說文》語例」、「逸字例」；第五章「《說文古本考》校勘《說文》之資料取證分析」，主要分析了許慎作《說文》所用的資料以及古書援引的《說文》材料；第六章「《說文古本考》與前代諸家《說文》校勘之比較」，比較之作有段玉裁《說文解字注》、桂馥《說文解字義證》、嚴可均《說文校議》、鈕樹玉《說文解字校錄》、王筠《說文解字句讀》；第七章「結論」總結了沈濤《古本考》的校勘方法與得失，闡明了《說文古本考》對於清代《說文》學的意義。

從我們所錄要目不難看出這是一部用力甚勤、全面而細緻的研究著作，作者把《古本考》置於清代《說文》研究的廣闊背景下從文本切入，運用文獻學的方法勾稽史料，梳理脈絡，體察細微，比較異同，探討得失，試圖給《古本考》以合理準確的學術定位，這項工作本身的學術意義是不言而喻的。作爲對沈濤《古本考》的第一次全面地梳理與研究，其開拓之功也是顯然的。另外，論文對《古本考》文本諸項的不少統計數字是我們直觀認識它的標尺，這也是應當充分肯定的。

第五節　今日研究《說文古本考》動機、目的與方法

由上所述，我們不難看到《古本考》是一部非常有爭議的書，對它的研究也已經取得了不少成績。那麼，我們今天研究《古本考》有沒有必要，這樣的研究還有沒意義？

我們認爲，今天的研究還很有必要。一方面，前人的研究尚有不足。我們在上一節高度評價鍾哲宇《沈濤〈說文古本考〉研究》（以下稱《研究》）所取得的成績，但這並不意味著對《古本考》的研究可以就此而止，相反，對《古本考》的研究還有待於在此基礎上進一步深入，因爲任何研究都不可能做到完美無缺。我們覺得鍾哲宇《研究》於對《古本考》的評價尚缺公允。首先，《研究》從文本切入的，目的在於「期能看出沈濤《說文》校勘的得失」，這在方法上是有局限的。清代《說文》校勘的方法主要有二，即內證法與外證法，內證法主要依據《說文》本書義例，外證法主要依據版本異文與援引異文。沈濤的考訂是內證外證兼顧的，所以單從文本本身出發是很難判斷其校勘得失的。即如方怪所言「必有碻證始能言其是非，不然則以愛憎爲去取矣」。比如「一曰」是《說文》義例之一，但是否每字之下都有「一曰」呢，這是需要證據的。《古

本考》往往不辨他書所引是否確爲《說文》之文便說「蓋古本一曰以下之奪文」，把「一曰」條例擴大化，如此造成的錯誤在《古本考》中很多，而通過《古本考》本書是無法驗證是非的。再如對《古本考》的評價中，張舜徽的批評是最爲嚴厲的，而《研究》只從細枝末節加以反駁，毫無說服力度，反而使人對張說更加有信心。從另一面看，張氏積四十年之功撰成皇皇巨著《說文解字約注》，他的評價是不是更符合《古本考》實際呢，這是一個值得重視的問題。其次，《研究》「參互比較」目的是「使沈濤《說文古本考》校勘之得失更具體的呈現，由此而對《說文古本考》的學術價值與地位有較客觀的評價」，我們認爲這種做法固然有意義但只能在某些方面比較出各家校勘的得失與優劣，而於《古本考》得失的判斷沒有多大意義。比如如果以他書之劣比《古本考》之優則《古本考》自然勝出，反之則否，因而這種論斷也是難得公允的。判斷校勘得失的根本在於證據，材料就是證據，而這一時期的學者們所見文獻材料大體是一樣的，也即證據是相同的，不同的只是搜集的多寡、取捨的差異，用相同的證據或者說相同的標準去判斷它們各自的優劣得失其結果必然是大同小異。總之，對《古本考》價值的評定需要有更多的文獻材料爲依據。

另一方面，這也是由《古本考》自身特點決定的。《古本考》雖然是一部考訂之作，但由於其中援引了大量的《說文》異文材料，所以從某種意義上講《古本考》即是一部《說文》異文的資料長編，這一特點決定了對它的研究應該是多角度的。因爲異文是文獻存在的特殊方式，其中包含有非常豐富的漢語史信息，是語言學文字學、文獻學研究歷久彌新的課題。

第三、眼下坊間關於《說文》的「校本」不少，但多有不校之嫌疑。另外，這些「校本」多用版本校勘，利用古籍異文校勘者較少。

最後，研究《說文》校勘的目的是爲今後的《說文》校勘提供借鑒，因爲如果不是出於這樣的動機，對《說文》校勘的研究也將最終失去意義。基於上述考慮，我們的研究目的如下：

首先，利用更多的《說文》異文資料考證《古本考》校勘的是非。由於沈濤主要生活在嘉慶、道光、咸豐三朝，後出的前代文獻如《原本玉篇殘卷》、《慧琳音義》均不爲其所見，這些文獻中有豐富的《說文》異文，雖然前賢有「唐人引《說文》不皆可信」的忠告，但在新的《說文》古本沒有發現之前，對這些《說文》材料進行辯證利用，爲《說文》校勘服務然是可行的。我們的工作即以這些材料爲基礎，一方面想通過再次考訂給予《古本考》以比較客觀的評價；另一方面想以《古本考》爲依託努力考訂出一個比較接近於《說文》原貌的《說文》定本。

其次，總結《說文》異文特徵，爲今後的《說文》校勘提供理論幫助。《古本考》搜集了宋以前四部之書所援引的各種《說文》異文，內容豐富，在考訂中沈濤也從文字學角度對它們進行過解釋闡發，因限於著作體例，這種研究是零散的，隨意性比較強。只有全面梳理後才能較爲全面地把握《說文》異文的文字學特徵，也才能進一步瞭解作者的文字學思想。我們的研究即以《古本考》所收異文及沈濤研究爲基礎從文字學角度分析《說文》異文的歷時用字現象，從另外一個角度評判《古本考》是非，並運用現代漢字學的知識總結異文字際關係，以期爲今後的《說文》校勘提供理論指導。

研究目的決定研究方法。本研究以文獻學研究爲基礎，以語言文字學理論爲理論指導，採用文獻考證與語言文字研究結合的方法。

第六節　本文從事考訂的主要資料

前文已經說過，沈濤主要生活在嘉慶、道光、咸豐三朝，後來發現的許多前代文獻均不爲其所見，而這些典籍中有豐富的《說文》異文。本節主要對這些文獻做以簡單介紹。

一、慧琳《一切經音義》

慧琳的《一切經音義》，也稱《大藏音義》、《慧琳音義》，堪稱眾經音義的集大成之作，註釋佛經「總一千三百部，五千七百餘卷」〔註 22〕。其中有一百三十餘部只錄書名而不事音義，所以實際訓解的佛經有一千一百六十餘部。在這一千一百六十餘部中又有三百三十餘部音義轉錄自玄應的《眾經音義》，但略有刪改。還有《佛本行讚傳》等四部音義乃慧琳根據《玄應音義》重新修訂。另外新譯《大方廣佛華嚴經》的音義轉錄自《慧苑音義》。《大般涅槃經》的音義是根據開元二十一年終南山智炬寺沙門雲公的《大般涅槃經音義》刪補詳訂而成的。《妙法蓮華經音義》是根據窺基的《法華音訓》的解釋加工而

〔註 22〕見《慧琳音義》景審序。

成的。

《慧琳音義》在校勘、輯佚方面很有價值，它「引用了相當豐富的唐以前的音義資料，這些音義書有不少已失傳。因此，校勘家和輯佚古書的人對這些音義資料都頗爲重視。」〔註23〕《慧琳音義》徵引《說文》約有 13000 處〔註24〕，其徵引《說文》「往往是聲義兼載」〔註25〕，其中不少引文與今之傳本不同，雖然非盡是許書之舊，也難免有譌誤，但畢竟保存了當時《說文》的原貌，是今天考訂《說文》不可多得的文獻資料。丁福保（1922）作《一切經音義提要》〔註 26〕，凡四萬餘言，其前六類均與《說文》校勘有關，即：一、補《說文》逸字；二、補《說文》說解中奪字；三、補《說文》說解中逸句上；四、補《說文》說解中逸句下；五、訂正《說文》說解中刪改之句；六、訂正《說文》說解中傳寫之譌。所列校訂《說文》的條例很全面。馬敘倫（1937）在《說文解字研究法》序中指出：「許書在唐以前，附諸縑紙，傳寫易譌……陸德明《經典釋文》、李善《文選注》、玄應、慧琳、希麟《一切經音義》引錄至多，其他如《玉篇》、《切韻》，凡宋以前群籍所稱舉者，亦每與鉉、鍇二本顯有違殊茲損。戴侗《六書故》所引唐本、蜀本，莫友芝所得唐寫本木部殘卷，亦多異錄……是以學者欲治許書，必先知其本然。而宋以前舊本，不可復覩，必於群籍所徵引者求之。昔鈕樹玉、錢坫、嚴可均、朱士端、李咸、沈濤各有意於其業，然如慧琳、希麟之書，諸家未見，況今古失書又時出，拾遺正謬，資證者多。宜借前人之功，成不刊之業。」〔註 27〕由此可見，利用《慧琳音義》校訂《說文》意義重大。當然「要利用《慧琳音義》校勘《說文》，那是一項巨大的工程」〔註28〕，本文旨在進一步考訂《古本考》，所以利用的《說文》異文只是《慧琳音義》所徵引《說文》的一部份。

〔註23〕何九盈《中國古代語言學史》，北京大學出版社，2006 年，第 176 頁。

〔註24〕徐時儀《玄應和慧琳〈一切經音義〉研究》，上海人民出版社，2009 年，第 529 頁。

〔註25〕劉葉秋《中國字典史略》，中華書局，2003 年，第 124 頁。

〔註26〕丁福保《正續一切經音義提要》，《正續一切經音義》，上海古籍出版社，1986 年，第 5796～5847 頁。

〔註27〕馬敘倫《說文解字研究法》，中國書店據商務印書館版影印，1988 年，第 1～2 頁。

〔註28〕施俊民《〈慧琳音義〉與〈說文〉的校勘》，《辭書研究》，1992 年第 1 期。

《慧琳音義》一書在我國失傳已久，明天順中高麗國在塞北得到正續《一切經音義》，在海印寺刊刻印行。清乾隆年間，日本獅谷白蓮社又據高麗本翻刻。直到清光緒初年才從日本傳回我國。今日易得者有臺灣大通書局據高麗本景印的正續《一切經音義》(1985) 和上海古籍出版據日本獅谷白蓮社本景印的正續《一切經音義》(1986)，而以今人徐時儀主持整理的《一切經音義三種校本合刊》及《索引》最爲便捷，本文徵引的《說文》異文以整理本爲本，也參考了其他兩個本子。在考證中爲了行文方便，把玄應《一切經音義》、慧琳《一切經音義》、希麟《續一切經音義》分別稱作《玄應音義》、《慧琳音義》和《希麟音義》。

二、唐寫本《玉篇》殘卷

《玉篇》，梁顧野王撰，是繼《說文》、《字林》之後我國文字學史上一部很有影響的字書，也是我國第一部以楷書爲收字對象的字書。一般認爲此書成書于梁武帝大同九年 (543)。《玉篇》問世後屢經修改。書成不久，簡文帝即認爲「詳略未當」而命蕭愷等人刪改。唐高宗上元元年 (674)，孫強等對《玉篇》進行了增字減注的修改，是爲上元本。宋代，陳彭年、丘雍等又對《玉篇》進行了修訂，定名爲《大廣益會玉篇》，即今天通行的《玉篇》。

清末，黎庶昌在日本發現寫本《玉篇》零卷，將所得零卷鈔本重新摹寫、刻印，編入《古逸叢書》。後來羅振玉在日本又有所獲，而將所得零卷以影印方式整理出版。1985 年，中華書局將黎、羅二人所獲《零卷》合併影印出版，定名《原本玉篇殘卷》〔註 29〕。唐寫本《玉篇》所引《說文》材料涉及今本《說文》凡 1004 字〔註 30〕，本文在行文中稱作原本《玉篇》，或稱唐寫本《玉篇》。

三、唐寫本《木部》殘卷

唐寫本《說文解字木部殘卷》，清同治二年莫友芝得自安徽黟縣令張仁法，是爲唐代《說文》的鈔本殘卷，存木部 188 字，將近全書的五十分之一。莫友芝得此殘卷第二年即案原本摹寫，槧之於木，並著《箋異》一卷，與今傳

〔註 29〕顧野王《原本玉篇殘卷》，中華書局，1985 年。

〔註 30〕徐前師《唐寫本玉篇校段注本說文》，上海古籍出版社，2008 年，第 22 頁。

二徐本比勘。今人梁光華撰《唐寫本說文解字木部箋異注評》又對莫氏《箋異》做了詳細註釋、評價，同時也提出了自己的一些看法。殘卷雖僅存 188 字，由於爲中唐寫本，所以在《說文》校勘以及《說文》研究上具有極高的價值。本文以董蓮池主編《說文解字研究文獻集成》（古代卷）第一冊所收《木部》殘卷爲本。

四、唐五代韻書

周祖謨先生所編《唐五代韻書集存》是音韻學研究的重要文獻，同時由於這些韻書中時而徵引前代典籍而做簡單注釋，所以又有極其重要的文獻校勘價值。據翁敏修《唐五代韻書引說文考》一書統計，唐五代韻書所引《說文》凡 933 條〔註 31〕，他的研究即以《集存》所收韻書爲主要原始材料。《唐五代韻書集存》所收唐五代韻書三十種，雖然韻書援引《說文》一般很短，但可以與其他異文互補；另外，這些韻書皆是宋代以前的文獻，時代較遠，所以理所當然地成爲考訂《說文》十分寶貴的資料。本文文獻來源據中華書局 1983 年版《唐五代韻書集存》。

五、源順《倭民類聚抄》

《倭民類聚抄》是日本平安時代（794～1192）的源順用漢文編撰的一部類書。其成書據《序》所言當在日本醍醐天皇去世後，也即公元 931 之後，其下限不會晚於我國北宋初年，其中徵引了大量中國典籍如《唐韻》、《本草》、《爾雅》、《切韻》、《玉篇》、《說文解字》等。這些引文所據文獻當是唐代中日文化交流時傳到日本的，具有重要的文獻價值。《倭民類聚抄》有向十卷本和二十卷本，據筆者統計二十卷本凡引《說文》179 條次，或有異同，可資比勘今本《說文》。本文所用《倭民類聚抄》出自 2004 年全國圖書館文獻縮微複製中心出版的《日本史料彙編》第一冊。

〔註 31〕翁敏修《唐五代韻書引〈說文〉考》，花木蘭出版社，2006 年，第 19 頁。

第二章　《說文古本考》考

《說文古本考》第一卷上　嘉興沈濤纂

一部

（元）　始也。从一，从兀。

濤案：唐元度《九經字樣》云：「元，始也，从一兀聲。」蓋古本如是。徐鍇曰：「俗本有『聲』字，淺人妄加之也。」是以不狂爲狂矣。錢徵君（大昭）曰：「元、兀古音本同，《說文》髡或作髨。《論語》：『小車無軏』，《說文》作『𨊻』是其證也。」

魁案：《古本考》是。戴侗《六書故》卷一曰：「《說文》一本『从一从兀』，一本『从一兀聲』，兀聲爲是。」段玉裁《說文解字注》（下稱《段注》）云：「徐氏鍇云：不當有『聲』字。以髨从兀聲，𨊻从元聲例之，徐說非，古音元、兀爲平入也。」王念孫曰：「蓋元與兀本一聲之轉，故元从兀聲。而从兀之字可从元，从元之字又可从兀也。又唐元度《九經字樣》皆本《說文》，其字注亦云：『从一兀聲』，則《說文》本作『从一兀聲』明甚。徐鍇不得其解削去『聲』字，徐鉉又改爲『从一从兀』，並非。」〔註1〕

〔註 1〕 王念孫《說文解字校勘記殘稿》，《晨風閣叢書》，中國書店出版社，2010年。

示部

**（示）　天垂象，見吉凶，所以示人也。从二。三垂，日月星也。觀乎天文，以察時變。示，神事也。凡示之屬皆从示。****古文示**〔註2〕。

濤案：《匡謬正俗》卷八示字一條曰：「許氏《說文》解示字云：天垂象，見吉凶，所以示人也。从二。三垂，日月星也。蓋觀乎天文，以察時變。示，神事也。所以禍、福、禨、祥、神、祇之字皆从於示」云云。「蓋」字以下當是師古演說「垂象示人」之義，下有「所以」字相應，可見非許君原文。《玉篇》諸書所引皆無此數語，則古本未必有也。二徐乃刪去「蓋」字，以此數語爲解字正文，恐由誤讀顏氏書之故。

魁案：《古本考》非是。《類篇》卷一示下引作「天垂象，見吉凶，所以示人也。从二（二，古文上字），三垂，日月星也。觀乎天文，以察時變。示，神事也。凡示之類皆从示。」《類篇》不言《說文》當實本《說文》，所引無「蓋」字，屬字作「類」。今二徐本同，許書原文當如是。《古本考》以「蓋……所以……」相呼應，斷定此非許書原文，不足據。「所以禍、福、禨、祥、神、祇之字皆从於示」云云固爲師古語，則「蓋」當爲其所足。

**（禔）　安福也。从示，是聲。《易》曰：「禔既平。」**

濤案：《史記・相如傳》索隱、《易・坎卦》釋文、《文選・難蜀父老弔魏武帝文》注皆引「禔，安也」，是古本無「福」字。《易・復卦》釋文引陸績曰：「禔，安也。」《顏氏家訓・書證》引《蒼頡篇》曰：「禔，安也。」是禔本訓「安」。陸與許皆用孟氏《易》，孟氏亦必訓「安」。《廣雅》、《方言》皆云：「禔，福也。」《玉篇》、《廣韻》皆云：「禔，安也，福也。」乃一本《說文》，一本《廣雅》耳。淺人見《篇》《韻》兼有「福」訓，遂於許書妄增「福」字，誤甚。

魁案：《古本考》當是。本部字自「祿」字起至「祇」字訓解方式均爲「×，×也」，無有例外。今二徐本同，皆當衍「福」字。

〔註2〕古文字形與「古文示」三字原缺，今據大徐本補。

（禋） **潔祀也。一曰，精意以享為禋。从示，垔聲。****籀文，从宀。**

濤案：《玉篇》引同，惟潔作「絜」。依許書，自作絜，不作潔，葢六朝本未誤也。《藝文類聚》三十八禮部、《初學記》十三禮部皆引作「潔意以享爲禋（《藝文類聚》爲作曰）」。「精意以享」其說出自馬融（見《尚書音義・堯典下》），而實本《國語》，許君用之；自來無「潔意」之說，歐、徐二家所引當亦與今本同。傳寫奪「祀也」、「一曰精」五字，非古本作「潔意」也。又案《玉篇》云：「[illegible]，同上。」則是或體，非籀文矣。《玉篇》凡或體字皆曰「同上」。

魁案：《古本考》認爲許書作「絜」，不作「潔」，非是。張舜徽《說文解字約注》（下稱《約注》）齋下云：「許書雖無潔篆，說解中則不嫌用之，俾能通俗易曉耳。全書中此例甚多，不必改也。」《慧琳音義》卷九十一「郊禋」條引《說文》：「潔祀也。從示垔。」與今二徐本同，許書原文當如是。

（祡） **燒柴**〔註3〕**燓燎以祭天神。从示，此聲。《虞書》曰：「至於岱宗，祡。」****古文祡，从隋省。**

濤案：《爾雅・釋天》釋文引作「燒柴燎祭天也」，葢古本如此，今本衍「燓」字、「神」字。《爾雅》：「祭天曰燔柴。」許以燒字代燔字，言燒不得更言燓，言天亦不必更言神。《孝經・援神契》曰：「封於太山考績祡燎。」漢樊毅脩《華嶽廟碑》曰：「祡燎堙埋。」古「祡燎」二字連文。《玉篇》引同今本，當是宋以後據今本改，非顧氏原文，并非孫強所竄易也。《列子・湯問篇》釋文引亦有「燓」字，亦後人據今本改。柴，《玉篇》作祡，宋小字本亦作祡。

魁案：今小徐本作「燒柴燎以祭天神」，無「燓」字；《古今韻會舉要》（下稱《韻會》）引同小徐，皆與《釋文》同。《大廣益會玉篇》（下稱宋本《玉篇》）、《類篇》并引同大徐，有「燓」字。段注本《說文》徑據《釋文》改。張舜徽《約注》云：「原文葢本作『燒柴以祭天神』，『燓尞』二字乃後人附注之辭竄入說解者。」竊意當以無「燓」字者爲是。

《古本考》認爲「言天亦不必更言神」，以本部「神，天神，引出萬物者

〔註3〕「柴」字大徐本作「祡」。

也」、「禷，以事類祭天神」例之，沈氏所言似不確。

禷（禷）　以事類祭天神。从示，類聲。

濤案：《藝文類聚》三禮部引作「以事類祭神曰禷」，《初學記》十三禮部又引作「以類祭神爲禷」，蓋古本無「天」字。本部「神，天神，引出萬物者也」，則言神即天神，不必更言天矣。

魁案：《古本考》認爲「言神即天神，不必更言天」，可備一說。今二徐本同，本部神、祡二字下均有「天神」，似「天神」爲許書常語。又，許愼《五經異義》曰：「今《尚書》夏侯，歐陽說：禷，祭天名也。以禷祭天者，以事類祭之。以事類祭之者何？天位在南方，就南郊祭之是也。」不言「天神」。許書原文終不得確考。

祖（祖）　始廟也。从示，且聲。

濤案：《初學記》十三禮部引晉稽含《祖道賦》云：「《說文》：祈請道神謂之祖。」是古本有「一曰祈請道神」云云。《詩·大雅·韓奕篇》：「韓侯出祖。」箋云：「祖，將去而犯軷也。」《烝明篇》：「仲山甫出祖。」箋云：「祖者，將行犯軷之祭也。」《後漢書·吳佑傳》注引《五經要義》云：「祖道者，行祭爲道路祈也。」是祖爲「始廟」，亦爲「道祭」，故許通異義。今本爲淺人所刪似此者不少矣。

又案：《藝文類聚》十一歲時部引稽含《社賦序》云：「《說文》：祈請道神謂之社。」此即《初學記》所引《祖道賦序》之文，蓋「祖」、「社」二字形相近而誤，傳寫者即將此文竄入歲時部「社」條之下，非率更原書本誤也。古無以祈請道神爲社者，其誤正不待辨。

魁案：《古本考》是。今二徐本同，《慧琳音義》卷八十、卷九十三「祖祢」條引《說文》亦與之同，無「祈請道神謂之祖」一語。然《北堂書鈔》卷一百五十五引此句同《初學記》，則古本《說文》當有此句。《藝文類聚》卷五引《說文》作：「祈請道神謂之社。」「社」當爲「祖」字之誤。今本《說文》：「社，地主也。」合訂之，許書原文蓋作「始廟也。从示，且聲。一曰祈請道神謂之祖。」

（鬃）　**門內祭，先祖所以徬徨。从示，彭聲。《詩》曰：「祝祭于鬃。」鬃或从方。**

濤案：《詩・楚茨》、《爾雅・釋宮》釋文皆引作「門內祭，先祖所徬徨也」，是古本無「以」字，有「也」字。葢祊爲「索祭」之名，「所徬徨」猶言彷徨求索之處。「以」字乃淺人妄加。嚴孝廉（可均）曰：「《說文》有徬無彷，疑當作方皇。《荀子・禮論》：『方皇周浹。』《甘泉賦》：『溶方皇於西清。』」《玉篇》亦有「以」字，疑後人據今本改。

魁案：《古本考》當是。「所徬徨」指徬徨之所，「所以徬徨」則指徬徨之由，所指迥異，而「門內祭」正指處所。張舜徽《約注》云：「無『以』字者是也。『先祖所以徬徨』釋所以祭於門內之意。」

（祏）　**宗廟主也。周禮有郊宗石室。一曰，大夫以石為主。从示，从石，石亦聲。**

濤案：《初學記》十三、《藝文類聚》三十八禮部皆引「宗廟之木主名曰祏」，是古本「主」上有「木」字。又《御覽》五百三十一禮儀部引「《禮》：郊宗石室」，是古本無「周」、「有」二字。摯虞《決疑要》注曰：「凡廟之主，藏於戶外北牖下，有石函，故名宗祏。」石函即石室，字之从石以此，故許君引禮以明之。「郊宗」、「石室」見《五經異義》所引《春秋左氏》說，其不得有「周」字可知。又《五經異義》許君謹按：《春秋左氏傳》曰：「衛孔悝反祏於西圃。祏，石主也。言大夫以石爲主。今山陽民俗，祭皆以石爲主。」此即一曰之說。《宀部》宔字解曰「宗廟宔祏」，此解曰「宗廟木主也」，葢宔、祏互訓，言以木別於大夫之石主。今本少一「木」字，乃淺人所刪。《廣韻・二十二昔》引「大夫以祏爲主」，祏乃石字之誤。

又案：本部禘字解引《周禮》曰：「五歲一禘。」祫字解引《周禮》曰：「三歲一祫。」今《周禮》皆無此文，「周」、「曰」二字亦二徐妄加，《南齊書・禮志上》引《禮緯稽命徵》云：「三年一祫，五年一禘。」《公羊》文二年疏引《春秋》說亦如此。又《初學記》十三引《五經異義》云：「三歲一祫，周禮也，五歲一禘，疑先王之禮也。」是許君并不以「五歲一禘」爲周時之禮矣。

魁案：《記纂淵海》〔註4〕卷一百七十六引「宗廟之木主曰祏」，《海錄碎事》〔註5〕卷十下宗廟門引「《說文》：宗廟之木主曰祏」。可見「主」上脫「木」字，「之」字疑引者所足。《左傳》莊公十四年：「命我先人典司宗祏。」杜注：「宗祏、宗廟中藏主石室。」《正義》云：「慮有非常火災，於廟之北壁內爲石室以藏木主。有事，則出而祭之；既祭，納於石室。」《左傳》昭公十八年：「使祝史徙主祏於周廟。」杜注：「祏，廟主石函。」《正義》云：「每廟木主，皆以石函盛之。當祭則出之，事畢則納於函。」由此可知，宗廟本用「木主」，《古本考》是。

沈濤據《御覽》以爲古本無「周」、「有」二字，今檢《周禮》確無「郊宗石室」之語。張舜徽《約注》云：「許云『周禮』，乃謂周時有此禮制，非謂《周官經》也。」可參。

（祉）　**以豚祠司命。从示，比聲。《漢律》曰：「祠祉司命。」**

濤案：《藝文類聚》三十八禮部引作「祭司命曰祉」，《初學記》卷十三〔註6〕禮部引作「祭司命爲祉」，乃節引之例，非古本無「以豚」二字也。祠、祭義得兩通。

又案：《漢律》曰：「祠祉司命。」祠字當是衍文。蓋許君引此證「豚祠司命爲祉」，既言祉不得更言祠矣。此猶《女部》威字解《漢律》：「婦告威姑。」姑字亦是衍文。蓋威既訓姑，既言威不得復言姑。《韻會》所引無祠字，是小徐本無之。

魁案：《古本考》認爲許書原文有「以豚」二字，《藝文類聚》、《初學記》并奪，當是。今二徐本同，《玉篇》卷一、《類篇》卷一、《韻會・四紙》所引皆有此二字。

（禱）　**告事求福也。从示，壽聲。禱或省。籀文禱。**

濤案：《藝文類聚》三十八、《初學記》十三禮部、《後漢書・明帝紀》注、《御覽》五百二十九禮儀部皆引作「告事求福」，與今本同。《一切經音義》卷

〔註4〕宋・潘自牧《記纂淵海》，中華書局，1988年。

〔註5〕宋・葉廷珪《海錄碎事》，中華書局，2002年。

〔註6〕「卷十三」三字今補。

十四亦然，又《音義》卷十二、卷二十五兩引作「告事求請爲禱」（卷二十五爲字作曰），卷二十二又引作「告事求神曰禱」，「作請」、「作神」皆傳寫譌誤，非所據本有不同也。

又案：《玉篇》云：「𥜽，籀文禱。𥙾，古文。」則今本以爲或體者誤。

魁案：《慧琳音義》卷二「厭禱」條、卷四十三「禱祀」條轉錄《玄應音義》、與卷六十一「祈禱」條皆引作「告事求福曰禱」，「禱祀」條下尚有「禱，請也。鬼神祀祭也。」疑引者續申之辭，非許書原有。又，卷五十九「厭禱」條轉錄《玄應音義》、與卷九十五「請禱」並引作「告事求福爲禱也」，卷九十五少一「也」字。卷四十三「厭禱」條、《希麟音義》卷六「厭禱」所引同大徐。以上諸引略有不同，然「告事求福」之旨一也。今二徐本同，當是許書原文。又，禱字《慧琳音義》卷二、卷四十三、卷九十五皆析爲「從示壽聲」，卷六十一析爲「從示從壽省聲」，《希麟音義》卷六析爲「從示壽省聲」。諸引不一。「𥜽，籀文禱」下小徐注云：「臣鍇曰：以爲壽省聲也。㬰者，精意也。夂者，遲行也。古之人重請也。」是小徐已懷疑「從示壽聲」，認爲當作「從示壽省聲」。由是，似以「壽省聲」較勝。

禜（禜）　設緜蕝為營，以禳風雨、雪霜、水旱、癘疫於日月星辰山川也。从示，榮省聲。一曰，禜，衛，使灾不生。《禮記》曰：「雩禜。祭水旱。」

濤案：《後漢書・順帝紀》注引「蕝」作「蕞」，「禳」作「祈」。此解本于《左氏》昭公元年傳，竊意雪霜、風雨之不時當祈，水旱、癘疫之災當禳，古本必兼有祈禳二字，章懷注引脫禳字，今本傳寫脫祈字，以致不同。章懷注但云「以祈水旱」，則古書節引之例矣。

魁案：《段注》云：「《史記》、《漢書》《叔孫通傳》皆云：『爲緜蕞野外習之。』韋昭云：『引繩爲緜，立表爲蕞。』蕞即蕝也。」段說是。《集韻・薛韻》云：「蕝，《說文》：『朝會束茅表位曰蕝。』或作蕞。」今二徐本同，《類篇》卷一、《集韻》卷八、《韻會》卷二十三所引亦並與之同。《六書故》卷三引《說文》云：「禜，綿蕝爲營，以禳風雨雪霜水旱厲疫也。」乃節引。又，沈濤以爲「章懷注引脫禳字，今本傳寫脫祈字」，不確。《後漢書》原文作：「甲戌，詔曰：『政失厥和，陰陽隔并，冬鮮宿雪，春無澍雨。分禱祈請，靡神不禜。』」章懷注云：

「《說文》曰：『禜，設綿蕝爲營，以祈水旱。』」據詔文可知，是年春月多旱少雨，「以祈水旱」與詔文之意不合，水旱之災可禳而不可祈。合訂之，許書原文當以今二徐本爲是。

（禬）　**會福祭也。从示，从會，會亦聲。《周禮》曰：「禬之祝號。」**

濤案：《藝文類聚》三十八禮部引「除惡之祭曰禬」，是古本「會福」作「除惡」。《周禮》「女祝掌以時招梗禬禳之事」，注云「除災害曰禬，禬猶刮去也」；「凡以神仕者」，注引杜子春云「禬，除也」；「庶氏以攻說禬之」，注引鄭司農云「禬，除也」，是古訓「禬」字皆爲除惡，無言「會福」者，今本之謬誤顯然。《初學記》十三禮部引「會福之祭曰禬」，疑後人據今本改。

魁案：張舜徽《約注》云：「許必以會訓禬，猶以柴釋祡，以類釋禷，以告釋祰，藉明聲中有義耳。」以此例之，今二徐本當爲許書原文，且《初學記》已引作「會福」。

（禦）　**祀也。从示，御聲。**

濤案：《廣韻·八語》引作「祠也」，葢古本如是。「祠」本有祀訓，不僅春祭之名，而「禦」之訓「祠」、訓「祀」傳注無徵，此古訓之僅存者。又下文䄆字解云「祀也」，《廣韻·十三末》亦云「祠也」，是陸所見本二字皆作祠。《玉篇》䄆字注引同今本，葢顧、陸所據本各不同耳。

魁案：《古本考》非是。《六書故》解云：「祀以禦沴也。」是戴侗所見本當作「祀也」。《慧琳音義》卷十二「防禦」條引《說文》：「祀也。從示御聲也。」與今二徐本同，則許書原文當如是。

（祳）　**社肉。盛以蜃，故謂之祳。天子所以親遺同姓。从示，辰聲。《春秋傳》曰：「石尚來歸祳。」**

濤案：《廣韻·十六軫》引至「同姓」止，與今本皆同，惟盛字下尚有「之」字。又祳下列「脤」字，注云「上同」，是陸所據本尚有重文脤，以「社肉」訓釋之，合有从肉之脤，脤篆爲今本漏落無疑。

魁案：《古本考》認爲有重文「脤」字，非是。《慧琳音義》卷九十八「受脤」條引：「《說文》從示作祳。」是慧琳書以「祳」爲《說文》正體，而唐時

「脤」字已是「裖」之異體，然非許書重文。《韻會》卷十三：「脤，《說文》：社肉。本作裖，盛以蜃，故謂之裖，天子所以親遺同姓。从示辰聲。今作脤。《左傳》：天王使石尙來歸脤。」「今作脤」亦指當時，非是許君之世。今二徐本同，《類篇》卷一所引亦與之同，許書原文當如是。

（禂） **禱牲馬祭也。从示，周聲。《詩》曰：「既禡既禂。」或从馬，壽省聲。**

濤案：《詩・吉日》、《爾雅・釋天》釋文「既禱」引《說文》作「禂」，不云「伯」作「禡」。嚴孝廉以爲六朝舊本引《詩》作「既伯既禂」，是也。陳徵君（奐）曰：「伯，馬祖也，《詩》之禂即《周禮》之禂馬。」禂馬即是祭馬，祖禡非其義。

又案：小徐本無引《詩》，有「臣鍇案《詩》曰：既馬既禂」〔註 7〕九字，或謂大徐據鍇本誤竄，非許君原文。然元朗明云「既禱」《說文》作「禂」，則不得云許書無引《詩》語也。小徐本葢傳寫衍「臣鍇案」三字。

魁案：《古本考》認爲有稱《詩》語，是。《集韻》卷六「禂䮞」條：「《說文》：『禱牲馬祭也。』引《詩》『既禡既禂』，或作䮞、禱。」徐灝亦云：「禂即禱之異文，因有馬之祭，又別作䮞，故許別著之也。」

（祟） **神禍也。从示，从出。籒文祟，从䨻省。**

濤案：《一切經音義》卷四引與今本同，卷十九引作「神祠也」，葢傳寫之誤，非古本如此。《玉篇》亦云：「神禍也。」古訓無以祟爲神祠者。

魁案：《古本考》是。《慧琳音義》卷三十一「禍祟」條、卷五十六「身祟」條皆轉錄《玄應音義》，所引同二徐本。卷八十二「祅祟」條兩出，皆引《說文》作「神禍也」，亦與今二徐本同，則許書原文如是。《慧琳音義》卷五十七「是祟」條、卷七十八「讉祟」條并引《說文》作「神爲禍也」，多一「爲」字，張舜徽《約注》云：「有『爲』字者，蓋由引用時恐『神禍』二字意不甚明，增一字以足其意，本非原書所有也。」張說是也。

〔註 7〕據《〈說文古本考〉校勘記》，鈔本「馬」字作「禡」，下稱《校勘記》。《校勘記》見董蓮池主編《說文解字文獻研究集成》（現當代卷第 8 冊），作家出版社，2006 年。

補 

補 

濤案：《藝文類聚》三十八、《初學記》十三禮部皆引「祭豕先曰[示曹]，月祭曰祽（《初學記》曰字作爲）」。《玉篇》云「[示曹]，豕祭也。祽，祭名」，《廣韻》：「[示曹]，祭豕先也」，「祽，月祭名也。」二書當亦本《說文》，是古本有此二篆，經後人刊落。

王部

（閏）　**餘分之月，五歲再閏。告朔之禮，天子居宗廟，閏月居門中。从王，在門中。《周禮》曰：「閏月，王居門中終月也。」**

濤案：《玉篇》引作「《周禮》云：閏月詔王居門終月」，與今《周禮》合，蓋古本如是，今本傳寫奪誤。「居門」即謂居門中，不必再言中矣。《御覽》十七時序部引「告朔之禮，天子居宗廟門中」，無「閏月居」三字，乃節取非完文。

魁案：《古本考》認爲「今本傳寫奪誤」，非是。《周禮》所云「閏月，詔王居門終月」當爲許書所本，然許書不必盡錄原文。今二徐本同，《類篇》卷一、《六書故》卷三十三所引亦與之同，許書原本當如此。

玉部

（[玉毄]）　**玉也。从玉，毄聲。讀若鬲。**

濤案：《廣韻·二十三錫》引作「玉名」，《玉篇》亦云「玉名」。又以上璙、瓘、璥、琠、瓔五篆《說文》皆作「玉也」，《篇》、《韻》皆作「玉名」。陳徵君（奐）曰：「以木不稱木名，草不稱草名例之，當作『玉也』，不作『玉名』爲是。」

魁案：《古本考》是。小徐本亦作「玉也」。

（璠）　**璵璠，魯之寶玉**〔註 8〕**。从玉，番聲。孔子曰：「美哉璵璠！**

〔註 8〕刻本無「玉」字，今據大徐本補。

遠而望之，奐若也；近而視之，瑟若也。一則理勝，二則孚勝。」

（璵）　璵璠也。从玉，與聲。

濤案：《文選・潘尼〈贈陸機出爲吳王郎中令詩〉》注引作「璵璠，美玉也」，此「以魯之寶玉」、「美哉璵璠」二語檃括節引，非古本如是也。《左氏》定公五年傳正義引「璵璠，魯之寶玉」，與今本正同可證。

又案：璵字爲大徐新修十九字之一，《左傳》定五年釋文云：「璵，本又作與。」說者遂謂許書無璵字，璵璠當作與璠。然璵、璠同爲玉名，不應與字獨不从玉，且諸書所引皆作「璵璠」，無作「與璠」者。《廣韻》二字皆注「魯之寶玉」，許書當本有「璵」字，且以全書通例證之，璵篆當在璠篆之前，「璵璠，魯之寶玉」云云爲「璵」篆之訓解，「璠」篆則曰「璠璵也」〔註9〕，今本大爲二徐所竄亂矣。

魁案：《古本考》認爲許書本有「璵」篆，是。小徐本有璵篆，次於璠下。依許書大例，次序當如沈氏所言。

（瑾）　瑾瑜，美玉也。从玉，堇聲。

（瑜）　瑾瑜，美玉也。从玉，俞聲。

濤案：《文選・琴賦》注引「瑾，玉名」，而《初學記》寶器部引「瑾，美玉也」（《初學記》所引「瑳」字以下十句皆出《說文》，今本皆連于引《逸論語》下，當由傳寫脫「說文曰」三字，在瑳字上）。「瑾瑜」上有「璿」字，乃徐堅所合并，蓋古本作「瑾，美玉也」，「瑜，美玉也」，皆無「瑾瑜」二字。《左傳》定公五年正義引「瑜，美玉」可證。許書之例，以二名爲一物者，如玫瑰、珊瑚之類則以二名連稱再爲釋義，而下文則曰「瑰，玫瑰」、「瑚，珊瑚也」，不復釋義，而「瑾瑜」則各爲一物，二名不應連稱，是以各以「美玉」釋之，否則「瑜」字解不應有「美玉」二字矣。今本之誤衍顯然。

魁案：《古本考》是。王念孫曰：「瑾瑜亦有分言者，如《楚辭》『捐赤瑾於庭中』，《玉藻》『世子佩瑜』是也。」〔註10〕又，《禮記・聘義》：「瑕不揜瑜，

〔註9〕據《校勘記》，鈔本璵下多一璠字，則此句當斷作「璠，璵璠也。」

〔註10〕據張舜徽《說文解字約注》瑾字注所引。

瑜不揜瑕。」《楚辭・九章・懷沙》:「懷瑾握瑜兮，窮不知所示。」《淮南子・繆稱》:「無所用之，碧瑜糞土也。」《段注》云:「凡合二字成文，如瑾瑜、玫瑰之類，其一既舉於上字，則下字例不復舉。俗本多亂之。」段說以「瑾瑜」為例，不確。

瓊（瓊）　赤玉也。从玉，夐聲。璚瓊或从矞。瓗瓊或从巂。琁瓊或从旋省。

濤案:《文選・顏延年〈陶徵士誄〉》注引「琁，亦璿字」，則琁乃璿之重文，非瓊之重文。古璿、琁通用。《書・舜典》:「在璿璣玉衡」,《史記》作「旋機」,《尚書大傳》作「琁機」,《太元經》作「琁璣」,《爾雅・釋詁》釋文「璿，又作琁」。《山海・大荒西經》:「西有王母之山，爰有琁瑰瑤碧。」注:「琁瑰，亦玉名。」《穆天子傳》曰:「枝斯，璿瑰，枚回二音」,《文選》注引此經作「璿瑰」，引郭注作「旋回」，兩音正與《穆傳》注合。惟《荀子・賦篇》注引《說文》云:「琁亦赤玉，音瓊。」似楊氏所據本已為瓊之重文，則其誤在有唐中葉以後矣。《玉篇》「瓊」之重文亦無琁字。

魁案:《古本考》認為「琁」乃「璿」之重文，是。《集韻・僊韻》:「璿，或作琁、璇。」《集韻・僊韻》:「璿，《說文》:『美玉也。』或作瓊。」

珛（珛）　朽玉也。从玉，有聲。讀若畜牧之畜。

濤案:《史記・孝武紀》:「濟南人公玉帶上黃帝時明堂圖。」索隱云:《三輔決錄》云:「杜陵有玉氏，音肅。《說文》以為从玉，音畜牧之畜。」是古本作玉，不作珛。段先生曰:「後人有以朽玉字為玉石字，以別於帝王字，復高其點為朽王姓氏，以別於玉石字，又或改《說文》从王加點為从王有聲作『珛』，亦以別於玉石字也。」又曰:「《廣韻・一屋》云:『玉音肅，朽玉。』此《說文》本字。《四十九宥》云:『珛音齅。』此从俗字。《玉篇》玉，欣救、思六二切。此《說文》本字。『珛，許救切。』引《說文》『朽玉也』，此後人據俗本《說文》增。」

魁案:《古本考》認為作「玉」不作「珛」，是。《唐寫本唐韻・入屋》689〔註11〕:「玉，朽玉，《說文》云琢玉工。又姓，玉況字文伯，光武以為司徒。」

〔註11〕「唐五代韻書」指周祖謨《唐五代韻書集存》所收古代韻書，下標數字為所在頁

又，《箋注本切韻・入屋》（斯 2071）$_{100}$：「玉，朽玉，又人姓。」王仁昫《刊謬補闕切韻・入屋》（伯 2011）$_{341}$：「玉，琢玉工，又人姓」，去聲無琙字。裴務齊《正字本刊謬補闕切韻・入屋》$_{605}$：「玉，朽玉，亦人姓，又後漢有王說，又許救反」去聲無琙字。據上述各韻書，朽玉字本作「玉」。「琙」爲晚唐後起形聲字，各本韻書未見。又《王韻》、《廣韻》、《集韻》「琢玉工」皆不言出《說文》，其義後起，當非出於《說文》。

（璿）　美玉也。从玉，睿聲。《春秋傳》曰：「璿弁玉纓。」古文璿。籒文璿。

濤案：《史記・五帝紀》正義引「璿，赤玉也」，「赤玉」乃「瓊」，當由《史記》「璿璣」本作「琁機」。張氏所見《說文》已誤爲「瓊」之重文，遂復誤引如此。

又案：《廣韻・二仙》：「叡，籒文璿」，《玉篇》亦云：「叡，籒文。」〔註 12〕是古本篆體从叡从玉〔註 13〕，今本譌奪其半。

魁案：張舜徽《約注》云：「《尚書・堯典》：『在璿玑玉衡。』馬注：『璿，美玉也。』與許訓同。許所引僖公二十八年《左傳》，今本『璿』作『瓊』。而成公十八年《左傳》：『贈我以瓊瑰』，郭注《穆天子傳》引之，則又作璿瑰。錢大昕謂：『璿之與瓊，音義俱通。瓊从夐得聲，古讀夐如絢，故《說文》瓊之重文爲琁。』其說是也。」可備一說。

（璧）　瑞玉圜也。从玉，辟聲。

濤案：《御覽》八百六珍寶部引作「瑞玉環也」，「環」蓋「圜」字之誤，非古本如是。《玉篇》云「瑞玉圜以象天也」，《廣韻》引《白虎通》曰「璧者，外圜象天，內方象地」，皆作「圜」，不作「環」可證。

魁案：《古本考》認爲作「圜」，是。今二徐本同，《類篇》卷一所引亦與之同，當作「圜」爲是。又，張舜徽《約注》引陳衍云：「此處訓瑞玉，言其物也，又訓圜也，言其形也。」《慧琳音義》卷一「璧玉」條、卷二十二「珂貝璧玉」

碼，中華書局，1983 年。

〔註 12〕兩引「叡」字右下皆爲「王」。

〔註 13〕據《校勘記》，「玉」字鈔本從「王」。

條並引《説文》作「瑞玉也」，慧琳當奪「圜」字。《周禮・春官》:「以蒼璧禮天。」注云:「璧圜象天。」疑許書原文或爲「瑞玉也，圜也」，或句讀作「瑞玉，圜也」。

（瑗）　**大孔璧。人君上除陛以相引。从玉，爰聲。《爾雅》曰:「好倍肉謂之瑗，肉倍好謂之璧。」**

濤案:《荀子・大略篇》注引作「瑗者，大孔璧也」，是古本有「也」字。楊氏所引多「者」字，全書通例無此句法，而傳注中引《説文》往往有之，乃是引書者自足其文，非古本如是。

魁案:《古本考》認爲許書原文有「也」字，是。《太平御覽》卷八百六珍寶部引《説文》:「瑗，太孔璧也。璜，半璧也。《爾雅》:『曰肉倍好謂之璧，好倍肉謂之瑗。」「太」當爲「大」字之誤，「璜，半璧也」乃並引之文。

（琮）　**瑞玉。大八寸，似車釭。从玉，宗聲。**

濤案:《玉篇》、《廣韻》二書引皆同。惟《御覽》八百七珍寶部引無「大」字，此傳寫奪字，非所據本有異也。《御覽》「玉」下有「也」字，古本當如是。

魁案:《古本考》非是。《玉篇》所引無「也」字，蓋從六朝之舊，且今二徐本同，許書原文似當如是。

（瓏）　**禱旱玉，龍文。从玉，从龍，龍亦聲。**

濤案:《左傳》昭公二十九年正義引作「龍，禱旱玉也。爲龍文」，是古本玉下有也字、爲字，今奪。《玉篇》亦云:「瓏，禱旱之玉，爲龍文也。」當本《説文》。上文琥字解云:「發兵瑞玉，爲虎文。」則知此解不得無「爲」字。《左氏》正義「瓏」字作「龍」，乃涉經注沿寫而誤。

（瑁）　**諸侯執圭朝天子，天子執玉以冒之，似犂冠。《周禮》曰:「天子執瑁，四寸。」从玉、冒，冒亦聲。古文省。**

濤案:《玉篇》:「珇，瑁古文。」是古本古文瑁字从曰，不从目。《汗簡》古文篆體作，又各不同。

（珩）　佩上玉也。所以節行止也。从玉，行聲。

濤案：《玉篇》引作「佩玉所以節行步也」，葢古本如是。《周語》：「改玉改行。」韋昭注云：「玉，玉佩，所以節行步也。」正用許說。則知今本作「止」者誤。《文選・張衡〈思元賦〉》注引「珩，所行也」，乃傳寫缺奪。《詩・雞鳴》正義引上句正同今本，似《玉篇》所引奪「上也」二字。

魁案：《古本考》非是。《慧琳音義》卷七十七「珠珩」條引《說文》云：「珩，珮玉上也。所以節行止也。」《段注》云：「佩上玉者，謂此乃玉佩最上之玉也。」則慧琳所引「玉上」二字誤倒矣。今二徐本同，許書原文當如是。《玉篇》所引「步」字當「止」字傳寫之形誤。

（玦）　玉佩也。从玉，夬聲。

濤案：《御覽》六百九十二服章部引「玦，玉佩」，下有小注九字：「佩如環而有玦，故云玦」，當是《說文》注中語。上「玦」字乃「缺」字之誤。

（珥）　瑱也。从玉、耳，耳亦聲。

濤案：《後漢書・和熹鄧皇后紀》注引作「珥，瑱也。以玉充耳」，此章懷并引瑱字訓以明珥字之義，非古本有此四字也。《文選・李斯〈上書秦始皇〉》注、《御覽》七百十八服用部皆止引「珥，瑱也」三字。

魁案：《古本考》是。《北堂書鈔》卷一百三十五引《說文》曰：「珥，瑱也。瑱，以玉充耳也。」《御覽》七百十八服用部「瑲珥」條引《說文》曰：「珥，瑱也。瑱，以玉充耳也。」「以玉充耳」乃「瑱」字之訓，見下文。

（瑱）　以玉充耳也。从玉，真聲。《詩》曰：「玉之瑱兮。」䡅瑱或从耳。

濤案：《文選・江淹〈雜體詩〉》：「巡華過盈瑱。」注云：「瑱，盈尺之玉也。《說文》曰：『田父得寶玉至尺』。」今本無此語，疑古本有「一曰，瑱，盈尺之玉也」云云。崇賢書誤倒「說文曰」三字於下，田父句亦恐有奪誤。

魁案：《古本考》非是。《北堂書鈔》卷一百三十五、《御覽》七百十八服用部並引《說文》曰：「瑱，以玉充耳也。」若崇賢書果眞誤倒「說文曰」三字於下，「田父得寶玉至尺」亦不合許書引語之例。今二徐本同，許書原文如是。

（珌）　**佩刀下飾。天子以玉。从玉，必聲。**

濤案：郭忠恕《汗簡》：「琿、珌，見《說文》。」是古本珌字有重文，从玉，从畢。《玉篇》亦以琿爲珌之古文。

（璪）　**玉飾如水藻之文。从玉，喿聲。《虞書》曰：「璪火黺米。」**

濤案：《玉篇》引「玉飾如水藻也」，蓋古本如此。今本「之文」二字乃淺人所改。言「水藻」即不必言更言「之文」矣。《初學記》寶器部引作「玉飾以水藻也」，「以」乃「似」字之誤，可見古本總無「之文」二字。

魁案：《古本考》是。《慧琳音義》卷九十六「天璪」引《說文》云：「飾如水藻也。從玉喿聲。」慧琳脱「玉」字。

（玼）　**玉色鮮也。从玉，此聲。《詩》曰：「新臺有玼。」**

濤案：《詩・邶風・新臺》、《鄘風・君子偕老》釋文兩引作「新色鮮也」，「新色鮮」三字義不可曉，疑傳寫譌誤，非古本如是。《後漢書・黃憲傳論》注引作「鮮色也」，更爲闕奪。或古本作：「玉色鮮新也」，今本奪一新字，傳寫《釋文》等書又妄刪玉字耳。以上下文解字例之，玉字必不可刪。

魁案：《慧琳音義》卷八十「玼瑣」條引《說文》云：「新色鮮也。」與《詩經釋文》引同。《段注》本作「新玉色鮮也」，云：「各本無『新』，《詩音義》兩引皆作『新色鮮也』，今補。」較沈濤「玉色鮮新也」爲勝。張舜徽《約注》云：「此篆說解，當以二徐本爲正。」

（璊）　**玉經色也。从玉，㒼聲。禾之赤苗謂之虋，言璊玉色如之。璊或从允。**

濤案：《詩・大車》釋文引作「玉赬色也。禾之赤苗謂之穈，玉色如之」，蓋古本如是，今本衍「言璊」二字。赬、經同字，穈即虋之別。《詩》正義引作「玉赤色」，此傳寫之誤。《玉篇》所引與今本同，乃淺人以二徐本竄改，非顧氏原書如此。

魁案：《六書故》卷七引《說文》曰：「玉經色也。禾之赤苗謂之虋，璊之色如之。」「璊」上無「言」字，當脱；「璊」下多一「之」字，當衍。今二徐本同，許書原文似當如是。

（瑕）　玉小赤也。从玉，叚聲。

濤案：《文選・海賦》注引作「玉之小赤色者也」，《史記・相如傳》索隱引作「玉之小赤色」，是古本尚有「之」、「色」、「者」三字。上文「瑳，玉色鮮白」、「玭，玉色鮮」、「瑩，玉色」、「璊，玉䞓色」，此文字次於其後，固當有「色」字，淺人刪之，妄矣。

魁案：當有「色」字，《古本考》是。《慧琳音義》卷三十二「瑕薉」條引《說文》作「玉之小赤色者也」，「之」「者」二字蓋引者所足。卷三十九「瑕瑿」條引《說文》作「玉之小赤色也」。「之」字疑衍。《慧琳音義》卷六十「瑕隙」條所引作「玉有赤色」，有脫誤。三引稍異，然皆有「色」字。今二徐本同，合訂之，許書原文蓋作「玉小赤色也」。

（玎）　玉聲也。从玉，丁聲。齊太公子伋謚曰玎公。

濤案：《玉篇》引作「齊太公子謚曰玎」，無公、伋、公三字，蓋傳寫偶奪，非古本如是。《廣韻・十三耕》玎字注引有此三字。

魁案：《古本考》是。今二徐本同，《類篇》卷一所引亦與之同，許書原文如是。

（瑀）　石之似玉者。从玉，禹聲。

濤案：《詩・女曰雞鳴》釋文、正義皆引作「石次玉也」，蓋古本「似」字作「次」。《玉篇》引與今本同，義亦可兩通也。

魁案：嚴可均《說文校議》曰：「下文玤、玲、琇、玖皆次玉，明瑀亦次玉。」據此，則作「次玉」較勝。

（琚）　瓊琚。从玉，居聲。《詩》曰：「報之以瓊琚。」

濤案：《詩・鄭風・女曰雞鳴》正義引「琚，珮玉名也」，蓋古本如此。釋文亦曰「琚，珮玉名」，當亦本許書。《衛風・木瓜》釋文同。毛傳曰「琚，珮玉名也」，是許君正用毛義。今本乃二徐妄改，瓊與琚不同物，豈得以瓊琚釋琚乎。

魁案：張舜徽《約注》云：「瓊與琚雖不同物，然二字連用已久。《詩・有女同車》：『佩玉瓊琚。』此許書所本也。故下又引《衛風・木瓜篇》文以證之。

《說文》原本當作『瓊琚，佩玉名也。』」可備一說。

（琇）　**石之次玉者。从玉，莠聲。《詩》曰：「充耳琇瑩。」**

濤案：《詩・都人士》正義引作「美石次玉也」，而《淇澳》釋文引與今本同。以上下篆文訓辭，瑀、玤、瑕等例之，古本當如《淇澳》釋文。《都人士》毛傳云：「琇，美石也。」《詩》疏因涉此致誤耳。

魁案：《古本考》是。今二徐本同，許書原文如是。

（玖）　**石之次玉黑色者。从玉，久聲。《詩》曰：「貽我佩玖。」讀若芑。或曰，若人**〔註14〕**句脊之句。**

濤案：《詩・女曰雞鳴》正義引「玖，石次玉也」，乃沖遠節引，非古本無「黑色」二字也。《詩・邱中有麻》釋文引同今本可證。

魁案：《古本考》是。今二徐本同，許書原文如是。

（碧）　**石之青美者。从玉、石，白聲。**

濤案：《御覽》八百九珍寶部引作「石之美者」，《一切經音義》卷十一引作「石之美者也」，皆無「青」字，而《篇》、《韻》所引與今本同。《山海・西山經》：「高山其不多青碧。」《淮南・地形訓》〔註15〕：「崑崙有碧樹。」注「碧，青石也。」則「青」字不可少。《御覽》等書乃傳寫闕奪，非古本如是。

魁案：《慧琳音義》卷三「紅碧」條引《說文》作「石之美者」，卷五「碧綠」條、卷五十二「碧玉」轉錄《玄應音義》，皆引作「石之美者也」，多一「也」字。《唐寫本唐韻・入昔》712 引《說文》作「石文美者」，「文」字當爲「之」字之誤。是唐以前皆無「青」字，《古本考》非是。

（珉）　**石之美者。从玉，民聲。**

濤案：《御覽》八百九珍寶部引「珉，石之次玉也」，葢古本如此。《禮記・聘義》注云：「碈，石似玉。」碈即珉字。《楚辭・愍命》注云：「碈，石次玉者」。《荀子・法行篇》注云：「珉，石之似玉者。」《漢書・司馬相如傳》注引

〔註14〕「人」字刻本奪，今據大徐本補。

〔註15〕「地形」二字刻本原缺，今補。

張揖云：「珉，石之次玉者也。」是古注無不以珉爲「石之次玉」，故許解同之。今本乃涉瑤、琨諸解而誤。《文選・潘尼〈贈陸機出爲吳王郎中令〉詩》注亦引「石之美者」，乃淺人據今本改耳。

魁案：《古本考》非是。「珉」字上列「琨」字，訓「石之美者」，下次「瑤」訓「石之美者」（詳見下文），其側二字之間，當作「石之美者」。今二徐本同，許書原文如是。沈濤每言「淺人據今本改」「後人據今本改」多不足據。

瑤（瑤）　玉之美者。从玉，䍃聲。《詩》曰：「報之以瓊瑤。」

濤案：《毛詩・衛風・木瓜》釋文引云「美石」，《御覽》八百九珍寶部引「瑤，石之美者」，是古本作「石」不作「玉」。今本毛傳云「瓊瑤，美玉」，而正義本作「美石」，則「玉」字乃傳寫之誤，許正用毛義也。《楚辭》注云：「瑤，石之次玉者也。」《漢書・禮樂志》注引應劭曰：「瑤，石而似玉者也。」《禹貢》王肅注（正義引）：「瑤琨，美石次玉者也。」是古注皆以瑤爲「石之美者」。段先生曰：「《大雅》曰：『維玉及瑤』，則瑤賤於玉。」《文選・潘尼〈贈陸機出爲吳王郎中令〉詩》、荀子《賦篇》注皆引作玉，非傳寫有誤，則後人據今本改耳（《賦篇》注引：「瑤，美玉也。」）。

魁案：《古本考》是。《慧琳音義》卷九十八「珉瑤」條云：「《毛傳》云：瑤，美玉也。《說文》：石之美者也。」今二徐本並誤，許書原文當從慧琳書所引。

珠（珠）　蚌之陰精。从玉，朱聲。《春秋國語》曰：「珠以禦火災」是也。

濤案：《初學記》寶器部引作「蚌中陰精也」，葢古本如是。今本作「之」者誤。《玉篇》及《御覽》八百二珍寶部引皆作「之」，當是後人據今本改。《玉篇》引珠下有「足」字，與《國語》合，亦今本誤奪。

魁案：《古本考》玓下有云：「《初學記》所引珠、瓅、璣三條實係《說文》，今各本皆作《後漢書》，其誤與玉類所引瑳字十句改作《逸論語》者同。」沈濤此條所考，基於此識。《初學記》卷二十七寶器部引《後漢書》曰：「珠，蜯中陰精也。」而《後漢書》確無此語，以沈濤之見，《後漢書》當爲《說文》。又，《古本考》言「《初學記》所引珠、瓅、璣三條」，《太平御覽》卷八百二轉錄，云「後漢書」，《御覽》卷八百二「珠上」又云：「蚌之陰精也。」則《御覽》并不以「蚌中陰精也」出《說文》可知。竊以爲今二徐本乃許書原文。

（玓）　玓瓅，明珠色。从玉，勺聲。

濤案：《文選·上林賦》注引「玓瓅，明珠光也。」又《舞賦》注引「的瓅，珠光也。」是崇賢所據本「色」字作「光」。《廣韻·二十三錫》、《初學記》寶器部珠第三（《初學記》所引珠、瓅、璣三條實係《說文》，今各本皆作《後漢書》，其誤與玉類所引瑳字十句改作《逸論語》者同）、《龍龕手鑑》引皆同今本。《玉篇》亦作色字，光與色義得兩通。

魁案：《慧琳音義》卷十「玓瓅」條引《說文》作「玓瓅，明珠色」。卷九十九「旳皪」條引《說文》作「玓瓅，明珠色也。」據此，許書原文當如「旳皪」條所引，「光」與「色」義雖可通，然作「光」非許書原文。

（玟）　火齊，玫瑰也。一曰，石之美者。从玉，文聲。

（瑰）　玫瑰。从玉，鬼聲。一曰，圜好。

濤案：《一切經音義》卷六引「玫瑰，火齊珠也。一曰，石之美好曰玫，圜好曰瑰」，卷三引「石之美好」二句，葢古本如是。《韻會》瑰字注引「玫瑰，火齊珠」，是小徐本尚不誤。《禮·聘義》注：「碈石是玉，或作玫。」此即石美好之說。今本「石之美者」則與瑤、琨無別矣。《玉篇》引「一曰，珠圜好」，「珠」字當爲「石之」二字之誤。

魁案：《古本考》是。《慧琳音義》卷九「玫瑰」條轉錄《玄應音義》，引《說文》云：「火齊珠也。《說文》：石之美好曰玫，圓好曰瑰。」卷二十七「玫瑰」條引《說文》云：「火齊珠也。一曰石之美好曰玫，圓好曰瑰。」據此，許書原文蓋作「玫，玫瑰，火齊珠也。一曰石之美好曰玫，圓好曰瑰。从玉，文聲；瑰，玫瑰也。从玉鬼聲」。卷二十五、卷五十四「玫瑰」條並引《說文》云：「火齊珠也。」乃節引。

（璣）　珠不圜也。从玉，幾聲。

濤案：《一切經音義》卷三、卷六、卷九、卷十二引「璣，珠之不圜者也」，蓋古本如是，今本奪「之」、「者」二字耳。《尚書・禹貢》正義引「璣，珠不圜者」，釋文引「璣，珠不圜也」，《後漢書・賈琮傳》注引「璣，珠之不圜者」，《初學記》寶器部同。《一切經音義》卷十六及《玉篇》引作「珠不圓者也」，皆古人節引之例，非所見本不同，當从元應書三、六等卷所引爲正。

又案：《一切經音義》卷十二引又有「或曰小珠也」五字，疑古本尚有一解，今奪。

魁案：《慧琳音義》卷九、卷二十八、卷四十六「珠璣」條」轉錄《玄應音義》，三引《說文》云：「珠之不圓者也」。卷二十八又有「或小小珠也」，據《玄應音義》卷十二，「或」下當有「曰」字，上「小」字誤衍。又卷十六、卷五十四「珠璣」並引作「不圓珠也」，卷六十五「珠璣」條、卷七十七「璣蚌」並引作「珠不圓者也」，皆有奪文。竊以爲《音義》所引《說文》每增虛字，今二徐本同，當不誤，許書原文如是。

琅（琅）　琅玕，似珠者。从玉，良聲。

濤案：《御覽》八百九珍寶部引「琅玕，石之似玉者」，「玉」字乃傳寫之誤，當作「珠」字。《尚書・禹貢》鄭注曰：「琅玕，珠也。」《論衡・率性篇》〔註 16〕曰：「璆琳琅玕，土地所生，眞玉珠也。」魚蚌之珠與《禹貢》「琅玕」皆眞珠也，則不得謂之似玉。惟今本奪「石之」二字，此與瑤、琨等字同例，不應刪此二字。《玉篇》引與今本同，乃淺人據今本所改。

魁案：《古本考》是。明陳仁錫《潛確居類書》卷九十四云：「《說文》：琅玕，似珠。」陳耀文《天中記》卷八云：「《說文》：琅玕，石似珠也。」雖皆節引，但均作「珠」字。今二徐本同，當以「珠」爲是。以本部語例例之，許書原文蓋作「石之似珠者」。

珊（珊）　珊瑚，色赤，生於海，或生於山。从玉，刪省聲。

濤案：《玉篇》引同，惟「或」字作「亦」字。《廣韻・二十五寒》引作「珊瑚，生海中而色赤也」，《御覽》八百七珍寶部引作「珊瑚，色赤，生於海中或生山中也」，《華嚴經》二十五音義引「珊瑚，色赤，生之於海，或生山中也」，

〔註 16〕「率性」二字刻本原缺，今補。

蓋古本當如是。《篇》、《韻》所引皆有刪節，今本尤爲誤奪耳。

魁案：《古本考》是。《慧琳音義》卷二十二「珊瑚」條轉錄《慧苑音義》，引《說文》云：「珊瑚，色赤，生之於海，或出山中也。」此引雖轉錄《慧苑音義》，然與慧苑所引稍異，慧苑作「或生」，慧琳作「或出」。《慧琳音義》卷二十五「珊瑚」條引作：「珊瑚，謂赤色寶，生於海底，或出山石中也。」謂、寶二字應是慧琳所增。《刻本韻書殘葉》$_{775}$引《說文》曰：「珊瑚，生海中而色赤也」，《倭名類聚抄》卷十一寶貨部〔註17〕「珊瑚」條引《說文》云：「珊瑚，色赤，出於海底山中也。」皆節引，非完文。《希麟音義》卷五「珊瑚」條引《說文》云：「珊瑚，生海中而赤色，有枝無葉也。」亦節引。「有枝無葉」當是希麟申述之辭，非許書原有。

（珋）　石之有光璧珋也。出西胡中。从玉，丣聲。

濤案：《文選・郭璞〈江賦〉》注引作「珋，石之有光者」，疑古本光下多「者」字，《篇》、《韻》所引皆奪之。

魁案：小徐本「璧」字作「壁」，「臣鍇按」云：「有光壁言光處平側如牆壁也。若今丹砂然。」是小徐所見本作「壁」。亦無「者」字。

（琀）　送死口中玉也。从玉，从含，含亦聲。

濤案：《左傳》文五年釋文、《御覽》五百四十九禮儀部引「死」字皆作終字，《玉篇》亦作「送終」，是古本作「終」不作「死」。

魁案：《古本考》是。《慧琳音義》卷二十五「多含」條引《說文》云：「送終口中之玉也。」「含」字當作「琀」，「之」字引者所足。

（瑬）　金之美者，與玉同色。从玉，湯聲。禮：「佩刀，諸侯瑬琫而璆珌。」

濤案：《廣韻・三十七蕩》引作「金之美，與玉同色者也」，是古本「者」字在下，又多一「也」字。《爾雅・釋器》釋文引作「金與玉同色也」，則是元朗節引，非所據本不同。

〔註17〕〔日本〕源順《倭名類聚抄》，下稱《類聚抄》，《日本史料彙編》（第一冊），全國圖書館文獻縮微複製中心，2004年。

魁案：今二徐本同，《類篇》卷一、《六書故》卷七、明淩稚隆《五車韻瑞》卷七十六引《說文》皆同二徐本，許書原文當如是。

𩆜（𩆜）　𩆜巫。以玉事神。从玉，霝聲。靈𩆜或从巫。

濤案：《廣韻・十五青》引不複舉「𩆜」字，葢古本如是。《楚辭》注云：「靈，巫也。楚人名巫爲𩆜。」則𩆜即是巫，不得以𩆜、巫連文，此言巫「以玉事神」，所以从玉之意，《玉篇》引無巫字，葢傳寫偶奪。

魁案：張舜徽《約注》云：「故書雅記中有以靈巫二字連用者，靈之爲言令也，良也，謂良巫也。《新語》以靈巫與良醫對舉，其明證已。許書以靈巫釋𩆜，則與桓圭釋瓛同例，乃以今名訓本字也。古人名巫爲靈，連言之則爲靈巫，其義自安。後世學者不解其故，多刪去說解靈字。」張氏所言是。《新語》原文出自《資質》第七：「昔扁鵲居宋，得罪於宋君，出亡之衛，衛人有病將死者，扁鵲至其家，欲爲治之。病者之父謂扁鵲曰：『言子病甚篤，將爲迎良醫治，非子所能治也。』退而不用，乃使靈巫求福請命，對扁鵲而咒，病者卒死，靈巫不能治也。夫扁鵲天下之良醫，而不能与靈巫爭用者，知与不知也。」一事之中「靈巫」出現三次。又，《墨子》卷十五：「從外宅諸名大祠，靈巫或禱焉，給禱牲。」皆「靈巫」連用之例，據此則今二徐本不誤，《古本考》非是。

補琖

濤案：《玉篇》云：「琖，側簡切，《說文》曰：玉爵也。夏曰琖，殷曰斝，周曰爵。」是古本有琖字。《斗部》斝字解亦有「夏曰琖」云云，則許書之有琖字無疑。二徐所見本偶奪此字，大徐轉加入《新附》，誤矣。

又案：鈕布衣（樹玉）曰：「《周禮・量人》注引《明堂位》：『夏后氏以琖』。釋文云：『琖，劉本作湔，音同。』是古有作湔者。」不知湔與琖聲相近，故古相通假，湔乃琖之假字，不得疑爲琖之正字也。錢詹事（大昕）以爲當用淺深之淺，亦非。

魁案：此字大徐入於《新附》，今見宋元間字書、韻書所引唯有《玉篇》注明出自《說文》，余者或節引或完引，均未名出處。《說文・酉部》有「醆」字，云「爵也」，《經典釋文》卷七：「醆，側簡反。字或作琖，同。」是醆與琖爲異體。

補 琛

濤案：《御覽》八百二珍寶部引「《說文》琛，寶也」，今本無琛字，《詩·泮水》：「來獻其琛。」傳云：「琛，寶也。」《爾雅·釋言》同，正許君所本，則許書不得無琛字。二徐本奪此篆，而大徐轉入《新附》，誤矣。孫觀察（星衍）曰：「珍，草書作珎，與琛形近，《御覽》所引之琛，乃珍之誤。」曲徇二徐，實屬肊說。

魁案：《古本考》是。《慧琳音義》卷九十七「琛麗」條云：「《說文》從玉深省聲。」可證許書原文有琛篆。

補 瓀

濤案：《文選·西京賦》注引「瓀，石之次玉也」，是古本有瓀篆〔註 18〕，今奪。

玨部

玨（玨）　**二玉相合為一玨。凡玨之屬皆从玨。瑴玨或从㱿。**

濤案：《玉篇》引作「二玉爲一玨」，此顧氏節去「相合」二字，非古本如是，《廣韻·四覺》玨下亦有「相合」字可證。《爾雅·釋器》釋文引「二玉相合爲玨」，乃傳寫奪「一」字，而亦有「相合」字也。

魁案：《古本考》是。今二徐本同，許書原文如是。

班（班）　**分瑞玉。从玨，从刀。**

濤案：《玉篇》引作「分瑞也」，《廣韻·二十七刪》引與今同，此兩書各有漏奪。《玉篇》奪「玉」字，《廣韻》與今本皆奪「也」字。

魁案：《慧琳音義》卷十七「班宣」條引《說文》作「分瑞玉」，與今二徐本同，許書原文當如此，《古本考》非是。

〔註 18〕刻本「篆」作「傳」，今改。

䡅（䡅） 車笭閒皮篋。古者使奉玉以藏之。从車玨。讀與服同。

濤案：《玉篇》引作「古者使奉玉所以盛之」，蓋古本如是。今本奪「所」字，又誤「盛」爲「藏」，非。又《文選・東京賦》注引作「車蘭閒皮筐，以安其弩也」，蘭當作籣。《竹部》「籣，所以盛弩矢」，與《選》注正合，則今本作笭者非。筐、篋形相近，義得兩通。「以安其弩」句乃崇賢釋《賦》「䡅弩」，非引《說文》。

魁案：《古本考》以《玉篇》所引爲《說文》古本，可從。然以爲「今本作笭者非」，則非是。《說文・竹部》：「笭，車笭也。从竹令聲。一曰：笭，籯也。」車笭就是車闌，王筠《說文句讀》〔註19〕：「笭，與《車部》『軨』同。」《釋名・釋車》：「笭，横在車前，織竹作之，孔笭笭也。」故不必懷疑「笭」字。

气部

气（气） 雲气也。象形。凡气之屬皆从气。

濤案：《汗簡》卷中之二氣（即气之隸變通用），是古本尚有重文，今奪。

魁案：《古本考》是。《慧琳音義》卷九十六「毒气」條引《說文》云：「雲气也。象形。亦作氣。」慧琳言「亦作氣」，旨在說明古本有重文。

士部

士（士） 事也。數始於一，終於十。从一，从十。孔子曰：「推十合一為士。」凡士之屬皆从士。

濤案：《玉篇》引作「推一合十爲士」，蓋古本如是，當乙正。《韻會》引同，是小徐本尚不誤也。

魁案：「推十合一爲士」之句與今二徐本同，《廣韻》所引亦同二徐。

墫（墫） 舞也。从士，尊聲。《詩》曰：「墫墫舞我。」

濤案：《詩・伐木》釋文云：「蹲蹲，七旬反，本或作蹲〔註20〕，同。《說文》

〔註19〕王筠《說文句讀》，下稱《句讀》，上海古籍書店，1983年。

〔註20〕「蹲」字當作「墫」。

云：士舞也，从士尊。」《爾雅・釋訓》釋文云：「墫墫，七旬反，《說文》云：墫，士舞也。宜从士尊也，本或作蹲，同。」葢古本舞上有「士」字，故元朗云：「宜从士尊」，今本乃二徐妄刪。

｜部

**（中）　和也。从口、｜，上下通。古文中。籀文中。**

濤案：《六書故》：晁說之曰：「林罕謂：『从口，象四方上下通中也。』《說文》徐本皆作𠁧，殆誤也。李陽冰曰：『同異之同亦从口，不从𠁧。』葢用與中皆从中（疑當作｜），而其中不从口。」此戴氏所引晁說如此。然則唐本《說文》从口不从𠁧矣。此乃象形兼會意字，林氏之說甚确，《玉篇》𠁧、𨒰皆云：「並古文中。」則今本作籀文者誤。

《說文古本考》第一卷下　嘉興沈濤纂

屮部

（屮）　艸木初生也。象丨出形，有枝莖也。古文或以為艸字。讀若徹。凡屮之屬皆从屮。尹彤說。

濤案：《爾雅・釋草》釋文云：「屮，讀若徹，象草木初生」，乃檃括節引，非古本如是。

魁案：《古本考》是。小徐本作「木初生也」，較大徐少一「艸」字，徐鍇曰：「艸始脫孚甲未有歧根。」則鍇本當傳寫脫「艸」字。《希麟音義》卷一「墋毒」條引《說文》有之，寫作「草」，則許書原文當同大徐。

（岎）　艸初生，其香分布。从屮，从分，分亦聲。芬或从艸。

濤案：《一切經音義》卷七、卷十二、卷十九皆引「芬，芳也。」蓋古本一曰以下之奪文。

魁案：《古本考》認爲「芳也」乃許書之一解，當是。《慧琳音義》卷二十八「芬葩」條轉錄《玄應音義》，引同沈濤所引。卷十九「芬葩」條引《說文》云：「芬，芳也。」則許書原文當有此一訓。

《慧琳音義》「芬馥」條多次引《說文》，卷八、卷十二皆引作「草初生，香氣分布」，《希麟音義》卷一所引與之相同。又，《慧琳音義》卷十二、卷十五所引多一「也」字。卷六所引草上又多一「土」字，作「土草初生，香氣分布也」。唯卷三十七引同大徐。合諸引訂之，許書原文蓋作「草初生，香氣分布也」。

艸部

（莊）　上諱。古文莊。

濤案：《汗簡》卷上之二篆體作，是今本篆體微誤。

（蓏）　在木曰果，在地曰蓏。从艸，从㼌。

濤案：《齊民要術》引作「在木曰果，在艸曰蓏」，《御覽》九百六十四果部同，是古本作「艸」不作「地」。《易・說卦》傳：「爲果蓏。」宋衷注曰：「木實謂之果，艸實謂之蓏。」《漢書・食貨志》：「瓜瓠果蓏。」注引應劭曰：「木實曰果，艸實曰蓏。」皆與許說相同。「在地曰蓏」見《儀禮・既夕篇》及《淮南・地形訓》注，是亦相傳古訓。許書列於《艸部》以明从艸之義，故曰：「在艸曰蓏」，則如〔註21〕今本作「地」之非矣。《易・說卦》釋文、《玉篇》引同今本，《廣韻・三十四果》引作「木上曰果，地上曰蓏」，皆後人據今本所改。

又案〔註22〕：《龍龕手鑑》引「木實曰果，艸實曰蓏」，與宋、應諸說相同，葢古本如是。可見古本無作「地」者。

魁案：「在地曰蓏」與「在艸曰蓏」本質無別，均是與「在木曰果」對舉而言。「在木曰果」是說果爲木本之實，生長在木上；「在艸曰蓏」是說蓏爲艸本之實，非是泛指，乃專指瓜瓠之類，所以字从艸从㼌。瓜瓠之屬，多長在地面，所以又有「在地曰蓏」的說法。徐鍇曰：「在地若瓜瓠之屬，今人或曰蔓生曰蓏，亦同。果在樹，故⊕在木上。瓜在蔓，故㼌在艸下，在葉下也。」鍇說是也。《慧琳音義》卷三十九「果蓏」條、卷七十五「無有蓏」條兩引引《說文》並云：「在地曰蓏。從草㼌聲。」《類聚抄》卷十七稻穀部引《說文》亦云：「地上曰蓏。」今二徐本同，許書原文當如是，《古本考》非是。

荅（荅）　**小尗也。从艸，合聲。**

濤案：《御覽》八百四十一百穀部引同，而豆部又引曰：「小豆菽也。」豆即尗，毋庸複舉，當是傳寫誤衍。

魁案：《古本考》是。今二徐本同，許書原文如是。

藿（藿）　**尗之少也。从艸，靃聲。**

濤案：《文選・阮籍〈詠懷詩〉》注引「藿，豆之葉也」，葢古本如是。《儀禮・公食大夫》注、《楚辭・愍命》注皆云：「藿，豆葉也。」與許解合。《詩・采菽》云：「采菽采菽。」箋云：「菽，大豆也。采之者采其葉以爲藿。」《小苑》云：「中原有菽，庶民采之。」正義云：「經言采菽，明采取其葉，故云藿也。」

〔註21〕「如」字當作「知」。

〔註22〕刻本原不分行，今分。

《廣雅・釋艸》:「豆角謂之莢,其葉謂之藿。」古人言藿無不以爲「豆葉」者,尗、豆一物,今本「少」字誤。《玉篇》、《爾雅・釋艸》釋文、《御覽》八百四十一百穀部皆引同今本,疑淺人據今本改。

魁案:《古本考》可從。宋陳景沂《全芳備祖》〔註23〕卷二十六引《說文》:「藿,豆葉也。」合《儀禮》《楚辭》注引訂之,許書原文當作「豆葉也」。

(莥)　**鹿藿之實名也。从艸,狃聲。**

濤案:《御覽》九百九十四百卉部引「莥,鹿藿之實也」,蓋古本無「名」字,以全書釋解例之,今本「名」字衍。

(蓈)　**禾粟之**采**,生而不成者謂之董**蓈**。从艸,郎聲。**蓈**或从禾。**

濤案:《詩・大田》釋文引「禾粟之莠,生而不成者謂之童蓈也」,《爾雅・釋艸》釋文亦引「禾粟之莠,生而不成者」,蓋古本采作莠,董作童。《爾雅・釋艸》、毛詩傳皆云:「稂,童粱也。」童粱即童蓈,粱、蓈一聲之轉。郭注《爾雅》云:「稂,莠屬也。」則知古本作莠者是,今本蓋二徐妄改。《篇》、《韻》皆引作穗(穗即采),又後人據今本所改矣。

魁案:《古本考》是。《慧琳音義》卷八十七「不稂」條引作「禾粟生而不成謂之童稂」,乃奪「之莠」、「者」三字,「童稂」當是借音詞,字無定形。

(蒉)　**菜之美者,雲夢之**蒉**。从艸,豈聲。**

濤案:《玉篇》引「雲夢」上多一「有」字,蓋古本如是,今奪。

魁案:《古本考》是。《文苑英華》卷八十三引《說文》云:「菜之美者,有雲夢之蒉。」許書原文當如是。

(葵)　**菜也。从艸,癸聲。**

濤案:《廣韻・六脂》引《說文》曰:「菜也,常傾葉,向日,不令照其根。」蓋古本有「常傾」以下十字,今本奪。

魁案:《古本考》是。《藝文類聚》卷八十二引《說文》云:「葵,菜也。」

〔註23〕陳景沂《全芳備祖》,農業出版社,1982年。

宋陳景沂《全芳備祖》卷十四「黃葵」條引《說文》云:「常傾葉,向日,不令照其根。」同卷又引《說文》云:「葵,菜也。」

(蓼)　**辛菜,薔虞也。从艸,翏聲。**

濤案:《文選·張衡〈南都賦〉》注引「蓼,辛菜也」,無「薔虞」二字,乃節引非完文。

又案:《爾雅·釋艸》「薔,虞蓼」,釋文云:「薔,師力反,《說文》作『薔』,云『虞蓼』也,音色。」陸氏言《說文》作某者必與經文字異,今《爾雅》字本作薔,何以云《說文》作薔乎?是元朗所見《說文》本必不作薔,今本乃淺人據《爾雅》所改,而其字則不可知矣。

魁案:《慧琳音義》卷九十六「蓼蘇」條、卷九十九「荼蓼」俱引《說文》作「辛菜也」,則原本應有「也」字。然亦無「薔虞」二字。《爾雅·釋艸》:「薔虞蓼。」郭注云:「虞蓼,澤蓼,生水中者。」以薔爲句,與許書異。又,疏云:「薔一名虞蓼,即蓼之生水澤者也。」本部「薔」下訓爲「薔虞蓼」,案郭注邢疏,當以薔爲句。嚴可均曰:「虞上衍薔,《釋草》釋文引無」。嚴說是也。故「薔」下當訓爲「虞蓼」,今徐本「蓼」下「薔虞」二字爲不詞。愚以爲「蓼」許書本訓「辛菜也」,「薔虞」而因涉「薔」字訓「虞蓼」而竄於此。

(芋)　**大葉實根,駭人,故謂之芋也。从艸,于聲。**

濤案:《一切經音義》卷十五引「駭」作「驚」,義得兩通,其下又有「蜀多此物,可食,其大者謂之蹲鴟也」十四字,當是庾氏注中語。

魁案:《慧琳音義》卷八「或芋」條引《說文》云:「大葉實根,驚人,故謂之芌也。」卷五十八「芋根」條轉錄《玄應音義》,引同沈濤所引,唯「大」字誤作「本」字。據此二引,是玄應、慧琳所見許書作「驚人」。「蜀多此物」以下當爲後人續申之辭,非許書原文,《古本考》所言是。

(莒)　**齊謂芋為莒。从艸,呂聲。**

濤案:《齊民要術》二引「齊人呼爲莒」,《御覽》九百七十五果部引「齊人謂芋爲莒」,葢古本作「齊人呼芋爲莒」,《要術》傳寫奪「芋」字。《藝文類聚》八十七果部又引作「齊人爲莒」,更爲缺奪,而齊下有「人」字則同也。

魁案：《古本考》是。宋陳景沂《全芳備祖》卷二十五引《說文》云：「齊人呼爲莒。」同《要術》所引，亦奪「芌」字。

（蘘）　**蘘荷也。一名萺葙。从艸，襄聲。**

濤案：《御覽》九百八十菜部引作「蘘蘘荷也，一名荷苴」。「荷苴」疑「蒪苴」傳寫之誤。《廣雅・釋艸》云：「蘘荷，蒪苴也。」蒪苴即萺葙，當是古本或有作「蒪苴」者，故《御覽》所引如此。《文選・南都賦》注、《齊民要術》皆引作「萺葙」，是今本亦不誤也。

魁案：《古本考》認爲今本不誤，是。今二徐本同。

（苹）　**蓱也。無根，浮水而生也。从艸，平聲。**

濤案：《文選・高唐賦》注引「苹苹，艸皃」，葢古本一曰以下之奪文。

魁案：今小徐本作「萍也，無根，浮水而生者」。《初學記》卷二十七、《御覽》卷一千引同小徐而少一「者」字。又，《類聚抄》卷二十艸木部引作「蓱，《說文》云：萍，無根浮水上者也。」所引均無「艸皃」之訓，則許書原本未必有之。許書原本疑當作「萍也，無根，浮水而生者也。」苹、蓱、萍三字均見大徐本，苹與蓱互訓，萍又訓爲苹。

（藼）　**令人忘憂艸也。从艸，憲聲。《詩》曰：「安得藼艸？」或从煖。或从宣。**

濤案：《詩・伯兮》釋文引云：「令人忘憂也。」《初學記》草部第十四、《御覽》九百九十六百卉部皆引作「忘憂草也」，葢元朗所引奪去「艸」字，《初學記》、《御覽》又皆刪節「令人」二字，俱非古本原文如此。

（蕬）　**艸，出吳林山。从艸，姦聲。**

濤案：《一切經音義》卷二、卷八、卷十二皆引「蕬，香草也」，是古本有「香」「也」二字，今奪。卷八又云「蕬，蘭也」，乃元應引《聲類》語，見卷十二，非許君語也。

魁案：《古本考》是。《慧琳音義》卷五十五「草蕬」條轉錄《玄應音義》，引同沈濤所引。卷二十六「菅草」條引《說文》云：「蕬，香草名也。」

卷四十五「著蕿」條引《說文》云：「亦香草也。」「亦」字乃引者所足。卷七十八「蕿衣」條云：「《玉篇》：香草也。《說文》云：出吳林山。」《玉篇》當本許書，非許書無「香草也」三字。合訂之，許書原文當作「香艸也。出吳林山」。

〔註 24〕（藒）　**芞輿也。从艸，楬聲。**

濤案：《御覽》九百八十二香部引「藒車，芞輿也」，葢古本如是。《爾雅・釋艸》：「藒車，芞輿。」《離騷》云：「畦留夷與藒車兮。」王逸注：「藒車，一名芞輿。」《說文》之例以篆文連注字，淺人不知，妄刪「車」字，誤矣。《爾雅》釋文云：「車，本多無此字。」與《離騷》不合，不可從，《韻會》亦引有「車」字。

魁案：《古本考》非是。桂馥《義證》曰：「《爾雅・釋艸》：『藒車，芞輿。』郭注：『藒車，見《離騷》。』釋文云：『車，本多無此字。』馥謂寫者因郭注加車字。郭乃引《離騷》藒車，非謂《爾雅》亦有車字也。故本書但云芞輿，無藒車字。」桂說是也。

（芧）　**艸也。从艸，予聲。可以為繩。**

濤案：《文選・南都賦》注兩引此書，一云「苎，麻屬」，一云「苎，可以爲索」。《一切經音義》十一引「貯〔註 25〕，緕屬，亦艸名也」，皆與今本不同。貯、苧皆芧之別字，緕爲枲屬，與麻同類。古本當作「芧，艸也。可以爲索。一曰麻屬。」《上林賦》：「箴芧青蘋。」注〔註 26〕張揖曰：「芧三棱。」則與麻屬之芧不同，或混而一之，非也。

又案：平子《賦》中一則曰「其草則藨苧蘋莞」，一則曰「其原野則有桑漆麻苧」。崇賢引「芧艸」以釋「藨苧」之「苧」，引「麻屬」以釋「麻苧」之「苧」，自非一物。或疑本部芓「麻母」爲「麻屬」之誤，張《賦》兩「苧」字一爲「芓」字之別體，一爲「芧」字之別體。然《爾雅・釋艸》：「莩，麻母。」《說文》即本爲訓。釋文云：「莩，《說文》作芓。」《玉篇》云：「芓，《說文》一曰芓，即

〔註 24〕刻本字頭作「芞」，今改。

〔註 25〕「貯」字當作「紵」，後文同。

〔註 26〕「注」字下當脱「引」字。

枲也。茡，同上。」則「芧」之別體爲「茡」，不爲「苧」，且一爲疾吏切，一爲直吕切，音各不同，斷無隸變同改爲「苧」之理。據元應書所引，則「芧」字本有二訓，所云「䋈屬」即崇賢所引之「麻屬」，特元應所見本「麻」作「䋈」耳。「可以爲索」之艸或即張氏所謂「三棱」乎！

魁案：《古本考》所引《玄應音義》有誤，本作「紵，䋈屬也，亦艸名也」。二徐本《說文》：「紵，䋈屬。」明淩稚隆《五車韻瑞》卷五十九「苧」下引曰：「《說文》草也。本作芧，可以爲繩。」「本作芧」爲淩氏語。苧爲芧之別字，而紵與芧無涉，則沈濤認爲「貯（紵）、苧皆芧之別字」非是。今二徐本同，依許書通例，許書原文當作「艸也。可以爲繩。从艸，予聲。」

（藋）　釐艸也。一曰，拜商藋。从〔註27〕艸，翟聲。

濤案：《爾雅・釋艸》釋文云：「藋，《說文》、《廣雅》皆云『堇也。』」葢古本如此。《韻會》、《集韻》、《類篇》皆引作「堇艸也」，是今本「釐」字乃傳寫之誤，二徐原本當尚不誤也。《廣雅・釋艸》：「堇，藋也。」《名醫別錄》：「蒴藋，一名堇草，一名芨。」

（蓡）　人蓡，藥艸，出上黨。从艸，㴞聲。

濤案：《御覽》九百九十一藥部引作「人蓡，出上黨」，無「藥艸」二字。又《一切經音義》卷十一引云：「苦草也，其類有多種，謂丹蔘、元蔘等也。」疑古本作「蓡，苦草也；人蓡，出上黨」，「其類」以下皆庾氏注中語，以明蓡之不僅人蓡耳。今本恐有舛誤。

魁案：《慧琳音義》卷五十二「苦蔘」條轉錄《玄應音義》，云：「《說文》作蓡，同。所金反。苦草也。其類有多種，謂丹蔘玄蔘等也。」引同沈濤所引。

（莀）　艸也。可以染留黃。从艸，戾聲。

濤案：《御覽》九百九十七百卉部引無「留」字，葢古本如是。《漢書・百官公卿表》：「諸侯王盭綬。」注引晉灼：「盭，艸名，出琅邪平昌縣，似艾，可染黃。」盭即莀字之假。盭可染黃，正與許合。「留黃」即「流黃」，乃黃之一

〔註27〕「从」字刻本脱，今補。

種，今本有「留」字，非也。

魁案：《古本考》是。李時珍《本草綱目》卷十六曰：「許愼《說文》云：蒖草，可以染黃。」

（苦）　**大苦苓也。从艸，古聲。**

濤案：《文選．劉峻〈廣絕交論〉》注引「苦，猶急也」，此一曰以下之脫文，與苛字元應書引「尤劇也」同例。唐本尚有之，今皆爲二徐妄刪去矣。《集韻》、《類篇》、《韻會》皆引「一曰急也」，是小徐本尚有此四字。

（莞）　**艸也。可以作席。从艸，完聲。**

濤案：《御覽》一千百卉部引「作席」作「爲席」，蓋古本如是。「作」、「爲」義雖兩通，然本書多言「爲」，罕言「作」。

（蒲）　**水艸也。可以作席。从艸，浦聲。**

濤案：《御覽》九百九十九百卉部引無「水」字、「可」字，乃傳寫誤奪。

魁案：今小徐本作「水艸也。或以作席」，似較大徐爲勝。元陰時夫《韻府群玉》〔註 28〕卷三引「蒲，《說文》：水草，或以作席。」奪「也」字。

（蒻）　**蒲子。可以為平席。从艸，弱聲。**

濤案：《文選．秋興賦》注引「平席」作「華席」，「華」當爲「苹」字之誤。《周書．顧命》：「敷重茂席。」僞孔傳：「纖蒻苹席也。」《禮閒傳》注：「芐，今之蒲苹也。」《釋名》曰：「蒲苹以蒲作之，其體平也。」蓋苹席義作平，而字當作苹，今本作平，誤。《御覽》九百九十九百卉部引作「蒲子也，以爲平席」，是古本「子」下有「也」字。

又案：《藝文類聚》六十九服飾部、《御覽》七百九服用部皆引作「可以爲薦（《類聚》無以字）。《廣雅．釋器》：「薦，席也。」《楚辭．逢紛》注：「薦，臥席也。」「可以爲薦」猶言「可以爲席」耳，蓋古本亦有如是作者。

魁案：《古本考》認爲「可以爲薦」或爲許書原文，非是。本部：「薦，獸之所食艸。」「席」非爲「薦」之本義。許書原本當如大徐，今二徐本同，許書

〔註 28〕元．陰時夫《韻府群玉》，元東山秀岩書堂刊本。

原文當如是。

（蓷）　萑也。从艸，推聲。《詩》曰：「中谷有蓷。」

濤案：陸璣《毛詩草木蟲魚疏》云：「蓷，似萑，方莖，白華，華生節間。《韓詩》及《三蒼》、《說文》（毛本作《說苑》，誤）云：『蓷，益母也。』」是古本不訓爲萑。《爾雅・釋艸》云：「萑，蓷。」郭注云：「今茺蔚也。」「茺蔚」即益母。而本部訓萑爲「艸多皃」，若訓蓷爲萑，則亦當訓萑爲蓷矣。今本葢後人據《爾雅》改耳。

魁案：《古本考》引《毛詩艸木虫魚疏》有誤。《說文》二字，毛晉《毛詩草木鳥獸蟲魚疏廣要》作《說苑》，今查檢《說苑》，確無「益母」二字。《說郛》所引、咸豐五年刊丁晏《毛詩陸疏校正》及《四庫全書》本皆作「《三蒼》說悉云」，「說」下無「文」字。明陳耀文《天中記》卷二十四「蓷」下曰：「陸璣云：《韓詩》及《三蒼》皆云『益母也』。」更無「說」字。查檢陸氏《艸木虫魚疏》「說」字共出現過 11 次，均單用，與《說文》無涉，可知陸氏疏未用《說文》材料，沈濤所說不足據。本部訓萑爲「艸多皃」，桂馥曰：「艸多皃，非原文，後人亂之。」張舜徽《約注》云：「此篆當以蓷爲本義，而艸多皃乃別義。」《爾雅・釋艸》云：「萑，蓷。」此說較勝。

（苢）　芣苢。一名馬舄。其實如李，令人宜子。从艸，目聲。《周書》所說。

濤案：《爾雅・釋艸》釋文引作「芣苢，馬舄也，其實如李，令人宜子。《周書》所說」，是古本不作「一名馬舄」矣。又《詩・芣苢》釋文云：「《山海經》及《周書・王會》皆云：『芣苢，木也，實似李，食之宜子，出於西戎。』衛氏傳及許愼並同。」此云「許愼並同」者謂「似李宜子」等說相同，非謂字字如上所云也。故古本當以《爾雅》釋文爲斷，「从艸」當在「《周書》所說」句下。

魁案：《古本考》認爲許書不作「一名馬舄」，是。《段注》曰：「《釋草》『芣苢、馬舄、車前』。《說文》凡云『一名』者，皆後人所改竄。《爾雅音義》引作『芣苢，馬舄也』可證。」

（蕁）　**芜藩也。从艸，尋聲。[illegible]蕁或从爻。**

濤案：《爾雅・釋艸》釋文「薚，孫云：『古藫字，徒南反。』《說文》云：『或作蕁字。』」疑元朗所見本薚爲正字，蕁爲或體，今本傳寫互易耳。

（蘆）　**艸也。从艸，區聲。**

濤案：《爾雅・釋艸》釋文引「艸也」上有「烏蘆」二字，葢古本如是。《玉篇》：「蘆，烏蘆也。」《廣韻》云：「烏蘆，草名。」皆本《說文》，則今本漏奪可知。

（藷）　**藷蔗也。从艸，諸聲。**

濤案：《齊民要術》十、《藝文類聚》八十七果部、《御覽》九百七十四果部引皆不重「藷」字，葢古本如此。言蔗可以該藷，言藷不可以該蔗，故下文曰：「蔗、藷，蔗也。」此注不應重「藷」字。

魁案：《古本考》是。《慧琳音義》卷六十三「藷蔗」條引：「《說文》亦云甘蔗也。」「甘」字衍。卷八十一「藷根」條引《說文》云：「藷，蔗也。」宋陳景沂《全芳備祖》卷四引《說文》：云「藷，蔗也。」據此二引，許書原文當作「蔗也」。

（芺）　**艸也。味苦，江南食以下气。从艸，夭聲。**

濤案：《爾雅・釋艸》釋文「江南」作「江東」，葢古本如是。今本作「南」者誤。古之江東即今之江南，古之江南則在豫章長沙等處矣。《玉篇》仍作「江南」，乃後人據今本改。

魁案：《古本考》非是。《玉篇》引作「江南」當存六朝之舊，今二徐本同，《六書故》卷二十四所引亦同二徐，許書原文當如是。

（茲）　**艸也。从艸，弦聲。**

濤案：《玉篇》引云：「艸名。」以全書同例證之，古本當作「也」，不當作「名」。

魁案：《古本考》是。今二徐本同，許書原文如是。

藄（藄）　藄月爾也。从艸，綦聲。

濤案：《爾雅・釋艸》釋文引作「藄，土夫也。」葢古本如是。段先生曰：「陸德明所據《說文》，必與《爾雅》殊異而偁之，不則何容偁也。今本《說文》恐是據《爾雅》郭本、郭注改者。」說解中「藄」字亦衍。

又案：錢徵君曰：「《釋艸》：『芏夫王；藄月爾。』陸氏《釋文》引《說文》：『藄，土夫也。』則『土夫也』、『王藄也』、『月爾也』，一物三名。郭璞以『芏夫土』爲一物，『藄月爾』爲一物。陸氏所見《說文》是唐初之本，可以證郭注之失。」

藑（藑）　茅葍也。一名蕣。从艸，夐聲。

濤案：《爾雅・釋艸》釋文引「葍，亦名舜，楚謂之葍，秦謂之藑，蔓地生而連花」，葢古本如是，今本奪「楚謂之葍」以下十四字，葢淺人所刪。

魁案：《古本考》非是。《釋文》所引乃「葍」字訓釋，非是藑字訓解。

⿱艹易（⿱艹易）　艸。枝枝相值，葉葉相當。从艸，易聲。

濤案：《玉篇》引少一「艸」字，葢顧氏書有奪，非古本無也。

魁案：依許書大例，「艸」下當有「也」字。

薁（薁）　嬰薁也。从艸，奧聲。

濤案：《齊民要術》卷末引曰：「薁，櫻也。」葢傳寫奪「薁」字，薁訓「蘡薁」見《豳風》，毛詩不得單舉「櫻」字，非古本如此。蘡俗字當作嬰，古本作櫻，通假字也。

魁案：《古本考》認爲《要術》奪「薁」字，是。《慧琳音義》卷六十二「蘡薁」條引《說文》云：「蘡薁也。」今二徐本「嬰」當作「蘡」。

茈（茈）　茈艸也。从艸，此聲。

濤案：《御覽》九百九十六百卉部引「茈藐紫艸」，葢古本如此。《爾雅》：「藐，茈艸。」郭注云：「可以染紫，一名茈莀。」葢茈一名藐，爲染紫之艸，故許解之如此。今本云云乃涉下文「藐」注而誤。《說文》之例，以篆文連注讀，若如今本則但當云：「茈，艸也。」不應複「茈」字。

魁案：《古本考》非是。張舜徽《約注》云：「此篆說解蓋本作紫艸也，寫者誤紫爲茈耳。此艸可以染紫，故許以紫艸釋之。《御覽》所引乃總括茈藐二篆爲言，謂茈與藐皆紫艸耳。非茈篆下以『茈藐紫艸』四字立訓也。下文藐訓茈艸，用《爾雅・釋草》文。」張說是也。

（萴）　烏喙也。从艸，則聲。

濤案：《御覽》九百九十藥部引「萴，烏頭也」，葢古本如此。《本艸》曰：「烏頭，一名烏喙，一名萴。」烏頭、烏喙本是一物，然《御覽》引於「烏頭」條下則唐以前本必作「烏頭」，不作「烏喙」矣。

魁案：《古本考》可從。《廣雅・釋草》云：「一歲爲萴子，二歲爲烏喙，三歲爲附子，四歲爲烏頭，五歲爲天雄。」

（蒐）　茅蒐，茹藘。人血所生，可以染絳。从艸，从鬼。

（茜）　茅蒐也。从艸，西聲。

濤案：《御覽》九百九十六百卉部引作「茅蒐，茹蘆（鮑刻本仍作茹藘，今本據宋本）也，人血所生，可以染絳」，較今本多一也字。《說文》無藘字，當从《御覽》作「蘆」，唐石經《爾雅》初刻作「茹蘆」，可見古本不作藘。《一切經音義》卷十四引作「茅蒐，地血所生」，卷十五又引作「茅蒐，人血所生，可以染絳，字从〔註29〕西聲」。兩引皆在「茜」字下。又卷十九「蒨艸」下又云：「一名茈䓞，一名茅蒐，可以染絳，人血所生。」似元應所據本「人血所生」八字在茜篆「茅蒐也」之下，今本誤移於「蒐」字下，古本「蒐」下止作「茅蒐，茹蘆也」五字。《御覽》所引乃兩字訓移并一條，「茹蘆」下有也字，未誤。元應書一引作「地血」，「地」字誤，茅蒐一名地血，乃陸璣詩疏語，許氏書自作「人」不作「地」也。《玉篇》茜字注引《說文》曰：「茅蒐，可以染緋。」可證六朝本茜篆下有此訓，惟許書無緋字，當爲染絳之誤。

魁案：《古本考》是。《慧琳音義》卷五十八「若茜」條轉錄《玄應音義》，引《說文》云：「茅蒐也。人血所生，可以染絳。」卷五十九「茜草」條亦轉錄

〔註29〕「从」下當有「艸」字。

《玄應音義》，引《說文》云：「茅蒐也。人血所生。」卷六十三「紅茜」條引《說文》云：「茜，茅蒐也。可以染絳色也。人血所生。從草西聲。」合此三引，許書「茜」下原文當作「茅蒐也。人血所生，可以染絳。從草西聲。」「蒐」下原文當如沈濤所言，作「茅蒐，茹藘也」。

（蔦）　寄生也。从艸，鳥聲。《詩》曰：「蔦與女蘿。」蔦或从木。

濤案：《詩・頍弁》釋文引云：「寄生草也。」《爾雅・釋木》釋文又引《字林》：「寄生也。」然則古本《說文》有「艸」字，《字林》無「艸」字，今本乃二徐據《字林》妄刪。

魁案：《古本考》是。《慧琳音義》卷九十九「蘿蔦徬」條引《說文》作「蔦寄生草也。」

（芸）　艸也。似目宿。从艸，云聲。《淮南子》說：「芸艸可以死復生。」

濤案：《廣韻・二十文》引《淮南子》作「淮南王」，葢古本如此。「子」字乃淺人所改，本書蝌下亦云「淮南王說」。

魁案：《古本考》未必是。小徐本只作「淮南」，《太平御覽》卷九百八十二引《說文》作《淮南子》。

（薺）　蒺藜也。从艸，齊聲。《詩》曰：「牆有薺。」

濤案：《蓺文類聚》八十二艸部、《御覽》九百八十菜部皆引「薺，草，可食」，與今本不同。《詩・谷風》云：「誰謂荼苦，其甘如薺。」此皆可食之薺，其實謂之蒫，見《爾雅・釋艸》，今人呼爲薺菜，葢古本作「薺，艸，可食。一曰蒺藜也」云云，後人妄刪數字而薺之本訓失矣。

又案：今本《說文》薺字有二音，疾咨切，又徂禮切，疾咨切謂蒺藜之薺也；徂禮切謂可食之薺也。

魁案：《古本考》可據。張舜徽《約注》云：「薺者，蒺梨二字之合音也，長言爲蒺梨，短言之則爲薺。」張說是。

（蘞）　白蘞也。从艸，僉聲。蘞或从斂。

濤案：《一切經音義》卷十七引「《說文》：蘞，白蘞也。蔓生於野者也」，下六字當是庾氏注中語。

魁案：《古本考》是。《慧琳音義》卷七十「薟苦」條轉錄《玄應音義》，引《說文》同沈濤所引。

（荃）　**黃荃也。从艸，金聲。**

濤案：《御覽》九百九十二藥部引作「荃，黃芩也」，下「荃」字作「芩」，乃傳寫之誤。許書荃與芩畫分二物，焉有篆作荃而說解作芩之理？非古本如是也。

魁案：《古本考》是。張舜徽《約注》解釋說：「今、金古聲通。本書《水部》淦或从今作汵，《糸部》紟籀文从金作綅，皆其例證。雖未可據斷荃芩同字，然寫者貪芩字省筆，故書黃荃字多作芩也。」張說是也。

（芩）　**艸也。从艸，今聲。《詩》曰：「食野之芩。」**

濤案：《詩・小雅》釋文云：「艸也。《說文》云：蒿。」引《說文》於「艸也」之下，是古本作「蒿」不作「艸」明矣。

魁案：《古本考》可據。《段注》云：「《毛詩音義》引《說文》云：蒿也。以別於毛公之『艸也』，甚爲可據。但訓蒿則與弟二章不別，且《說文》當以芩與蒿篆類廁，恐是一本作『蒿屬』，釋文『也』字或『屬』字之誤。」

（藨）　**鹿藿也。从艸，麃聲。讀若剽。一曰，蔽屬。**

濤案：《文選・南都賦》注引「藨，蔽之屬」，以全書通例證之，古本不應有「之」字，當是傳寫誤衍。蔽乃蔽之別，非此之用，亦蔽字傳寫之誤。

魁案：《古本考》認爲《文選》注引「之」字衍，是。今二徐本同，許書原文如是。

（蔆）　**芰也。从艸，淩聲。楚謂之芰，秦謂之薢茩。司馬相如說，蔆从遴。**

（芰）　**蔆也。从艸，支聲。杜林說，芰从多。**

濤案：《齊民要術》卷十引云「蔆，茨也」，《藝文類聚》八十二艸部引云

「菱，⿱艹陵也」，二書傳寫皆有誤字，《要術》「茨」字，《藝文》「菱」字皆「芰」字之誤。據此二引則古本「⿱艹陵」字从陵不从淩。《爾雅・釋艸》云「蔆攈」，釋文作⿱艹陵，云：「字又作菱。本今作蔆。」《釋艸》云「薢茩芵光」，注云：「或曰⿱艹陵也。」釋文云：「字又作菱，音陵。」蓋元朗之意以⿱艹陵爲正字，菱爲別字，蔆乃當時俗字，然亦作蔆不作蔆。《廣雅・釋艸》云：「⿱艹陵芰，薢茩也。」《離騷》王逸注云：「芰，⿱艹陵也。」《爾雅》釋文引《字林》云：「楚人名⿱艹陵曰芰。」皆作⿱艹陵不作蔆，惟《周禮・籩人》：「蔆芡栗脯。」字正作蔆。釋文：「蔆音陵」。余謂此字當本从陵，故元朗「音陵」，若字本从淩則當「音淩」，不「音陵」矣。《爾雅》邢疏引《說文》此條正作⿱艹陵，疑其所據非二徐本也。

又案：《篇》、《韻》皆以蔆爲正字，「⿱艹遴、⿱艹陵同上」，蓋宋以後陳彭年輩所增竄，非顧、陸原文。蔆本六朝隋唐間俗字，唐末又誤爲蔆，陳、吳輩見二徐《說文》本作蔆，遂以蔆爲正，又見經典字多作⿱艹陵，遂附⿱艹陵字於後。若《說文》⿱艹陵與⿱艹遴同爲蔆字之重文者，不知古本《說文》有⿱艹陵無蔆，今本《說文》有蔆無⿱艹陵，更難強爲牽合也。

魁案：《古本考》認爲許書原文有「⿱艹陵」字，無「蔆」字，是。《慧琳音義》卷五十九「⿱艹陵芰」條云：「又作茤。《說文》：芰，⿱艹陵也。」《類聚抄》卷十七稻穀部：「菱子，《說文》云：菱，秦謂之薢茩，楚謂之茤。」「芰」「⿱艹陵」二字互訓。

（蘜）　**日精也。以秋華。从艸，⿱⺮鞠省聲。****蘜或省。**

濤案：《玉篇》、《廣韻》二書引《說文》皆同，而字均作⿱艹匊。蓋古本篆文作⿱艹匊从⿱⺮匊省聲，非从⿱⺮鞠省聲也。蘜爲「治牆」，⿱艹匊爲「日精」，許君截分二字，不得混蘜於⿱艹匊。《爾雅・釋艸》釋文引此字作鞠，乃傳寫之誤。鞠爲蹋鞠正字，蘜字因此得聲，更非此用矣。

魁案：《古本考》是。《段注》云：「按《米部》蘜從米，⿱⺮匊省聲。省竹則爲蘜，又省米則爲⿱艹匊，即《卒部》之⿱⺮匊之省聲也。」

（菘）　**茅秀也。从艸，私聲。**

濤案：《廣韻・六脂》引「秀」字作「莠」，蓋古本如是。「茅莠」即「茅秀」，桂大令馥曰：「漢諱秀，《周禮》注作莠，本書亦應有借字。」

魁案：《古本考》當是。《類篇》卷二：「菘，相咨切。艸名。《說文》：茅莠。」《集韻》卷一：「菘，草名。《說文》：茅莠。」據諸引，說文原文當作「茅莠也」。

（菿）　**萑之初生。一曰薍，一曰騅。从艸，剡聲。**䓱**剡或从炎。**

濤案：《廣韻·四十九敢》引同，惟「萑」作「萑」，兩「曰」字皆作「名」。本部「萑，薍也」，《萑部》「萑，小爵也」，萑非此義，古文正作萑，不作萑，後人轉寫謬誤作萑耳，兩「曰」字亦當依《廣韻》作「名」。

魁案：《古本考》是。依許通例，「一曰」當作「一名」。張舜徽《約注》曰：「此篆說解首字『萑』當作『萑』，乃形近致譌。」張說是也。

（藺）　菡藺。**芙蓉華未發為菡藺，已發為芙蓉。从艸，閻聲。**

濤案：《一切經音義》卷三引「扶渠花未發者爲菡藺，已發開者爲扶蓉」，卷八引「扶渠花未發爲菡藺花，已發者爲芙蓉」，是今本作「芙蓉華」乃傳寫之誤。許解「蓮」爲扶渠，「實茄」爲扶渠，「莖荷」爲扶渠，「葉密」爲扶蕖，「本蕅」爲扶蕖根，則此注亦必當作扶渠，不作芙蓉。芙、蓉、蕖皆俗字，許書所無。又元應書發下有兩「者」字，葢古本有之。卷三「發」下「開」字，卷八已上「花」字當是傳寫誤衍。

又案：元應書卷三所引「爲扶蓉」下尚有「其實曰蓮」四字，乃櫽括蓮字注語，非古本此處有此四字也。又《爾雅·釋艸》釋文引云：「菡藺，華未發也，已發名芙蓉」，亦元朗櫽括引之，非古本原文如是。

又案：《華嚴經音義》五十九云：「『菡萏』二字，《玉篇》作『菡藺』，《字書》作『菡萏』，《說文》作『莟萏』。」今《說文》正作菡藺，《玉篇》正作「莟萏」，乃慧苑書傳寫互譌，非所據本不同也。又《音義》引「芙蓉，花未發者爲菡萏」乃櫽括「未發」「已發」二語引之，非所據與今本不同。莟，俗字，許書所無。

魁案：《古本考》是。《慧琳音義》卷二十三「菡萏花」條轉錄《慧苑音義》，同沈濤所引。卷二十八「芙蓉」條轉錄《玄應音義》，引云：「扶渠，花未發爲菡萏，花已發者爲芙蓉也。」卷二十四「菡藺」條引作「花未開敷曰芙蓉，已開敷曰菡藺」，卷三十一「菡藺」條引作「菡藺，芙蕖花也。未發曰芙蓉，已發曰菡蕳也」。此凡四引，意分兩端：卷二十三、卷二十八均以「花未發爲菡萏，已發爲芙蓉」，卷二十四、卷三十一則與之相反，且文字均有異。本部「菡」字，小徐注曰：「菡猶含也，未吐之意。」其說甚諦，「菡」之言取「未吐」之意，則「已發曰菡蕳」之訓當是慧琳誤倒。「菡蕳」雙聲、「芙蕖」疊韻，皆爲連綿詞，用字不一，字無定寫。合諸引，許書原文蓋作「菡蕳，芙蕖也。花未發者爲菡蕳，已發者爲芙蓉也」。

（荷）　芙蕖葉。从艸，何聲。

濤案：《御覽》九百九十九百卉部引作「芙蕖實也」，實乃葉字之誤。本部「蓮，扶渠之實也。」則荷不得爲實，據所引則古本亦有「也」字。

魁案：《古本考》是。「荷」之本義爲「芙蕖葉」。《段注》曰：「蓋大葉駭人，故謂之荷。」段說是也，荷之得名與苛同。

（蓍）　蒿屬。生千歲，三百莖。《易》以為數。天子蓍九尺，諸侯七尺，大夫五尺，士三尺。从艸，耆聲。

濤案：《爾雅・釋艸》釋文、《曲禮》正義、《御覽》九百九十七百卉部皆引作「蓍，蒿屬也」，是古本「蒿屬」下有「也」字。《禮》疏、《玉篇》「天子」下少一「蓍」字。《廣韻・六脂》引作「蓍，生千歲」，無「蒿屬」二字，皆傳寫奪誤。

魁案：《古本考》是。《慧琳音義》卷九十七「蓍龜」條引《說文》：「蒿屬也。生千歲，三百莖也。」許書原文當如是。卷八十四「蓍龜」條引《說文》云：「蒿屬也。千載生三百莖。」「千載」當作「千歲」，「生」字應在「千載」上。許書原文「莖」下亦當有「也」字。

（莪）　蘿莪，蒿屬。从艸，我聲。

濤案：《御覽》〔註30〕九百九十七百卉部引「莪，蒿也」，與今本不同。《爾雅・釋艸》：「莪、蘿。」注曰：「今莪蒿也，亦曰藁蒿。」《詩・大雅》：「菁菁者莪。」傳曰：「莪，蘿蒿也。」正義引陸璣《疏》曰：「莪蒿，一名莪蘿。」疑古本作「莪蘿，蒿也」，《御覽》傳寫奪一「蘿」字。今本尤舛誤不可通。

〔註30〕刻本作《玉篇》，誤，今改。

魁案:《古本考》是。王筠《句讀》曰:「陸璣云:『莪,蒿也。一名蘿蒿。』《釋蟲》又云:『蛾羅。』然則『我羅』二字,在今音爲疊韻,在古人爲恒言,故艸與蟲皆有是名矣。」其說甚是,今本許書作「蘿莪」,二字誤倒。

(蔚)　牡蒿也。从艸,尉聲。

濤案:《御覽》九百九十七百卉部引「蔚,牡蒿牡菣也,似蒿」,既云「牡蒿」,即不應又云「似蒿」。葢古本作「牡菣」,不作「牡蒿」。《爾雅·釋艸》「蔚,牡菣」,《詩·蓼莪》傳云「蔚,牡菣也」,許解正合。《御覽》「牡蒿」二字乃後人據今本竄入,而更不可通。

魁案:《古本考》認爲許書原文作「牡菣」,不作「牡蒿」,非是。《慧琳音義》卷二十四「森蔚」引《說文》作「牡蒿也」,所引與今二徐本同,許書原文如是。

(莕)　萎餘也。从艸,杏聲。莕或从行,同。

濤案:《爾雅·釋艸》釋文云:「莕,音杏,本亦作荇。《詩》云:『參差荇菜。』《說文》作『葕』。」是唐以前本重文莕字从洐不从行,《五經文字》亦云:「莕、葕,並杏。」

魁案:《古本考》是。張舜徽《約注》云:「荇即葕之俗省也。自經傳同作荇而莕葕二體並廢矣。」張說是。

(蕛)　蕛苵也。从艸,稊聲。

濤案:《說文》無稊字,嚴孝廉曰:「此篆疑後人所加。《釋艸》釋文:『稊,本又作稊』,引《莊子》:『道在稊稗。』則蕛即稊字。《一切經音義》卷十四以爲《說文》『稊』作『荑』。不言作蕛,知六朝唐初本無稊。」

魁案:《慧琳音義》卷七十八「蕛稗」條云:「《說文》作苐。」

(蔣)　苽蔣也。从艸,將聲。

濤案:《藝文類聚》八十二艸部、《御覽》九百九十九百卉部皆引「蔣,菰也」,葢古本無「蔣」字,菰當作苽,下文「苽,雕苽,一名蔣」,可見蔣當訓苽。後人習見「苽蔣」連舉,妄增一「蔣」字,誤。《文選·南都賦》注亦引作

「菰，蔣」，當是後人據今本改。

魁案：《古本考》認爲許書原文無「蔣「字，「菰」當作「苽」，是。《慧琳音義》卷九十九「菀蔣」引《説文》云：「蔣，苽也。」許書原文當如是。

（苽）　**雕苽。一名蔣。从艸，瓜聲。**

濤案：《御覽》九百九十九百卉部引「雕苽」作「雕胡」，葢古本如此。《禮·内則》注云：「苽，雕胡也。」《廣雅·釋艸》曰：「苽，蔣也。其米謂之雕胡。」宋玉《諷賦》曰：「主人之女爲炊雕胡之飯。」是古皆作「雕胡」，不作「雕苽」。《廣韻·十一模》亦引作「苽」，當是後人據今本改。

魁案：《古本考》是。張舜徽《約注》引王引之曰：「菰與苽同。苽、胡古聲相近，雕苽即彫胡也。」

（莍）　**茮樧實裏如表者。从艸，求聲。**

濤案：《爾雅·釋木》釋文引作「樧椒實裏如裘也」，葢古本如是。「如裘」，所以从求。今本「裏表」二字乃傳寫之誤。先師陳進士曰：「《説文》裘，象形字，籀文作求。」則莍爲「如裘」之義可見。《爾雅》：「櫟其實梂。」郭注：「有梂彙自裹。」《詩·椒聊》疏：「梂，實也。椒之房裹爲梂也。」梂即莍字，是裹之爲義有明證也。

魁案：《古本考》是。小徐本正作「茮樧實裏如裘者」。「茮」下徐鍇注云：「按《爾雅》『茮樧醜其實莍』，今《説文》無椒字，豆菽字但作茮。則此茮爲椒字也。」鍇説甚是。今釋文「樧椒」二字誤倒，椒當爲茮。郝懿行《爾雅義疏》亦曰：「莍之言裘也，芒刺鋒攢，如裘自裹，故謂之莍也。」

（菭）　**水衣。从艸，治聲。**

濤案：《爾雅·釋艸》釋文引「菭，水青衣也」，葢古本如此。今本奪「青」字「也」字，誤。《藝文類聚》八十二艸部、《初學記》花艸部、《御覽》一千百卉部、《廣韻·十六咍》引亦無「青」字，葢傳寫缺奪或淺人據今本删耳。

魁案：《古本考》非是。《慧琳音義》卷三十一「苔衣」條引《説文》云：「水衣也。從艸台聲。亦作菭。」許書原文當作「水衣也」。「亦作菭」乃是慧琳語，似許書原文以「苔」爲「水衣」正字。

（萌）　**草芽也。从艸，明聲。**

濤案：《玉篇》引作「草木芽也」，「木」字今奪，蓋六朝本有之。

魁案：《古本考》非是。《慧琳音義》卷五十四「萌芽」引《說文》作「亦草芽也。從艸明聲。」與今二徐本同，許書原文如是。「亦」字乃慧琳所足。

（莖）　**枝柱也。从艸，巠聲。**

濤案：《玉篇》引作「草木幹也」，蓋古本如是。《一切經音義》卷八[註31]引《字林》云：「莖，枝生也。」任侍御（大椿）云：「『枝生』當爲『枝柱』之誤。」然則後人用《字林》竄改《說文》耳。近世小學家不知《說文》古本之異於二徐者甚多，妄疑唐人以《字林》爲《說文》，若此之類則二徐眞以《字林》爲《說文》也。

魁案：《古本考》非是。《慧琳音義》卷二「莖稈」條、卷五「莖稈」條、卷十一「其莖」條、卷十三「莖幹」條皆引《說文》作「枝主也」，當是許書原文。卷四「牙莖」條引《說文》：「云草本曰莖。」許書原文似應有此四字，當在「枝主也」下。

（蕤）　**艸木華垂皃。从艸，甤聲。**

濤案：《文選・陸機〈園葵詩〉》注引云：「蕤，草木華盛皃也。」江淹《雜體詩》引云：「芳蕤，草木華盛皃。」「芳」乃涉正文而衍。蓋古本作「盛」不作「垂」。蕤从甤聲，與甤同意。本書《生部》「甤，草木實甤甤也。」甤甤垂皃，亦盛皃，故次於丰隆二篆之後，丰爲艸盛，隆爲豐大，甤義不得專屬之垂。《吳都賦》《文選》注兩引與今本同，乃淺人據今本改，《琴賦》注引作「草木花皃」，則傳寫奪字也。

魁案：《古本考》是。《慧琳音義》卷六十四「蕤蔗」條引《說文》作「草木華盛皃也。」許書原文當如是。

（芒）　**艸耑。从艸，亾聲。**

濤案：《文選・應璩〈與從弟君苗君冑書〉》注引曰：「芒，洛北大阜也。」

[註31]　「八」字刻本原缺，今補。

今本無此，疑古本一曰以下之脫文。盧諶《時興詩》：「北踰芒與河。」注：「芒，山名也。」《水經注・穀水篇》云：「廣莫門對芒。」段先生曰：「山本名芒，山上之邑作邙，後人但知北邙，尟知芒。」古本當作：「芒，艸耑也。一曰洛北大阜也。」許書之一訓爲二徐所刪者不少矣。

魁案：《古本考》非是。芒之本義爲「艸耑」，徐鍇芒下注曰：「謂麥穀爲芒種是也。」「芒山」作爲地名典籍中確也有之，然本書《阜部》已有「邙」字，云「河南洛陽北亡山上邑」，則「芒」下當無「一曰」之語。今二徐本同，許書原文當如是。

（蓪）　**艸皃。从艸，造聲。**

濤案：《文選・長笛賦》：「聽簉弄者。」注云：「《說文》簉倅字如此。」又江淹《雜體詩》：「步櫩簉瓊弁。」注云：「《說文》簉雜字如此。」《左傳》昭十一年：「簉氏之簉。」釋文云：「副倅也。《說文》簉从艹」，據此則《文選》注所引「簉」即蓪明矣，然與今本訓釋迥不相同。《玉篇》云：「草根雜也。」疑本許書。合三書互訂，古本當云「蓪，艸根雜也。一曰副倅也。」今本乃二徐竄削，不可通矣。許書無倅字，倅當爲萃。《周禮・車僕》注：「倅，猶副也。」

魁案：蓪字別作簉，《說文》作蓪。周伯琦《六書正譌》云：「蓪，初救切。艸相次也。从艸造聲。借爲蓪倅字。別作簉，非。」顧炎武《唐韻正》：簉，初救切。《左傳》昭十一年：僖子使助薳氏之簉。簉本又作造，《說文》作蓪，从艸造聲。」《類篇》：「蓪所救切《說文》艸皃。一曰艸雜也。」此當許書原文。沈濤認爲許書原文作「艸根雜也。一曰副倅也」，非是。蓪之本義當如小徐所釋「艸相次也」，「艸相次」因有「雜」義。《玉篇》不言《說文》，不足據。

（薋）　**艸多皃。从艸，資聲。**

濤案：《廣韻・六脂》薋下云：「蒺藜，《詩》作茨，《說文》又作薺。」復連次「薺」字於下，注云：「上同。」疑陸氏所據本此字爲薺字重文，其訓當云：「一曰艸多皃。」今本爲後人竄易其處。《玉篇》雖「薋」、「薺」異處，然薋下亦云「蒺藜也」，疑古本薋字本無「艸多」之訓。

魁案：《古本考》懷疑無「艸多」之訓，非是。《類篇》卷二、《六書故》卷二十四均引《說文》作「艸多皃」（《六書故》皃作貌）」，與今二徐本同，當是許書原文。本部「薋」字上次「蔇」，訓「艸多皃」，下列「蓁」，訓「艸盛皃」，次序井然，不可疑「艸多」之訓。《段注》云：「薋非艸名，《禾部》曰：『穦，積禾也。』音義同。蒺藜之字《說文》作薺，今詩作茨，叔師所據詩作薋皆假借字耳。」

（蕱）　**惡艸**皃。**从艸，肖聲。**

濤案：《龍龕手鑑》作「惡艸也」，蓋古本如是。蕱乃惡艸之名，不應作皃。

魁案：《古本考》是。《類篇》卷二引作「惡艸也」，與今二徐本同，許書原文當如是。《廣韻》卷二引作「惡艸皃」，非是。

（芮）　**芮芮，艸生**皃。**从艸，内聲。讀若汭。**

濤案：《文選·潘岳〈西征賦〉》注引曰：「芮，小皃。」芮之訓「小」古無可證，惟本部蔱字訓「艸之小者，讀若芮」，則「芮」亦當爲「艸之小者」。又《列子·天瑞篇》：「瞀芮生乎腐蠸。」釋文云：「瞀芮，小虫也。」芮乃蜹字之省，然小蟲之字从芮，則芮有小義可知。古本當作：「芮芮，艸生皃。一曰：芮，小皃。」二徐疑芮無小義，遂刪一訓，妄矣。

又陳徵君曰：「古本當作『芮芮，小皃。』與『蔽蔽，小皃』同一句法。小義可包生義，故《召南》『蔽芾』，毛傳訓小皃。《小雅》「蔽芾」，鄭箋以爲始生，其義相因，今本『艸生皃』當是傳寫之譌。」

魁案：《古本考》可從。徐鍇曰：「芮芮細貌，若言蚊蚋也。」《段注》云：「芮芮與茙茙雙聲，柔細之狀。」桂馥曰：「謂艸初生，芮芮然小也。」《類篇》卷三、《六書故》卷二十四均引作「芮芮艸生皃」，與今二徐本同。

（苛）　**小艸也。从艸，可聲。**

濤案：《後漢書·宣秉傳》注引「苛，細草也」，蓋古本如此。惟苛爲「細艸」，故引伸之，凡事之瑣碎者皆可謂之苛細，今本作「小艸」，誤（《漢書·高帝紀》注：苛，細也）。又《光武紀》注引仍作「小草」，蓋淺人據今

本改之。

又案：《一切經音義》卷一、卷十二引「苛，尤劇也。又煩擾也。尅急也。《禮記》：『苛政猛于虎也』是也。」是古本有「一曰尤劇也」五字，其「煩擾」已下則未必皆許氏本文矣。

魁案：《古本考》認爲許書原文作「細艸也」，是。《冊府元龜》卷五百一十二憲官部引《說文》曰：「苛，細草也。」《慧琳音義》卷四十二「苛暴」條轉錄《玄應音義》，引《說文》云：「苛，尤劇也。亦煩擾也。尅，急也。」卷七十五「苛剋」條亦轉錄《玄應音義》，引《說文》云：「尤劇也。煩憂也。尅，急也。」「煩擾」等義非「苛「之本義，當非許書原有。

（薴）　**艸亂也。从艸，寍聲。杜林說：艸䓫薴皃。**

（䓫）　䓫薴皃。**从艸，爭聲。**

濤案：《一切經音義》卷二十一引「薴，髮亂也」，與今本不同。二字皆从艸，似不當訓爲髮亂。嚴孝廉曰：「今本有闕脫，當言杜林說：『艸䓫薴，如髮亂也。』古本或當如是。

魁案：《古本考》或從嚴可均說，非是。嚴章福曰：「依《說文》大例，當先䓫後薴。䓫下當作『䓫薴，艸亂皃。从艸，爭聲。杜林說。』言『杜林說』者，爲結上之詞。如屮下云：『尹彤說』，折下云：『譚長說』，皆同此例。今此似校者誤倒。薴下當作『䓫薴也。从艸，寍聲。』」嚴說是也。今檢《玄應音義》卷二十一字頭作「鬇鬡」，下云：「《說文》作䓫薴，同。仕行反，下女庚反。髮亂也。」玄應所釋爲「鬇鬡」，並非是「䓫薴」可知。䓫薴與鬇鬡都表示「亂」，但各有所指，前者指「艸亂」，後者指「髮亂」。

（落）　**凡艸曰零，木曰落。从艸，洛聲。**

濤案：《禮・王制》、《爾雅・釋詁》釋文皆引「艸曰苓，木曰落」，是古本作「苓」，不作「零」。苓爲卷耳之名，引申之則爲苓落之字，零爲餘雨，諸書言零落者皆假借字。

魁案：《古本考》是。《慧琳音義》卷九十七「落苓」條引：「《說文》：『草曰霝，木曰落。』或作霝。」上「霝」字當是「苓」之誤。又《俄藏敦煌文獻》

（Дх01372）〔註 32〕《切韻・入鐸》落字下引《說文》云：「草曰苓，木曰落也。」《慧琳音義》卷六「凋落」條引《說文》云：「草木凋衰也。」許書原文似有此句。

（菸）　鬱也。从艸，於聲。一曰，殘也。

濤案：《詩・中谷有蓷》正義引「菸，矮也」，矮乃殘字之誤，非古本如是。

又案：《一切經音義》十二引「蔫，菸也。鬱，殘也」，乃傳寫奪「菸」字「也」字，非所據本不同。

魁案：《慧琳音義》卷十七「萎蔫」條轉錄《玄應音義》，引《說文》同沈濤所引。《慧琳音義》卷六十一「蔫乾」條引《說文》云：「蔫，菸也。」王筠《句讀》曰：「蔫，菸也；菸，鬱也。互相引申而義已明矣。」張舜徽《約注》云：「菸與蔫實一字，故音義同。」張說是也。今二徐本同，許書原文當如是。

（菑）　不畊田也。从艸、甾。《易》曰：「不菑畬。」甾菑或省艸。

濤案：《六書故》引唐本曰：「古文作甾」，是甾乃古文，非或體矣。徐鍇曰：「此爲从艸从巛田，凡三文合之，舊解从艸甾聲，傳寫誤以巛田合爲甾，亦無『聲』字」云云。則古本作「从艸，甾聲」矣。許書褱、麗等字皆从古文得聲，則此字从甾爲聲正是其例。二徐本誤爲或體，遂覺从聲之不可通。此唐本之所以可貴也。

又案：《廣韻・七之》：「菑，《說文》曰：『不畊田也。』甾，上同。又《說文》曰：『東楚名缶曰甾。』」是《廣韻》以「不畊之田」，「東楚之缶」合爲一字。楚金亦有若从甾，則下有「甾缶字相亂」之語。然今觀《說文》篆體，二體絕不相同，皆由不知許書从古文得聲之例而爲此肊說也。

魁案：《古本考》認爲「菑」字「從甾聲」，是。《段注》云：「鍇本原有聲字。」

（菿）　艸大也。从艸，致聲。

濤案：《爾雅・釋詁》釋文、《廣韻・四覺》皆引「菿，艸大也」，《篇》、《韻》

〔註 32〕Дх01372，見《俄藏敦煌文獻》第八冊，上海古籍出版社，1997 年，第 122 頁。

皆無菿字，是古本此篆作菿，从艸到聲。二徐妄改爲菿字，又於部末添綴菿篆，訓爲「草木倒」，謬矣。

魁案：《古本考》是。張舜徽《約注》曰：「段玉裁、桂馥、錢坫、王筠、朱駿聲諸家所說皆同。許書原文本自作菿，寫者於到字刀旁加一筆遂譌爲菿。」

（苾） 馨香也。从艸，必聲。

濤案：《廣韻・五質》：「苾，《說文》曰：馨香也。《詩》曰：『苾苾芬芬。』」「《詩》曰」以下乃許氏引《詩》原文，古本當有此六字，經後人刊落。

魁案：《古本考》可據。《韻會》卷二十六所引亦有「《詩》曰」六字。

（藥） 治病艸。从艸，樂聲。

濤案：《玉篇》引作「治疾之草總名」，蓋古本如此。《廣韻》引同今本，乃陸、孫輩所節引，而後人即據以改《說文》。又《廣韻》下有「《禮》曰『醫不三世，不服其藥』」十字，當亦許君偁《禮》語而今本奪之。

魁案：《唐韻殘本》（入藥）$_{721}$「藥」下引《說文》云：「療病草。」〔註33〕

（藉） 祭藉也。一曰，艸不編狼藉。从艸，耤聲。

濤案：《文選・七命》注引作「艸編狼藉也」，乃傳寫奪一「不」字，非古本無之。編則不狼藉矣。

魁案：《古本考》以爲《文選》所引「艸」下脫「不」字，當是。《慧琳音義》卷二「假藉」條引《說文》作「祭藉薦也」，丁福保以爲「此顛倒之誤。宜作『藉，祭薦也』」〔註34〕，其說是也。卷七十二「然藉」引《說文》云：「藉，祭也」，當脫薦字。張舜徽《約注》云：「本書《禾部》稭下云：『禾稾去其皮，祭天以爲席。』此即古之所謂祭藉矣。」又《希麟音義》卷六「假藉」條引《說文》云：「以蘭及草藉地祭也。」與諸引迥異，不知希麟所據。

〔註33〕「療」字有些模糊。

〔註34〕丁福保《正續一切經音義提要》，見《正續一切經音義》，上海古籍出版社，1986年，第5796～5857頁。

（茨）　以茅葦蓋屋。从艸，次聲。

濤案：《文選·東京賦》注引曰「茅茨蓋屋也」，當作「茨茅蓋屋也」，蓋古本如是。《頭陀寺碑文》注引「茨，蓋也」，乃節取蓋字之義。應璩《與從弟君苗君胄書》注引「屋以草蓋曰茨」，乃崇賢引《釋名》語，傳寫誤作《說文》耳，今本「葦」字的是誤衍〔註 35〕。

魁案：《古本考》是。《慧琳音義》卷九十七「茅茨」條引《說文》云：「以茅覆屋也。」與《文選》所引稍異。元陰時夫《韻府群玉》卷二：「茨，疾資切。《說文》：以茅蓋屋。」似以作「蓋」爲勝。

（葺）　茨也。从艸，咠聲。

濤案：《一切經音義》卷十三引曰：「葺，茨也。葺，覆也。亦補治也。」卷十九引曰：「葺，茨也，謂以草蓋屋爲葺。葺，補治也。」觀元應第二引則謂「以草蓋屋」句乃庾句〔註 36〕注中語，所云「葺，覆也」云云當亦《演說文》語，非古本有此二解也。

魁案：《古本考》是。《慧琳音義》卷五十四「葺蓋」條轉錄《玄應音義》，引《說文》云：「葺，茨也。覆也。亦補治也。」卷五十六「修葺」條亦轉錄，引《說文》云：「葺，茨也。謂以草蓋屋爲葺覆也。補治也。」兩引與沈濤所引稍異。「謂」字以下當時續申之詞，非是許書原文。「葺蓋」條引「覆也」以下亦非許書原文。又卷六十二「各葺」條引作《說文》：「茨也。」與今二徐本同，許書原文如是。

（菹）　酢菜也。从艸，沮聲。或从皿。或从缶。〔註 37〕

濤案：《御覽》八百五十六飲食部引作「菜酢」，乃傳寫誤倒。

魁案：《古本考》是。菹是腌制的菜，《聲類》：「菹，藏菜也。」《類聚抄》卷十六飲食部引《說文》云：「葅，菜鲊也。」亦誤倒，又譌「酢」爲「鲊」。

〔註 35〕此句難通，「的是」或作「當是」、「疑是」。

〔註 36〕「句」字當作「氏」。

〔註 37〕或體原缺，今據大徐本補。

（藍）　**瓜菹也。从艸，監聲。**

濤案：《御覽》八百五十六飲食部引同，而字作「蘫」。小注云：「蘫，力甘切。」非誤字易字，乃《御覽》所據本篆文如此。《廣韻・二十三談》云：「蘫，瓜菹。」又《五十四闞》云：「蘫，瓜葅也。出《說文》。」若如今本則與「染青艸」之字無別矣。

魁案：《古本考》認爲篆文當作「蘫」，是。《唐寫本唐韻》（唐・去闞）672：「蘫，瓜葅，出《說文》。」據此許書原文當作「蘫，瓜葅也。从艸，濫聲」。

（萆）　**雨衣。一曰，衰衣。从艸，卑聲。一曰，萆藨，似烏韭。**

濤案：《史記・淮陰矦列傳》索隱曰：「閒道萆山。《漢書》作『萆』，《說文》云：『萆，蔽也。从艸，卑聲。』」（今各本《史記》俱誤作箄，惟汲古閣本《漢書》未誤，从艸，卑聲，毛刻本又誤作从卑竹聲）是古本作「萆，蔽也」，無「雨衣」二字，「衰衣」即「雨衣」，今本之竄誤顯然。

魁案：《古本考》認爲無「雨衣」二字，當是。「衰衣」即雨衣，本書《衣部》：「衰，艸雨衣。秦謂之萆。从衣，象形。」雨衣、衰衣兩出，語義重複。

（茵）　**車重席。从艸，因聲。司馬相如說，茵从革。**

濤案：《一切經音義》卷三、卷二十一兩引作「車中重席也」，是古本尚有「中」字「也」字，今本奪去，遂使語氣不完矣。

又案：《廣韻・十七眞》引下有「《詩》曰：『文茵暢轂。』文茵，虎皮也」十一字，疑古文〔註 38〕有偁《詩》語而今本奪之。

魁案：《古本考》以爲許書原文作「車中重席也」，當是。《慧琳音義》卷九「茵蓐」條、卷二十八「茵蓐」條並轉錄《玄應音義》，引《說文》同沈濤所引。卷七十八「茵褥」條引作「重席也」，奪「車中」二字。卷十五「茵蓐」條、卷九十「重茵」所引並作「車上重席也」，乃誤「中」爲「上」。《古本考》懷疑許書原文有「《詩》曰」等十一字，不確。許書之例，稱經之語少有再作訓釋者。《廣韻》有「文茵，虎皮也」五字，且與「車中重席也」之本義不合。

〔註 38〕「古文」當作「古本」。

（荹）　**亂艸。从艸，步聲。**

濤案：《廣韻・十一暮》：「荹，亂艸。《說文》曰：『亂稾也。』」引《說文》於「亂艸」訓下，則古本作「稾」不作「艸」。今本乃後人據《廣韻》改耳，《玉篇》亦云「亂稾」。

魁案：《古本考》可從。《玉篇》云「亂稾」，不言出處，蓋本許書。

（苣）　**束葦燒。从艸，巨聲。**

濤案：《華嚴經音義》上云：「炬，渠與切。《說文》曰：『炬謂束薪而灼之』，謂大燭也。《珠叢》曰：『苣謂莒苣，束草爇火以照之也。』苣即古之炬字。」陳文學（潮）曰：「今《說文・艸部》有苣，訓『束葦燒也』，《火部》無炬。案，《禮經》言燎，言燭，言燋，不言炬。《曲禮》孔疏：『古未有蠟燭，惟呼火炬爲燭。』毛詩傳曰：『庭燎大燭也。』鄭注禮曰：『燋，燭也。』是燎、燭、燋、炬一也。『炬』字一見《史記・田單傳》，屢見鄭禮注，則知从火之炬自古有之。徐鉉以爲俗，過矣，當依此訂正。《說文》作苣，解云：『束薪而灼之也，或从火作炬。』」濤謂慧苑明云苣即古炬字，其所引《說文》恐亦作苣，今作炬者傳寫涉經文而誤耳。許書未必有重文炬字。又《後漢書・皇甫嵩傳》：「皆束炬乘城。」注引《說文》云：「束葦燒之」，是今本亦未誤，特奪一「之」字，語氣不完耳。古本當作「苣，束葦燒之也」，或作「束薪而灼之也」，薪爲同物，義得兩通矣。

魁案：《古本考》是。《慧琳音義》卷二十一「法炬」條轉錄《慧苑音義》，引同沈濤所引。《慧琳音義》卷四十九「聚熵」引《說文》云：「束葦燒之也。」「之」字當是引者所足，許書原文當作「束葦燒也」，今二徐本奪「也」字。又，《慧琳音義》卷六十四「慧炬」條云：「《說文》作苣。苣，束草爇火以昭燎也。從草從巨。」與諸引異。

（蕘）　**薪也。从艸，堯聲。**

濤案：《詩・板》釋文、《文選・長楊賦》注、《龍龕手鑑》皆引云「蕘，草薪也」，是古本「薪」上有「草」字。又《詩・板》正義引作「蕘，即薪也」，「即」字乃「草」字之誤，非孔、陸所據本不同也。《左氏》昭十三年傳正義引同。今本疑後人據今本改。桂大令曰：「《漢書・賈山傳》『芻蕘，採薪之人』，《楊雄傳》

『麋鹿芻蕘』，顏注並云：『蕘，草薪』，馥謂『草薪』別於『木薪』也。」

魁案：《古本考》是。張舜徽《約注》云：「析言之，則蕘薪又草木之分；統言之，則蕘即薪也，薪亦蕘也。」張說是也。

（蒸）　折麻中榦也。从艸，烝聲。蒸或省火。

濤案：《廣韻・十六蒸》引「折」作「析」，葢古本如是。凡治麻必漚而析之，今本作「折」，乃傳寫之誤。

魁案：《古本考》是。古書從木之字與從扌之字多相亂。

（蒜）　葷菜。从艸，祘聲。

濤案：《齊民要術》十、《御覽》九百七十七菜部皆引「菜之美者，雲夢之葷菜」。《爾雅・釋艸》釋文云：「蒜，《說文》云：『葷菜也。』一本云：『菜者美者，雲夢之葷菜』。」是元朗所見之本已與今本不異[註39]，其云「一本」與賈氏所引同，可見叔重之書其爲後人竄節已非一日，此六朝之本所以尤勝於唐本也。《文選・養生論》注引云「蒜，葷菜也。」與元朗所見不同。

魁案：《古本考》是。《慧琳音義》卷三十一「於蒜」條、卷六十三「噉蒜」並引作「葷菜也」，卷四十五「大蒜」條引脫也字。可見唐本作「葷菜也」，與《要術》、釋文所引「一本」不同。

（葭）　葦之未秀者。从艸，叚聲。

濤案：《御覽》一千百卉部引「葭，灰以候律管」，葢古本「葦之未秀者」下有「灰以候律管」五字，今奪。

魁案：《慧琳音義》卷九十七「蒹葭」條：「《說文》：兼葭，荻蘆未秀者也。蒹曰荻，葭曰蘆。」兼字當作蒹，所引與今大徐本異，無「灰以候律管」之句，許書原文或無。

（菿）　艸也。似蒲而小，根可作㕞。从艸，劦聲。

濤案：《玉篇》、《顏氏家訓・書證篇》、《御覽》一千百卉部「可作」皆引作「可爲」，葢古本如是，義雖兩通，然許書多言「可爲」，罕言「可作」，今本誤。

[註39] 據文意「異」字誤，當作「同」。

《御覽》七百十四服用部仍作「作」，疑後人據今本改。

（藻）　**水艸也。从艸，从水，巢聲。《詩》曰：「于以采藻」藻或从澡。**

濤案：《文選・文賦》注引「曰謂文藻思如綺會」，此崇賢解釋陸賦語意，非引《說文》也。「《說文》曰」三字非傳寫誤衍則必有奪文。

魁案：《古本考》是。《文選》引作「《說文》曰謂文藻思如綺會」，曰下似有脫文。今二徐本同，許書原文當如是。

（艿）　**艸也。从艸，乃聲。**

濤案：《玉篇》引曰「舊草不芟新草又生曰艿」，葢古本如此。《廣韻》云「陳根艸不芟，新又生相因仍，所謂燒火艿」，即本許書爲說。《列子・黃帝篇》〔註 40〕「燒芿燔林」，「芿」即「艿」字之別體，今本爲二徐妄刪，遂以艿爲艸名，試問以何艸當之邪。

魁案：《古本考》非是。《慧琳音義》卷九十九「蓁芿」條：「《說文》：亦『草密也』從草仍聲，或從仍省。」許書原文當如此，今本脫一「密」字。

（茸）　**艸茸茸皃。从艸，聰省聲。**

濤案：《一切經音義》卷十六引「茸，草茸也。又亂皃」，葢古本作「艸茸茸也。一曰亂皃」，今本奪一訓，元應書又奪一「茸」字。

魁案：《古本考》認爲許書有「亂皃」一解，非是。《慧琳音義》卷六十五「縷茸」條轉錄《玄應音義》，引《說文》云：「茸，草茸也。亦亂皃也。」同沈濤所引。《音義》引書，每將他書訓釋綴於《說文》訓解之下，而不出書名，不可盡以爲均是許書之辭。《慧琳音義》卷四十九「花茸」條轉錄《玄應音義》，引《說文》云：「茸，草茸也。」今二徐本同，許書原文當如是。《音義》所引奪一「茸」字。

（叢）　**艸叢生皃。从艸，叢聲。**

濤案：《爾雅・釋魚》釋文引作「草眾生也」，是古本作「眾」不作「叢」。

〔註 40〕「黃帝」二字原缺，今補。

桂大令以爲當作「叢」，然「眾生」即「叢生」，似不若作「眾」之爲有據。

魁案：《古本考》非是。竊以爲桂馥是，當作「叢」，此與以「類」釋「禷」、以「告」釋「祰」義例正同。

（草）　**草斗，櫟實也。一名**〔註41〕**象斗子。从艸，早聲。**

濤案：《玉篇》引作「草斗，櫟實。一曰樣斗」，蓋古本作「樣」不作「象」。《木部》：「栩，柔也。其實皁，一曰樣。又曰：樣，栩實。」陸璣《艸木疏》：「栩，今作櫟也。今京洛及河內多言杼汁，或云橡斗。」橡即樣字之俗，傳寫又誤爲象字耳。「子」字亦衍。

魁案：《古本考》是。徐鉉曰：「今俗以爲艸木之艸，別作皁字爲黑色之皁。案，櫟實可以染帛爲黑色，故曰草。通用爲草棧字。今俗書皁或从白从十，或从白从七皆無意義，無以下筆。」張舜徽《約注》云：「推原此字形變之由，蓋其初止作早，後乃作皁，俗書又作皂者，則由皁字變其末筆以求區辨醒目耳。皁斗之殼可以染黑，故古人直謂黑爲皁。《廣雅．釋器》：『皁，黑也。』是其義已。此篆說解，《玉篇》引作『草斗，櫟實。一曰樣斗。』蓋舊本作樣不作象，又無子字。《玉篇》有橡字，爲樣之或體。傳寫許書者既易樣爲橡，後又省去木旁爲象耳。」張說是也。

補 

濤案：《玉篇》有此字，引《說文》曰：「艸也。」蓋古本有此篆，今奪。六朝人假此爲次第之第，蓋从竹从艸之字每相亂也。許書有第，說詳《竹部》。

魁案：二徐本皆有此字，云：「艸也，从艸夷聲。」疑《古本考》有誤。

補 

濤案：本書《焱部》「燊，盛皃。从焱在木上。讀若《詩》『莘莘征夫』。一曰役也。」是古本有「莘」字，《晉語》正作「莘莘」，許君偁《詩》毛氏，則毛詩亦必「莘莘」，今作「駪駪」，後人所改。

〔註41〕「名」字大徐本作「曰」。

魁案：《古本考》是。《慧琳音義》卷八十八「莘莘」條曰：「《說文》：從草辛聲。」

蓐部

（薅）　拔去田艸也。从蓐，好省聲。籀文薅省。薅或从休。《詩》曰：「既茠荼蓼。」

濤案：《詩・良耜》釋文引作「拔田艸也」，葢古本無「去」字。《五經文字》亦云：「拔田艸也。」是今本有「去」字者誤。又《詩》釋文引《說文》「又云或作茠，引此以茠荼蓼」，則今本作「既茠荼蓼」者亦誤。又《爾雅・釋艸》釋文云：「《說文》茠或作薅字。」一似茠爲正字、薅爲或字者乃傳寫誤倒，與《詩》釋文不合。

又案：《一切經音義》卷十一引「除田艸曰茠也」，是古本亦有作「除田艸者」，《玉篇》亦曰：「除田艸。」

魁案：《古本考》是。鈕樹玉《說文解字校錄》〔註42〕曰：「《繫傳》作『披田草葉』，披字譌。《詩・良耜》釋文、《韻會》引及《玉篇》並作『拔田艸也』。」鈕說是。

茻部

（莫）　日且冥也。从日在茻中。

濤案：《九經字樣》有「茻亦聲」三字，小徐本同。桂大令曰：「茻，古讀滿補切，與莫聲相近。」

魁案：《古本考》是。《慧琳音義》卷五十三「適莫」條引《說文》亦云：「日且冥也。日在茻中，重草曰莽，茻亦聲。茻音莽。」「茻音莽」乃慧琳語，茻即茻。徐本奪「茻亦聲」，慧琳少一「从」字。

〔註42〕鈕樹玉《說文解字校錄》，《續修四庫全書》（第212冊），下同，上海古籍出版社，1995年。

《說文古本考》第二卷上　嘉興沈濤纂

小部

（小）　**物之微也。从八，｜見而分之。凡小之屬皆从小。**

濤案：《六書故》云：「唐本：从八，見而八分之。」葢古本如是。八訓爲別，「別分」者猶言分別也。今本奪「八」字，誤，小徐本亦有「八」字。

魁案：《古本考》是。許書原文當如唐本。然許君以小篆分析字形則非是，小字卜辭作三點，以表示微小之意。

八部

（余）　**語之舒也。从八，舍省聲。**

濤案：《匡謬正俗》引作「詞之舒也」，葢古本如是。段先生曰：「《左氏傳》:『小白余敢貪天子之命，無下拜。』此正詞之舒。」今杜注訓余爲身，非是。

魁案：《古本考》是。論議之言急而不舒。本書《言部》:「語，論也；論，議也；詞，意內而言外也。」

（余余）　**二余也。讀與余同。**

濤案：《玉篇》此字列於余下，注云「同上」，是顧野王所據本余余即余字，古本余下當有重文余余，注云「或从二余」。經傳傳寫謬誤，淺人妄爲分裂，因以許君說字體从二余之語爲余余字訓辭，遂至義不可通，幸有《玉篇》可證耳。

魁案：《古本考》是。鈕樹玉《說文解字校錄》:「余余當爲余之重文，《玉篇》余下出余余字，云『同上』，是其證。下云『文十二，重一』，所重即此余余字。」張舜徽《約注》云：「余之與余余猶魚之與𩺰耳。」

釆部

（釆）　**辨別也。象獸指爪分別也。凡釆之屬皆从釆。讀若辨。**古

文釆。

濤案：《五經文字》上作「象獸指爪之形」，葢古本如此。此正象形字，言象獸指爪，不必更言分別矣。《廣韻・三十一襇》引同今本，當是後人據今本改。

魁案：《古本考》未必是。《五經文字》未言所出，不足爲據。今二徐本同，當是許書原文。

（宷）　悉也。知宷諦也。从宀，从釆。審篆文宷从番。

濤案：《廣韻・四十七寑》引「諦」字作「諟」，葢古本或有如是作者。諦正字，諟假借字，《玉篇》亦云：「宷，知諟也。」

魁案：《六書故》卷三十三引作「諦」字，與今二徐本同，戴侗曾見唐本、蜀本《說文》，許書原文當如是。

半部

（胖）　半體肉也。一曰，廣肉。从半，从肉，半亦聲。

濤案：《一切經音義》卷二引「胖，半體也」，葢古本如此。《周禮・腊人》注杜子春云：「禮家以胖爲半體。」正與許合，則知今本「肉」字衍。

牛部

（牡）　畜父也。从牛，土聲。

（牝）　畜母也。从牛，匕聲。《易》曰：「畜牝牛，吉。」

濤案：《一切經音義》卷九引「牡，畜父也，雄也。《詩》云：『駉駉牡馬』。牝，畜母也，雌也。」葢古本如此。牝字解既引《易》，則牡字解宜引《詩》。然毛詩釋文云：「駉，《說文》作驍。」則當作「驍驍」爲是。又元應書卷十六引「牝，畜母也，雌也。牡，畜父也，雄也」，卷二十二引「牝，畜母也，雌也」，卷十九卷、二十四引「牝，畜母也，雌曰牝」，五引皆同，則今本寔有缺奪，不得疑元應誤引他書耳。

又案：徐楚金云：「解經傳者多言飛者曰雌雄，走者曰牝牡，以字體言之則然；然據《爾雅・釋鳥》：『鷯鶉其雄鶛牝庳』，《春秋左傳》云：『龍一雌死。』至於草木無足致義，則云牝痲牡荊未嘗言雌雄。雌雄牝牡之類不可一概而不分，又不得偏滯而拘執」云云。似小徐所見本亦有雌雄二義，故解釋之如此，今《繫傳》本無者，當是後人據大徐本妄刪耳。

魁案：《古本考》所訂許書原文非是。《慧琳音義》卷三十一「牝鹿」條云：「《廣雅》云：牝，雌也。《說文》畜母也。」此引《廣雅》與《說文》並舉，則「雌也」一訓非出許書可知。推而論之，「雄也」一訓亦當非許書之辭。《慧琳音義》卷三十一「牡鹿」條引《說文》云：「牡，畜父也。」合訂之，今二徐本不誤，許書原文如是。《慧琳音義》卷四十六「牝牡」條轉錄《玄應音義》，引《說文》云：「畜母也。雌也。牡，《說文》畜父也。雄也。詩云：『駉駉牡馬』也。」卷六十五「牝牡」條亦轉錄《玄應音義》，引《說文》：「畜母也，雌也。下莫苟反，《說文》：畜父也，雄也。」稱《詩》語用字與二徐本稍異。

（犅）　〔註43〕**特牛也。从牛，岡聲。**

濤案：《詩・魯頌・閟宮》正義引作「特也」，此沖遠書傳寫偶脫「牛」字，非古本如此。《初學記》獸部、《御覽》八百九十八獸部皆引同今本可證。

魁案：《古本考》是。今二徐本同，《類篇》卷四所引、《韻會》卷八所引皆同二徐，許書原文當如是。

（犗）　**騬牛也。从牛，害聲。**

濤案：《初學記》獸部引作「騰騬牛也」，乃傳寫衍一「騰」字，非古本如此。《莊子・外物篇》釋文、《後漢書・陳忠傳》注文、《文選・吳都賦》注皆引同今本可證。

魁案：《古本考》是。今二徐本同，《類篇》卷四、《六書故》卷十七、《韻會》卷二十所引皆同二徐，許書原文當如是。

（犖）　**駁牛也。从牛，勞省聲。**

濤案：《初學記》二十一獸部引「犖，駁也」，乃傳寫奪「牛」字，非古本

〔註43〕刻本字頭作「特」，今正。

如是。《御覽》八百九十八獸部引有「牛」字可證。

魁案：《古本考》是。今二徐本同，《六書故》卷十七、《韻會》卷二十五所引皆同二徐，許書原文當如是。

（怦） **牛駁如星。从牛，平聲。**

濤案：《御覽》八百九十八獸部引「怦，牛文駁如星也」，葢古本如是。今文奪「文」字、「也」字，詞義未完矣。《初學記》、《玉篇》引亦無「文」字，葢傳寫缺奪。陳徵君（奐）曰：「『怦，牛文駁如星』與『文如鼉魚』曰驒、『色如鰕魚』曰騢句法相同。」

魁案：《古本考》是。《龍龕手鑑》卷一、《廣韻》卷二均作：「牛色駮如星也。」當本許書。

（犨） **牛息聲。从牛，雔聲。一曰，牛名。**

濤案：《五經文字》上云：「犫，尺由反，作犨，譌。」《廣韻》、《玉篇》皆作「犫」，云「犨同。」《經典釋文》、《唐石經》亦皆作「犫」，是古本《說文》皆作「从牛，讎聲」。今本作「从牛，雔聲」正張參所謂譌字也。《廣韻・十八尤》引聲下有也字，葢古本如此。「牛名」，《初學記》二十九獸部引作「牛鳴」，趙簡子臣竇犫，字鳴犢，則作「鳴」者是。

魁案：《古本考》是。《段注》曰：「凡形聲多兼會意。讎从言。故牛息聲之字从之。」

（牟） **牛鳴也。从牛，象其聲气从口出。**

濤案：《一切經音義》卷二引「牟，牛聲也」，唐柳宗元《牛賦》云：「牟然而鳴。」〔註44〕《玉篇》亦云「牛鳴也」，則作鳴者是，聲乃傳寫之誤。《廣韻・十八尤》亦引作「牛鳴」。

魁案：《古本考》是。元陰時夫《韻府群玉》卷八引《說文》云：「牛鳴。象其聲氣從口出也。」許書原文當有也字。

（牽） **引前也。从牛，象引牛之縻也。玄聲。**

〔註44〕《牛賦》之「牛」字今補。

濤案：《一切經音義》卷八引「牽，引也」，葢古本如是。《廣韻》、《廣雅・釋詁》〔註 45〕云「牽引也」，當本《說文》。言引即有「前」意，不必更加「前」字。

魁案：《古本考》非是。《慧琳音義》卷三「方牽」條、卷六「牽引」條、卷八「牽掣」條、卷三十一「牽拽」條、卷四十一「牽亐」、卷四十七「牽挽」、卷五十五「牽撲」條、卷六十一「牽拽」條、卷八十一「牽挽」條，《希麟音義》卷二「牽我」條俱引《說文》作「引前也」，則今二徐本不誤。《慧琳音義》卷十四「牽攣」引《說文》「牽，引也」，乃奪前字。

（牢）　**閑，養牛馬圈也。从牛，冬省。取其四周帀也。**

濤案：《御覽》一百九十七居處部引作「閑，養牛馬園也」，「園」乃「圈」字傳寫之誤，非古本如是。

魁案：《古本考》是。《慧琳音義》卷十二「牢固」條、卷八十三「牢籠」條並引《說文》作「閑，養牛馬圈也」。卷十四「牢獄」引亦作「圈」，「閑」誤作「閉」。

（犓）　**以芻莖養牛也。从牛、芻，芻亦聲。《春秋國語》曰：「犓豢幾何。」**

濤案：《初學記》獸部引作「以芻莝養牛也」，《文選・枚乘〈七發〉》注引作「以芻莝養國牛也」，是古本「莖」作「莝」，「莝，斬芻也」，莖字無義。《選》注「國」字疑有誤，段先生書作「圈」，云依《文選》注訂，亦未知所據之本。桂大令《義證》引《選》注亦作「圈」。

魁案：《古本考》以爲莖當作莝，是。《類篇》卷四、《集韻》卷二均引作莝。《文選》李善注引較《初學記》多一「國」字，是否爲許書原有難以論斷，當存疑。

（物）　**萬物也。牛為大物，天地之數，起於牽牛，故从牛，勿聲。**

濤案：初〔註 46〕《廣韻・八物》引作「故从牛勿」，無「聲」字，葢古本如

〔註 45〕「廣雅」二字今補。

〔註 46〕「初」字不可解，待考。

此。此爲會意兼形聲字，《九經字樣》引同今本，義得兩通。

魁案：《古本考》可從，物本當爲會意字。

犧（犧）　宗廟之牲也。从牛，羲聲。賈侍中說：此非古字。

濤案：《書・序》釋文引賈侍中說：「此犧非古字。」是古本「此」字下尚有「犧」字，今奪。《微子》正義引作「宗廟牲也」，當是傳寫奪「之」字。

魁案：《古本考》以爲《尚書・微子》正義奪「之」字，是。以爲此字下尚有「犧」字則未必是。「此非古字」，所指明確，不煩添犧字。

補 ⿰牜菐

濤案：《初學記》牛部引「⿰牜菐，特牛」，是古本有⿰牜菐字，今奪。桂大令（馥）曰：「特，朴特牛父也，朴當作⿰牜菐。」

補 ⿰牜角

濤案：《公羊》隱元年傳注用「麤⿰牜角」，釋文引《說文》云：「大也。」是古本有⿰牜角篆。

魁案：《古本考》是。《慧琳音義》卷五十「⿱角牛故」條：「《說文》抵也。從角從牛也。」⿱角牛即⿰牜角字。

𠩺部

斄（斄）　彊曲毛，可以箸起衣。从𠩺省，來聲。庲古文斄省。

濤案：《一切經音義》卷二引作「強屈毛也」，葢古本如是。今本誤「屈」爲「曲」，又奪「也」字耳。曲〔註47〕聲相近義亦相同，然漢有丞相劉屈氂，葢假氂爲斄。可見古本作屈不作曲，《廣韻・七之》引作「曲」，當是後人據今本改。

魁案：《古本考》不確。唐寫本《玉篇・广部》460庲下云：「《說文》古文斄字也。斄，強毛起也。」唐本《玉篇》當傳寫奪「曲」字。《慧琳音義》卷九十五「毫斄」條引《說文》云：「斄，強曲毛，可以著起衣也。從𠩺省來聲也。古

〔註47〕據文意，「曲」上當脫「屈」字。

文作㡿鬣省也。」所引同今二徐本，許書原文當如是。屈、曲雖可通用，但當以「曲」爲勝。彊同強。箸同著。

告部

告（告）　牛觸人，角箸横木，所以告人也。从口，从牛。《易》曰：「僮牛之告。」凡告之屬皆从告。

濤案：《易・大畜》釋文引觸下無「人」字，乃傳寫偶奪，非古本如是，《玉篇》引同今本可證。

魁案：《古本考》是。小徐本有「人」字。《六書故》卷十七、《韻會》卷二十二、明淩稚隆《五車韻瑞》卷一百十所引均有「人」字。今二徐本同，許書原文如是。

嚳（嚳）　急告之甚也。从告，學省聲。

濤案：《一切經音義》卷三云：「酷又作嚳、俈，二形同，口斛反。《說文》：嚳，急也，甚也，亦暴虐也。」卷四云：「酷，古文俈、嚳三形同，口篤反。《說文》：『酷，急也。亦暴虐也。」卷十云：「酷，古文估、嚳、焅三形，今作酷，同。口梏反。《說文》云：酷，急也，苦之甚曰酷，亦暴虐也。」卷十一云：「酷，古文嚳、焅、俈三形同，口木反。《說文》：酷，急也，甚也，謂暴虐也。」卷十二云：「酷，口篤反。《說文》：酷，急也，酷之甚也，暴虐也。」卷十五云：「酷，古文俈、嚳、焅三形同，苦篤反。《說文》：嚳，急也，酷之甚也，謂暴虐也。」卷二十二云：「酷，古文嚳、焅、俈三形同，今作酷，同。口木反。《說文》：酷，急也，甚也，謂暴虐。」卷二十三云：「酷，古文嚳、焅、俈三形，今作酷，同。口木反。《說文》：酷，急也，甚也，亦暴虐也。」卷二十五云：「酷，口木反，謂暴虐也。《說文》：酷，急也，甚也。」合觀諸引，蓋古本作「嚳，急也，告之甚也。一曰暴虐也。」今本「急」下奪一「也」字，又刪去一解耳。嚳字从告，故爲告之甚。元應書所引「苦之甚」「酷之甚」皆「告」字之誤，引申之則爲凡甚之義。《白虎通》云：「嚳者，極也。」極與急音相近，兼有「甚」義。《文選・洞簫賦》：「憤伊鬱而酷䜊。」注：「酷，猶甚也。」乃假酷爲嚳。經籍中「酷烈」、「酷虐」諸字皆嚳之假借。酷之本訓爲「酒味厚」，元應書所引酷字皆嚳字傳寫之誤，卷三、卷十五正引作

「嚳」字可證。

魁案：《古本考》非是。唐寫本《玉篇》$_{263}$嚳下引《說文》云：「嚳，急也，告之甚也。」羅本$_{60}$引《說文》云：「嚳，急也，告之也。」《慧琳音義》卷九「酷毒」條轉錄《玄應音義》云：「又作嚳俈二形，《說文》：嚳，急也，甚也。亦暴虐也。」卷五十二「酸酷」條轉錄《玄應音義》云：「古文嚳焅俈三形，《說文》：酷，急也，甚也。謂暴虐也。」卷五十八「禍酷」條轉錄云：「古文俈嚳三形同，《說文》：嚳，急也，告之甚也。謂暴虐也。」卷六十二「嚳虛」條引云：「急，苦之甚也。」卷六十八「嚴酷」條引云：「嚳，急也，苦之甚也。」諸引不同，合而訂之，許書原文當如寫本《玉篇》黎本所引，作「嚳，急也，告之甚也」爲是。羅本脫甚字。卷九、卷五十二脫「告」「之」二字；「亦暴虐也」、「謂暴虐也」乃作者續申之詞，非是許書原文。卷六十二、卷六十八所引誤「告」爲「苦」。

口部

（口）　人所以言食也。象形。凡口之屬皆从口。

濤案：《御覽》三百六十七人事部引作「人之所以言食」，葢古本「所以」上尚有「之」字，今奪。

魁案：《古本考》非是。今檢《御覽》三百六十七人事部所引作：「《說文》曰：口者，人之所以言食。」「者」字爲引者作足，「之」字亦當是。今二徐本同，《玉篇》卷五、《廣韻》卷三、《韻會》卷十六所引皆無「之」字，則許書原文沒有「之」字可定。

（噣）　喙也。从口，蜀聲。

濤案：《玉篇》引「噣，喙也。《詩》曰：『不濡其噣』，亦作咮。」「《詩》曰」以下六字疑亦《說文》語，今文譌奪耳。顧氏以「噣」、「咮」爲一字，是古本「咮」爲「噣」之重文，今本乃廁於嚶字之上，訓爲「鳥口也」，誤甚。

魁案：《古本考》可從。《經典釋文》卷五「以咮」條：「本亦作噣。」

（喉）　咽也。从口，矦聲。

濤案：《御覽》三百六十八人事部引「喉，嚨也」，葢古本如是。上文「嚨，喉也」，正許書互訓之例。《爾雅·釋鳥》釋文引《蒼頡篇》云：「喉，咽也。」是喉之訓咽乃《蒼頡篇》文，許書不如是。

（嗌）　咽也。从口，益聲。籒文嗌上象口，下象頸脈理也。

濤案：《玉篇》嗌字重文作「𠯈」，云：「籒文本亦作𦏧。」是六朝籒文作𠯈，今作𦏧者即希馮所見之別本也。《漢書·百官公卿表》曰：「𦏧作朕虞。」顏師古曰：「𦏧，古益字也。」則𦏧爲益之古文，嗌之籒文當如《玉篇》从口爲是。

（咣）　秦晉謂兒泣不止曰咣。从口，光聲。

濤案：《玉篇》引兒上有「小」字，葢古本如此。本部云：「呱，小兒嗁聲。」不云「兒嗁聲」；「啾，小兒聲也」，不云「兒聲也」；「喤，小兒聲」，不云「兒聲」；「嶷，小兒有知也」，不云「兒有知也」；「咳，小儿笑也」，不云「兒笑也」。可見兒上「小」字爲淺人所妄節。以此例之，「朝鮮謂兒泣不止曰咺」、「楚謂兒泣不止曰噭咷」、「宋齊謂兒泣不止曰喑」，「兒」上皆當有「小」字。

魁案：依許書通例，《古本考》是。

（咳）　小兒笑也。从口，亥聲。古文咳从子。

濤案：《玉篇》引作「小兒笑也。《禮》曰：『父執子右手咳而名之』。」葢古本如是。「《禮》曰」十一字乃許氏引《禮》原文，非希馮自引也。《一切經音義》卷九、卷十二兩引「小兒笑也」下皆引《禮記》文，較《玉篇》引多「子生三月」四字，「右手」作「之手」，雖與希馮所引詳略不同，然可證古本自有引《禮》之語耳。《音義》卷九又有「咳稚小也」四字，疑古本此字之一解。

魁案：《古本考》認爲有稱《禮》語，是。《慧琳音義》卷二十八、卷四十六並轉錄《玄應音義》，卷二十八「咳笑」條作：「《說文》：『咳，小兒笑也。』《禮記》：『子生三月，父執子右手咳而名之』是也。」卷四十六「嬰咳」條作：「《說文》：『咳，小兒笑也。咳，稚小也。《禮記》：『世子生三月，父執子右手咳而名之』是也。」兩引均有「是也」二字，可證許書原文有此語。合訂之，許書原文葢作「咳，小兒笑也。从口，亥聲。《禮》曰：父執子右手咳而名之。」

（噍） 噍也。从口，集聲。讀若集。

濤案：《一切經音義》卷十五引作「噍貌也」，是古本多一「貌」字。

魁案：《段注》云：「說文古本當先噂字，云噂噍，噍皃也。次噍字，云噂噍也。今噂字噍字廁兩處，無噂噍之語。」段說是。噂噍二字應相連爲訓。《慧琳音義》卷四十四「噂噍」條引《說文》云：「味入口皃也。」卷五十六：「噂噍，又作䶡，《說文》：噂噍，嚼聲皃也。」卷六十四「噂噍」引云：「噂噍，噍聲。」卷六十五「噂噍」引云：「噍皃也，取味也。」諸書所引不同，合而訂之，許書當以段說爲是。

（噍） 齧也。从口，焦聲。噍或从爵。

濤案：《一切經音義》卷一引「噍，嚼也」，疑古本「噍」、「嚼」爲二字矣。然《爾雅・釋獸》釋文云：「嚼，字若反。《廣雅》云：『茹也。』《字書》云：『咀也。』《說文》以爲噍字。」是元朗所見本與今本同，且歷引《廣雅》諸書，明他書以「噍」、「嚼」爲二字，《說文》則以爲一字。《玉篇》亦云：「噍嚼也。」恐元應本引《玉篇》，傳寫誤爲《說文》耳。

魁案：《古本考》認爲許書原文「噍」、「嚼」爲一字，是。《慧琳音義》卷二十「噍牙」條：「《說文》：噍，嚼。」卷三十二「嚼齒」條：「《說文》云：以爲噍字也。」此與沈濤所引《爾雅》釋文同，「以爲噍字也」當是慧琳所續申，似嚼確爲噍之重文。然《慧琳音義》卷四十五「嚼咽」條、卷六十六「含嚼」條、卷七十九「嚼巳」條、卷八十條「似嚼」條俱引《說文》云：「噍也。」似《說文》另有「嚼」字，訓爲「噍也」，此又與《說文》大例不合。愚以爲「噍也」之意應理解爲「噍字也」，卷二十引《說文》作「噍，嚼」而無「也」字正說明二字異體。

（吮） 欶也。从口，允聲。

濤案：《文選・洞簫賦》注、《一切經音義》十八、十九、二十、二十二引「吮，嗽也」，《說文》無「嗽」字，「嗽」即「欶」字之別體，卷二十一正引作欶。

魁案：《古本考》認爲「嗽」即「欶」之別體，是。《慧琳音義》卷五十三「吮已」條、卷六十九「飲吮」條引《說文》同今二徐本，許書原文當如是。卷四十八「應吮」條、卷五十六「嗽吮」條、卷七十三「使吮」條轉錄《玄應音義》，與卷十三「或吮」條四引《說文》作「嗽也」。卷四十八又有「吮嗽津液也」，當是慧琳續申。卷二十四「飲吮」條引《說文》作「吮，𠲿也」，𠲿爲欶之異體。《集韻・覺韻》：「欶，《說文》：欶、『吮也』。或作嗽、𠲿。」《正字通・口部》：「𠲿，俗嗽字。」

（啗）　食也。从口，臽聲。讀與含同。

濤案：《爾雅・釋艸》〔註 48〕釋文引作「噍也」，又別引《廣雅》「食也」。是元朗所見本作「噍」不作「食」矣。《文選・風賦》注引同今本，噍、食義得兩通。

魁案：《古本考》非是。《慧琳音義》卷十五「食啗」條、卷四十一「吞啗」條、卷六十二「啗嚼」條、卷六十五「啗餅」條、卷八十二「啗之」條所引《說文》俱作「食也」，則大徐本不誤也。卷八十二又有「或作啖也」四字，非指《說文》。

（嘌）　噍皃。**从口，尃聲。**

濤案：《一切經音義》卷四引作「嘌噍，一尃也，味口也」，卷十五、十六兩引作「噍皃也」，卷十六又引作「嘌噍，噍聲也」，卷十九引作「嘌噍，噍聲皃也」，古本當如卷十五、十六所引。其卷四所引有誤字，卷十六第二引及卷十九所引又有牽并他字處，皆非古本如此。段先生曰：「元應書三引皆云「嘌噍，噍皃也。」今檢本書不如是，恐是先生誤記。

魁案：詳見噍字條。

（含）　嗛也。从口，今聲。

濤案：《廣韻・二十二覃》引作「銜也」，與《韻會》同。是大徐本作嗛，小徐本作銜。本部「嗛，口有所銜也」。嗛、銜雖以迭韻爲訓，解中不得用銜字。

〔註 48〕「艸」字刻本原缺，今補。

魁案：張舜徽《約注》云：「上文嗛下已云：『口有所銜也。』故含下但云『嗛也』而義自見，不必復云銜矣。大徐本是也。」張說可從。

（哺）　哺咀也。从口，甫聲。

濤案：《爾雅·釋鳥》釋文引作「口中嚼食也」，葢古本如是。《一切經音義》卷一、卷十三兩引許注《淮南》作「口中嚼食也」，卷十四作「嚼食也」，許君解字與《淮南》詁訓大率相同，益可證今本之譌誤。《玉篇》亦云：「口中嚼食也。」當本許書。

魁案：《古本考》非是。《慧琳音義》卷十八「乳哺」條、卷五十七「乳哺」條並引《說文》云：「咀也。」卷八十九「餟哺」引作「哺，咀也。」則今大徐咀上衍哺字。

（嚛）　食辛嚛也。从口，樂聲。

濤案：《一切經音義》卷十二引「食辛」下無「嚛」字，葢古本如是。《火部》引《周書》「味辛而不熮」，《呂氏春秋·本味篇》作「味辛而不烈」，與熮烈同義，食辛罕有不嚛者，言食辛不必更言嚛矣。

又案：《玉篇》引伊尹曰：「酸而不嚛。」葢即《呂覽》「辛而不烈」之異文，烈乃嚛之假借字，酸疑爲辛字傳寫之誤。

魁案：《古本考》是。《慧琳音義》卷二十八「齩骨」轉錄《玄應音義》，引同沈濤所引云：「經文作嚛，《說文》食辛也。」同沈濤所引。

（噫）　飽食息也。从口，意聲。

濤案：《一切經音義》十一、十八引「噫，出息也」，卷十四、一五〔註 49〕引「噫，飽出息也」，卷二十引「噫，飽者出息也」。《玉篇》云：「噫，飽出息也。」顧氏當本《說文》，是今本「食」字乃「出」字之誤。古本當如元應書卷十四、十五所引，他卷非奪「飽」字即衍「者」字耳。《文選·長門賦》注引《字林》亦云：「飽出息也。」呂氏葢本許說，足見今本「食」字之誤。

魁案：《古本考》是。《慧琳音義》卷五十八「唷噫」條、卷五十九「噫自」並轉錄《玄應音義》，與卷四十三「數噫」條、卷六十二「噫氣」條凡四引《說

〔註 49〕「一五」刻本作「一三」，今正。

文》皆作「飽出息也」。卷五十六「噫噫」條、卷七十三「噫氣」轉錄《玄應音義》並引作「出息也」。卷五十七「噫吐」條引作「飽食而息也」。合諸引訂之，許書原文當作「飽出息也」。卷五十六、卷七十三蓋奪「飽」字，卷五十七「食」蓋因上飽字而衍，「而」字又與「出」字形誤。

（吸）　內息也。从口，及聲。

濤案：《一切經音義》卷五引「吸，內息也，引也，謂引氣吸人也」，又卷九引「吸，內息也。謂氣息入也，亦引也」，「引氣息入」乃《說文》注解「內息」之語。據元應所引則古本當有「一曰引也」四字，今奪。又《文選・羽獵賦》注引作「喘息也」，恐傳寫有誤，非所據本不同。

又案：《詩・大東》：「載翕其舌。」箋云：「翕，猶引也。」《玉篇》引作「吸」，是翕乃吸字之假借，吸本有引義。

魁案：《古本考》認爲有「引也」一訓，非是。《慧琳音義》卷四十「吸飲」條、卷四十一「噏取」條、卷四十三「吸欶」條、卷五十四「吸諸風」條、卷八十三「吸水」條、卷八十七「吸氣」條、《希麟音義》卷一「噏取」凡七引《說文》皆云「內息也」，與今二徐本同，許書原文當如是。卷三十八「噏氣」條轉錄《玄應音義》卷五，卷四十六「噏風」條轉錄《玄應音義》卷九。「引也」之訓當《玄應音義》引他書之訓不出書名而列于《說文》之下。

（噓）　吹也。从口，虛聲。

濤案：《文選・七命》注引作：「噓，吹噓」，蓋古文[註50]「吹」字下尚有「噓」字，《玉篇》亦云「吹噓」。

魁案：《古本考》是。《慧琳音義》卷八十六「噓氣」條引《說文》云：「噓，吹噓也。」。又卷五十四「噓唏」條引《說文》云：「亦出氣也。從口虛聲。」

（喟）　大息也。从口，胃聲。嘳喟或从貴。

濤案：《一切經音義》卷七引「喟，大息也。嘆聲也」，卷十五引「喟，太息也，謂歎聲也」。「大息」即嘆聲，「謂歎聲也」四字當是庾氏注語。元應書卷

〔註50〕「古文」當作「古本」。

十三、卷二十但引「太息也」三字，而「歎聲」一解別引《論語》何晏注，可證非徐書之一訓。

魁案：《古本考》是。《慧琳音義》卷十「喟然」條：「《說文》：大息也。《論語》：喟然歎曰。何晏曰：喟，歎聲者也。」卷三十二「喟而」條、卷三十三「喟然」條、卷五十五「喟然」條、卷五十七「喟然」條均轉錄《玄應音義》，「大息也」之下引《論語》「喟然歎曰」，再出何晏注。「歎聲」一解當非許書原文。又，《希麟音義》卷三「喟歎」條引作「大息歎聲」，亦非許書原文。

（唫）　口急也。从口，金聲。

濤案：《玉篇》引作「口急也，亦古吟字」，《廣韻・二十一侵》云：「唫，亦古吟字。」《說文》是〔註51〕古本以「唫」爲「吟」之古文，當列於吟篆下，云「古文吟，一曰口急也」，今本乃二徐竄改。

魁案：《古本考》是。張舜徽《約注》云：「本書《水部》淦或體作汵，《糸部》紟籀文作絵，是今聲金聲本相通也。」唫爲吟之古文猶絵爲紟籀文。又，《慧琳音義》卷三十一「口噤」條引《說文》云：「口急也。從口禁聲。或作唫也。」卷七十三「噤塞」：「《說文》：噤，口閉也。從口禁聲。亦作唫。」卷八十七「口噤」條：「《說文》云：作唫。從口金聲。」卷八十九「噤戰」條：「《說文》：從口禁聲也。亦作唫。」則似唫與噤爲一字。

（名）　自命也。从口，从夕。夕者，冥也。冥不相見，故以口自名。

濤案：《廣韻・十四清》引無「冥也」二字，葢傳寫偶奪，非古本如是。今本「自名」下亦奪也字。

魁案：《古本考》是。今二徐本同，許書原文如是。

（唯）　諾也。从口，隹聲。

濤案：《一切經音義》三引「唯，諾也，謂譍之敬辭也」，「謂譍」以下六字乃《說文》注中語。

魁案：《古本考》是。《慧琳音義》卷十「唯然」條引《說文》云：「唯即諾

〔註51〕「是」字當在「《說文》」上。

也。」即字乃引者所足，非許書本有。卷二十七「唯然」條引云「諾也」。

（唏）　笑也。从口，稀省聲。一曰，哀痛不泣曰唏。

濤案：《玉篇》引「哀痛」作「哀病」，乃傳寫之誤，非古本如是。《文選・思元賦》注但引「不泣曰唏」，則崇賢有所節取矣。

魁案：《古本考》是。今二徐本同，許書原文如是。

（咄）　相謂也。从口，出聲。

濤案：《文選・張協〈詠史詩〉》注引與今本同，而曹植《贈白馬王彪詩》注引作「叱也」，葢古本有「一曰叱也」四字。《玉篇》亦云：「咄，叱也。」《韻會》有「一曰呵也」，是小徐本尙有此四字，惟「叱」誤爲「呵」耳。

魁案：《古本考》非是。《慧琳音義》卷二十七「咄」字條、卷七十八「咄咄」條、卷九十六「咄異哉」條俱引《說文》作「相謂也」。卷一「咄男」條引《說文》云：「咄相唱也。」唱當謂字之誤。卷七十二「咄哉」條引《說文》云：「咄，舉言相謂也。」卷九十四「咄哉」條引《說文》云：「咄猶相謂也。」合諸引，許書原文當如今二徐本。

（唉）　譍也。从口，矣聲。讀若埃。

濤案：《一切經音義》卷十二引作「譍聲也」，是古本尙有「聲」字，今奪。《玉篇》亦云「譍聲也」，葢本《說文》。

魁案：《古本考》是。《慧琳音義》卷五十五「唉痾」條兩出，並引《說文》並作「譍聲也」，許書原文當如是。

（噂）　聚語也。从口，尊聲。《詩》曰：「噂沓背憎。」

濤案：《詩・十月之交》釋文云：「噂，《說文》作僔。」《五經文字》亦云：「僔，《詩・小雅》作噂。」則古本此字無偁《詩》語。《人部》僔字引「《詩》：僔沓背憎」，可見此處乃二徐妄竄。

魁案：《古本考》認爲噂字無偁《詩》語，非是。《慧琳音義》卷八十七「噂諮」引《說文》云：「聚語也。並從口，尊沓皆聲也。亦作僔。」張舜徽《約注》云：「許書引經，兩三見而文各異者甚多。」

（呷）　**吸呷也。从口，甲聲。**

濤案：《文選・吳都賦》注、《一切經音義》卷十七、二十皆引「呷，吸也」，是古本注中無「呷」字。《子虛賦》：「翕呷萃蔡。」張揖以爲「衣裳張起之聲」。「翕」「吸」古通字，「吸呷呷」皆擬其聲，故《選》賦或言「喤呷」、或言「呀呷」，不必定言「吸呷」也。今本「呷」字淺人妄增，《玉篇》引同今本，亦是後人據今本改。

魁案：《古本考》是。《慧琳音義》卷七十三「呼呷」條轉錄《玄應音義》，引《說文》云：「呷，吸也。」卷七十四「呼呷」條轉錄引云：「呷，吸。」奪「也」字。合訂之，許書原文當作「吸也」。

（嘯）　**吹聲也。从口，肅聲。****籀文嘯从欠。**

濤案：《御覽》三百九十二人事部引「嘯，吹也」，無「聲」字，葢傳寫偶奪。《詩・召南》箋曰：「嘯，蹙口而出聲也。」「蹙口出聲」即吹聲之義，「聲」字不應刪，明刊本《御覽》作吟也，或古本有此一解。

又案：《文選・嘯賦》注：「籀文爲歗，在《欠部》。」似古文〔註 52〕《口部》無重文。

魁案：《古本考》懷疑《口部》無重文，非是。《慧琳音義》卷九十四「吟嘯」條引《說文》云：「吟也。從欠肅聲。」詞條作「吟嘯」，析形卻爲「從欠肅聲」，蓋慧琳以歗爲重文而如此析之。《希麟音義》卷二「嘯和」條引《說文》云：「呼吟也。謂聚唇出聲也。亦作歗。」則許書原文有重文歗無疑。又，《音義》所引或作「吟也」、或作「呼吟也」，與《御覽》即今傳二徐本不同。鄭箋云：「嘯，蹙口而出聲也。」慧琳續申云：「謂聚唇出聲也。」似以「呼吟也」較勝。

（啻）　**語時不啻也。从口，帝聲。一曰，啻，諟也。讀若鞮。**

濤案：《一切經音義》卷十三引作「語時也」，乃傳寫奪「不啻」二字，非古本如是。

魁案：《古本考》是。《慧琳音義》卷五十二「不啻」條轉錄《玄應音義》，

〔註 52〕「古文」當作「古本」。

引《說文》云：「說時也。」「說」字當爲「語」字之誤。卷七十九「不啻」條引《說文》云：「語時啻也。」乃傳寫奪「不」字。今二徐本同，《類篇》卷四、《韻會》卷十七並引同二徐，許書原文當如是。

（吉）　**善也。从士、口。**

濤案：《玉篇》引作「善也。《周書》曰：『吉人爲善。』」此與咳下引《禮記》同例，亦許氏引《周書》有此七字，非希馮自引《周書》也。凡類此者皆古本有而後人妄加刪削。

（唐）　**大言也。从口，庚聲。古文唐从口、昜。**

濤案：《廣韻·十一唐》古文「啺」下尚有「𡅍」字，注云「並古文」。是陸氏所據本有二篆，今遺其一。

魁案：《慧琳音義》卷五「唐受」條、卷六「唐捐」條並引《說文》云：「唐，大言也。」與今二徐本同。

（𠷎）　**誰也。从口、𠰘，又聲。𠰘古文疇。**

濤案：《廣韻·十八尤》：「𠰘，《說文》：誰也。又作𠷎。」是古本《說文》作𠰘，不作𠷎，𠷎乃𠰘之或字。段先生曰：「其字从口壽聲足矣，不當兼从又聲。《老部》壽，《酉部》醻，《巾部》幬，皆从𠰘聲，《竹部》籌、《火部》燾、《言部》譸、《邑部》𨟖皆从壽聲，絕無从𠷎之字，可知此正當作𠰘，爲壽之聲。」桂大令亦曰：「疑此从口壽聲，寫者加又字。」

（噦）　**气啎也。从口，歲聲。**

濤案：《文選·潘岳〈笙賦〉》注引作「噦，氣氣悟也」，此傳寫衍一「氣」字，又誤啎爲悟，非古本如此。《一切經音義》卷二、卷二十兩引與今本同可證。

魁案：《古本考》是。《慧琳音義》、《希麟音義》所引文字多有譌誤。卷二十六「噦噎」條引作「氣短也」，誤啎爲短。卷四十三「數噦」條引作「氣牾也」，誤啎爲牾。同卷「噫噦」條引作「氣忤也」，誤啎爲忤。卷六十五「噦吐」條引作「氣㾓也」，誤啎爲㾓。卷七十七「噦噎」條引作「忤氣也」，誤倒，又誤啎爲忤。卷八十九「歐㰤」引云「猶氣啎也」，猶字爲引者所足，又誤啎爲悟。《希麟音義》卷十「歐㰤」條兩出，並誤啎爲悟。卷六「㰤噫」條引云「逆氣上也」，逆字誤，又衍上字。諸引雖無，合而訂之，今二徐本不誤，當是許書原文。

（吃）　言蹇難也。从口，气聲。

濤案：《一切經音義》卷十五引作「言難也，重言也」，是古本尙有下三字，今奪。惟難字上不當無「蹇」字，此又元應書傳寫脫之，非古本無也。

魁案：《古本考》認爲許書原文有「重言」一訓，非是。《類聚抄》卷三形體部吃字下云：「《聲類》云：吃，重言也。《說文》云：言語難也。」據此，「重言」之訓非出許書可知。《慧琳音義》卷五十八「吃人」條轉錄《玄應音義》，引同《玄應音義》卷十五沈濤所引。卷十一「不吃」條引《說文》作「難也」，卷五十七「謇吃」條引作「語難也」，卷六十三「語吃」條引作「言難也」，諸引均無蹇字，而今二徐本有之，竊以爲「蹇」字因「難」而衍，許書原文但作「言難也」。《類聚抄》涉「言」而衍「語」字。

（嗜）　嗜欲，喜之也。从口，耆聲。

濤案：《一切經音義》卷二十二引作「嗜欲，意也。貪無厭者也」，葢古本作意，今本「喜」乃傳寫之誤，後人又妄加「之」字於訓解中，複舉「嗜」字皆誤。「貪無厭者也」五字當是庾氏注中語。

魁案：《古本考》非是。張舜徽《約注》云：「此篆說解『嗜欲』二字當逗。《淮南子・原道篇》：『嗜欲者，性之累也。』是漢人固以二字連用矣。」張說甚是。《慧琳音義》卷六十七「耽嗜」條引同今二徐本。卷六十九「耽嗜」、卷八十「嗜慾」並引作「嗜慾，喜之也」，卷六十九「嗜慾」上衍人字，慾同欲。卷六十九「耽嗜」引作「嗜欲，喜也」，喜下脫之字。卷七十五「嗜甛」引作「慾也」，乃節引。卷四十八「饞嗜」條轉錄《玄應音義》，引同沈濤所引。合訂之，今二徐本不誤，許書原文如是。

（啖）　噍啖也。从口，炎聲。一曰噉。

濤案：《爾雅》釋文引作「噍也」，《一切經音義》卷二十引「噍也，亦啖與也」，葢古本如是，今本衍「啖」字。莊大令炘反謂脫「啖」字者非也。又《玉篇》、《廣韻》皆列「噉」字爲「啖」字重文，然則古本《說文》亦當有「噉」篆，在下，後人轉寫脫此篆，反誤入一曰下爲訓辭，謬戾殊甚。古本當作「一曰啖與也」，即元應所引後一說是矣。《爾雅》釋文云：「啗，本亦作啖，又作噉，皆徒覽反。」可知啖、噉同字矣。《韻會》亦云：「或作噉。」是小徐本尚不誤。

魁案：《古本考》認爲今本衍「啖」字，是。《慧琳音義》卷三十三「授啖」條轉錄《玄應音義》，引《說文》同卷二十與沈濤所。卷五十七「啖圂蟲」引《說文》云：「啖，亦噍也。」「亦」字乃引書者所足。

哽（哽）　語為舌所介也。从口，更聲。讀若井級綆。

濤案：《華嚴經音義》下引「哽，謂食肉亭骨在喉內也」，與今本大異。本書《骨部》「骾，食骨留咽中也」，則此乃骾字解之異文。然慧苑云：「悲憂咽塞者似其亭骨在喉，故借喻言之。」直以爲哽字之解如此矣，豈所據本或有不同邪，恐緇流讀許書不體致有誤引耳。

魁案：《古本考》以爲慧苑非，是。今小徐本作「語爲舌所介礙也」，《慧琳音義》卷十八「哽噎」條引《說文》云：「語塞爲舌所介礙也。」「介礙」即「塞」之義，慧琳書當衍「塞」字。據此今小徐本當是許書原文，大徐奪「礙」字。《慧琳音義》卷二十三「哽噎」條轉錄《慧苑音義》，引同沈濤所引。《希麟音義》卷三「哽噎」引曰：「食肉有骨噎在喉內，悲憂噎塞者，故借爲喻言。」蓋希麟轉錄慧苑之文。

啁（啁）　啁，嘐也。从口，周聲。

濤案：《御覽》四百六十六人事部引「嘲相調戲相弄也」，嘲即啁字之別體。是古本此注尚有「一曰相調戲相弄也」八字，今奪。《一切經音義》引《蒼頡篇》云：「啁，調也。謂相戲調也。」可證「啁」爲「嘲戲」正字。徐鉉另增嘲字入《新附》，妄矣。

魁案：《古本考》非是。《慧琳音義》卷七十四「啁調」條、卷九十五引《說文》皆同今二徐本，許書原文如是。

（𠯗）　**讘𠯗，多言也。从口，投省聲。**

濤案：《六書故》云：「汝朱切。唐本殳聲，亦作嚅。韓退之言：『口將言而囁嚅』，殳聲是也。」余謂即讀當侯切，亦當爲殳聲，投亦度侯切，獨非从殳聲乎。

（呧）　**苛也。从口，氐聲。**

濤案：《一切經音義》卷十二引作「呵也」，葢古本作訶，說詳下「呰」字條。

魁案：《慧琳音義》卷五十五「欲詆」條轉錄《玄應音義》，引同沈濤所引。

（呰）　**苛也。从口，此聲。**

濤案：《一切經音義》卷六、卷二十二、《華嚴經音義》上引「苛」皆作「訶」，《一切經音義》卷二、卷十四、二十三、二十四有引作「呵」（二十四作阿乃傳寫之誤），葢古本作「訶」，「呵」即「訶」之別體。《玉篇》：「呰，口毀也。」《禮・喪服四》制云：「訾者不知禮之所生也。」注云：「口毀曰訾。」《一切經音義》引「訾」作「呰」。訶有詆毀之義，上文呧字注云「苛也」，亦當作「訶」，元應書引作「呵」，《說文》序：「苛人受錢」，義正作訶，是爲訶之假借字。

又案：《言部》「詆，苛也。一曰訶也。」此乃淺人妄改，古本當只作「詆，訶也」，觀《文選・三都賦》序注所引可證。或《說文》一本用假借字作苛也，淺人不知苛與訶同，遂妄增改如此。「詆」之訓訶即「呧」之訓苛，許書从口从言之字義多互通。

魁案：《古本考》認爲許書原文不作「苛也」，是。《慧琳音義》卷四十七、卷五十九、卷七十「毀呰」條皆轉錄《玄應音義》，與卷五、卷十六、卷二十一、卷二十五、卷二十七「毀呰」條，及卷五十三「呰懱」條凡九引《說文》皆作「呵也」。唯卷四十八「訶呰」轉錄《玄應音義》引作「訶也」。許書从口从言之字義多相通。

（叴）　**高氣也。从口，九聲。臨淮有叴猶縣。**

濤案：《廣韻・十八尤》引作「氣高也」，「高氣」、「氣高」義得兩通。

魁案：今二徐本同，《類篇》卷四、《韻會》卷九、元陰時夫《韻府群玉》卷八所引皆同二徐，許書原文當如是。

（吁）　驚也。从口，于聲。

濤案：《一切經音義》卷三引「吁，驚語也」，是古本有「語」字，今奪。《玉篇》「吁，驚怪之辤也。驚語也。」下三字當本《說文》。

魁案：《古本考》是。《慧琳音義》卷九「吁與」條轉錄《玄應音義》，引《說文》同沈濤所引。

（嘖）　大呼也。从口，責聲。嘖或从言。

濤案：《爾雅・釋鳥》釋文引「嘖，呼也」，葢古本無「大」字。《左氏》定公四年傳：「嘖有煩言。」《荀子・正名篇》注云：「嘖，爭言也。」嘖字从責，有責讓之義，知不當訓爲「大呼」。

魁案：《古本考》是。唐寫本《玉篇・言部》41讀下云：「《說文》亦讀、嘖字也。嘖，呼也。在《口部》。」《慧琳音義》卷三十三「嘖數」條引《說文》作「大呼也」，則誤作「大呼」已久矣。

（嗷）　眾口愁也。从口，敖聲。《詩》曰：「哀鳴嗷嗷。」

濤案：《一切經音義》卷十二引作「嗷嗷，眾口愁也」，卷十三、卷二十又引「眾口愁也」，其標題大字亦作「嗷嗷」，是古本作「嗷嗷」，今奪一「嗷」字，葢淺人疑爲複舉而刪之矣。

又案：《五經文字》、《經典釋文》、《玉篇》、《廣韻》「嗷」字皆下口上敖，葢古本篆體如此，今本乃後人妄改。元應書引《說文》在「又作嗸」之下，則所見本亦不作「嗷」矣。

魁案：《古本考》認爲今奪一「嗷」字，是。《慧琳音義》三引皆轉錄《玄應音義》，卷三十三「嗷嗷」條引《說文》云：「眾口愁也。《詩》云：哀鳴嗸嗸。」《詩》云：哀鳴嗷嗷。」卷七十五「嗷嗷」條引云：「嗷嗷，眾口愁也。」所引嗸字同嗷。卷五十二「嗷嗷」條引云：「眾口啾也。」此引「啾」字與諸引及二徐本異，許書既言「眾口」當以「啾」字爲是。

（唸）　㕧也。从口，念聲。《詩》曰：「民之方唸㕧。」

（㕧）　唸㕧，呻也。从口，尸聲。

濤案：《五經文字》上云：「屎，《說文》作咿。」是今本作「㕧」者淺人改也。《詩·板》、《爾雅·釋訓》釋文皆云「殿屎，《說文》作唸咿」，可見古本作「咿」，不作「㕧」，盧學士轉據今本《說文》以改陸氏音義，誤矣。

魁案：《古本考》非是。張舜徽《約注》云：「《詩·大雅·板》篇：『民之方殿屎。』毛傳云：『殿屎，呻吟也。』《爾雅·釋訓》：『殿屎，呻也。』與毛傳義同。《毛詩正義》引孫炎曰：『人愁苦呻吟之聲也。』殿屎即唸㕧之音近假借字。」又云：「許君所引，猶用本字。《玉篇》唸下云：『唸㕧，呻吟也。』此當本之許書。依許書大例，唸下當云：唸㕧，呻也。㕧下但云：唸㕧也。今本爲傳寫所亂矣。段玉裁、嚴可均、沈濤諸家據陸氏《詩》、《爾雅》音義，改㕧字爲咿。不悟陸氏《釋文》傳世已久，不能無誤字，故㕧咿以形近而譌。且《爾雅》釋文明云：『殿屎，或作⿰念欠⿰尸欠。』⿰念欠⿰尸欠乃唸㕧之異體也。《釋文》又云：『《說文》作唸咿。』咿固㕧之形譌耳。《玉篇》、《廣韻》、《集韻》、《韻會》皆作㕧，猶未誤也。」張說甚明，故錄其文。

（吟）　呻也。从口，今聲。　吟或从音。　或从言。

濤案：《藝文類聚》十九人部、《御覽》三百九十二人事部、《一切經音義》十八皆引「吟，歎也」，《廣韻·二十一侵》引「吟，呻吟也」，合四書訂之，古本當作「吟，呻吟也。一曰歎也」，今本乃淺人妄刪耳。《文選·蘇子卿〈古詩〉》注引《蒼頡篇》曰：「吟，歎也。」《欠部》：「歎，吟也。」蓋互相訓。

魁案：《古本考》是。唐寫本《玉篇·音部》59：「韻，牛今反。《說文》或吟字也，吟，呻吟也，在《口部》。或爲訡字也，在《言部》。」唐寫本《玉篇·言部》37：「訡，牛今反，《說文》或吟字也，吟，呻吟，歎也，在《口部》。或在《口部》也，爲韻字。」《慧琳音義》卷七十三「啾吟」條轉錄《玄應音義》，引同沈濤所引。總上所考，許書原文當如《古本考》所訂。

（唌）　語唌嘆也。从口，延聲。

濤案：《文選·郭璞〈江賦〉》：「噴浪飛唌。」注引作「唌，沫也」，是古本尚有「一曰唌，沫也」五字。

魁案：《古本考》非是。《慧琳音義》卷九十「唌唾」引《說文》云：「語唌歎也。」與今二徐本同，許書原文當如是。嘆、歎經典通用。卷十六「唌唾」條引《說文》云：「口液也。」卷五十一「舌唌」條引云：「液也。」皆當《水部》「㳄」字訓釋之節引。卷一百「唌流」條：「《說文》正作㳄。」是慧琳書以「唌」爲「㳄」之俗體。

（嘆）　吞歎也。从口，歎省聲。一曰，太息也。

濤案：《九經字樣》作「吞聲也」，葢古本如是。嘆、歎二字聲義皆近，經典每互用，不得以歎訓嘆也。

魁案：《古本考》非是。《九經字樣》不言出《說文》，不足爲據，今二徐本同，許書原文如是。

（喝）　㵐也。从口，曷聲。

濤案：《一切經音義》卷十一引作「渴也」，㵐、渴古字通用，故所據本庸有異同。

魁案：《古本考》是。《慧琳音義》卷五十二「喝吐」條轉錄《玄應音義》，引同沈濤所引，小徐本與之同，當是許書原文。

（噆）　嗛也。从口，朁聲。

濤案：《一切經音義》卷十七、卷二十引作「銜也」，此與「含」字訓「嗛」引作「銜」者同，用假借。

魁案：《古本考》是。《慧琳音義》卷五十四「噆食」條、卷七十四「蠅噆」條轉錄《玄應音義》，引《說文》同沈濤所引。卷九十九「噆膚」引《說文》云：「师，銜也。」师同噆。

（吝）　恨惜也。从口，文聲。《易》曰：「以往吝。」古文吝从彣。

濤案：《文選·嵇康〈琴賦〉》注引作「㖩，亦貪惜也」，葢古本如是，今本「恨」字誤。「吝」作「㖩」乃依賦中字體，許書訓解中每用「亦」字，大半爲二徐所刪。

魁案：《古本考》非是。《慧琳音義》卷七「顧𠫤」條云：「《說文》正體作吝。吝，恨也。從口文聲也。」《音義》明云「正體作吝」，則當爲許書原文。丁福保曰：「古本有二義，即恨也，惜也。今本爲後人刪去也字。」張舜徽《約注》云：「吝有二原。《論語》所謂『使驕且吝』，及物之吝也；『改過弗吝』，則施身之吝也。及物之吝，自恨出；而施身之吝，自惜起。二者又彼此相因，故許君兼舉二義以釋之。今本說解恨下奪也字，宜補。」丁、張二說是。

（唁）　弔生也。从口，言聲。《詩》曰：「歸唁衛侯。」

濤案：《廣韻·三十三線》引同，惟下列「喭」字，注云：「上同。」是古本有重文喭篆，今奪。《玉篇》亦引「喭」於「唁」下，注云「同上」，又引《論語》「由也喭。」此「喭」字之別一義，或并出許氏原文。

魁案：《古本考》非是。《口部殘卷》：「唁，弔生也。从口，言聲。《詩》曰：歸唁衛侯。」與今二徐本同，許書原文如是。

（咼）　口戾不正也。从口，冎聲。

濤案：《一切經音義》卷六引作「口戾也」，《玉篇》及《廣韻·十三佳》亦云「口戾也」，蓋古本皆無「不正」二字。言戾於意已瞭，何煩言不正乎，淺人妄加，其鄙俗正不待辨。

魁案：《古本考》是。《口部殘卷》：「咼，口戾也。从口，冎聲。」《慧琳音義》卷二十四、卷二十七「咼斜」條，卷六十二「咼衺」條，卷六十六「咼張」條，及《類聚抄》卷三形體部「喎僻」條皆引《說文》作「口戾也」。又《慧琳音義》卷十五「喎戾」條云：「《說文》正體作咼，口戾也。」據此，許書原文當作「口戾也」。

（㖅）　嗼也。从口，叔聲。

濤案：《廣韻·一屋》引作「嘆也」，此蓋「嗼」字傳寫之誤，非古本如是。

魁案：《古本考》是。本部「嗼，㖅嗼也」，二字互訓。

（昏）　塞口也。从口，𠂤省聲。古文从甘。

濤案：《玉篇》引無口字，葢古本如此。《廣雅·釋詁》亦云：「昏，塞也」，當本許書。

魁案：《古本考》非是。《口部殘卷》：「昏，塞口也。从口，氏省聲。𠯑，古文厥。」是許書原文有口字。

（嗾）　使犬聲。从口，族聲。《春秋傳》曰：「公嗾夫獒。」

濤案：《左氏》宣二年傳釋文引作「使犬也」，葢古本如是。《方言》云：「秦晉冀隴謂使犬曰嗾。」

魁案：《古本考》是。《口部殘卷》：（嗾）使犬也。从口，族聲。《春秋傳》曰：「公嗾夫獒。」許書原文如是。

（吠）　犬鳴也。从犬、口。

濤案：《五經文字》云：「吠吷，犬聲也。上《說文》，下《字林》。」是古本作「聲」不作「鳴」，然義得兩通。

魁案：《古本考》非是。《口部殘卷》：「吠，犬鳴也。从口犬聲。」《慧琳音義》卷十四「嚾喍嗥吠」引《說文》云：「犬鳴也。從口從犬聲也。」與殘卷同。卷二十七與《希麟音義》卷四「嗥吠」條並引《說文》云：「咆吠，犬鳴也。」皆衍咆字。卷五十四「吠佛」條引《說文》：「吠，鳴也。從口從犬。」脫犬字。合諸引，《口部殘卷》當是許書原文。

（咆）　嗥也。从口，包聲。

濤案：《一切經音義》卷四引「咆，嘷也，亦大怒也」，葢古本有「一曰大怒也」五字。「咆嗥」爲熊虎之聲（見《廣韻》），而人之大怒亦謂之咆，今人猶言大怒曰咆嗥。又《一切經音義》卷二十二引「咆，嗥咆」，傳寫誤衍「咆」字。

魁案：《古本考》認爲有「大怒」一解，非是。《慧琳音義》卷四十三「咆地」條轉錄《玄應音義》，《說文》同沈濤所引。卷四十七「咆㘖」條、卷七十四「咆哮」條、卷八十七「咆勃」條、卷九十三「咆嚮」條皆引《說文》作「嗥也」。卷九十四「結咆」條引《說文》云：「咆，亦嗥也。」亦爲引者所足。皆與今二徐本同，許書原文當如是。卷五十四「言咆」引作「嗥也」，當形似而誤。

（嘷）　咆也。从口，皋聲。譚長說，嘷从犬。

濤案：《一切經音義》卷十一引作「嘷，咆也」，孫觀察（星衍）曰：「从睪俗誤字。此可證《左傳》『澤門之晳』爲『皋門』之譌。」

魁案：《古本考》是。《口部殘卷》：「嘷，咆也。从口，皐聲。堕譚長說：嘷从犬。」是今二徐本不誤。《慧琳音義》卷五十二「從嘷」引《說文》：「嘷，咆也。」嘷當嘷字之誤。

（哮）　豕驚聲也。从口，孝聲。

濤案：《一切經音義》卷十二引作「驚也，亦大怒也」，卷二十三引作「古文唬，虎鳴也，大怒聲」。據元應所引，則古本哮、唬爲一字，哮乃唬之重文。《詩》：「闞如哮虎」，《風俗通・正失篇》引作「闞如唬虎」。《文選・七啓》注亦云：「哮與唬同。」「豕驚聲」之訓不見他傳注，此處當爲二徐所竄改，宜於本部刪哮篆，於《虎部》唬下添重文，則與古本合矣。

魁案：《古本考》認爲「哮」乃「唬」之重文，非是。《口部殘卷》有哮字，云：「哮，豕驚也。从口，孝聲。」不云有重文，今二徐本亦無重文，則許書原文如是。《口部殘卷》較今二徐本少一「聲」字，依本部次序，許君於哮上列喈字云「鳥鳴聲」，則「聲」字不得少，《殘卷》奪之。卷七十七「哮呼」條引《說文》云：「豕驚散聲也。」「散」字衍。

又，《慧琳音義》卷七十四「咆哮」條轉錄《玄應音義》，引《說文》：「哮，驚也。亦大怒也。」同沈濤所引。卷四十七「哮吽」條亦轉錄《玄應音義》，引《說文》云：「虎鳴也。大怒聲也。」卷四十八「哮吼」條轉錄引云：「虎鳴也。一曰師子大怒聲也。」「驚也」一解乃「哮」字訓釋之節引；「虎鳴」「大怒聲」之解皆本書《虎部》唬字之訓，而有脫文。因「唬」與「哮」音同義近，義訓誤植〔註 53〕，典籍凡以「哮」爲「虎鳴」者，皆借哮爲唬。玄應、慧琳書二字

〔註 53〕指字書在傳抄傳引過程中把甲字之訓抄於乙字之下。參楊寶忠《疑難字考釋與研究》，中華書局，2005 年，第 746 頁。

不別，以爲異體。本書虓下云：「虎鳴也。一曰師子。」也有奪文，原文當如《慧琳音義》卷四十八所引。

（啄）　**鳥食也。从口，豖聲。**

濤案：《一切經音義》卷二十二引作「鳥食也。啄，齧也」，是古本尚有「一曰齧也」四字。

魁案：《古本考》非是。《慧琳音義》卷四十八「探啄」轉録《玄應音義》，引《説文》同沈濤所同。卷一「啄噉」條云：「《廣雅》：啄，齧也。《説文》鳥食也。」此《廣雅》《説文》並舉，則「齧也」一訓非出許書可知。卷二、卷五「或啄」，卷六十二「觜啄」條，卷六十七「啄啖」條，卷七十二「探啄」，卷七十五「啄木」，卷七十六「啄心」皆引《説文》作「鳥食也」。卷四十一「啄噉」條與《希麟音義》卷一「啄噉」條並引作「鳥喰也」，當爲食之誤。

（唬）　**嗁聲也。一曰，虎聲。从口，从虎。讀若暠。**

濤案：《一切經音義》卷五引作「虎怒聲也」，是古本有「怒」字「也」字，今奪。

魁案：《古本考》非是。《古本考》所引《玄應音義》乃卷五「虓闞」條，《慧琳音義》卷四十四轉録，云：「又作唬，同。呼交反。下呼檻反。《説文》：虎怒聲也。《詩》云：『闞如虓彪』是也。」《音義》以「虎怒聲也」爲「虓」字之訓亦誤，《慧琳音義》卷九十三「虓虎」條云：「上孝交反。《毛詩傳》云：虎之自怒虓然，謂虎怒聲也。《説文》：虓，虎鳴也。」據此「虎怒聲也」非出許書可知。《古本考》於此不察，誤矣。今二徐本同，許書原文當如是。

（喁）　**魚口上見。从口，禺聲。**

濤案：《一切經音義》卷十二、卷十三兩引作「眾口上見也」，葢古本如是。《漢書·司馬相如傳》注、《王莽傳》注、《後漢書·隗囂傳》注皆云「喁喁，眾口向上也」，是當作「眾」不當作「魚」。《晉書音義》上引《字林》云：「喁，魚口上見。」今本乃後人據《字林》改耳，《玉篇》亦云：「喁，眾口也。」

魁案：《古本考》是。《慧琳音義》卷二十八、卷五十七「喁喁」條轉録《玄應音義》，與卷五十五、卷七十七、卷九十六、卷九十八「喁喁」條凡六引《說文》皆云：「眾口上見也。」許書原文當如是，二徐本作「魚口」誤，又奪「也」字。

（㕣） **山間陷泥地。从口，从水敗皃。讀若沇州之沇。九州之渥地也，故以沇名焉。古文㕣。**

濤案：《玉篇》引間作澗，葢傳寫之誤，非古本如是。

魁案：《古本考》是。今二徐本同，許書原文當如是。

補（嗤）

濤案：《文選·阮嗣宗〈詠懷詩〉》：「噭噭今自蚩。」注引《說文》曰：「嗤，笑也。與蚩同。」《古詩十九首》「但爲後世嗤」，注引《說文》：「嗤，笑也。」是古本有嗤篆，今奪。「與蚩同」乃崇賢謂阮詩之「蚩」即《說文》之「嗤」，非以「嗤」爲「蚩」之重文也。

魁案：《古本考》是。《慧琳音義》卷九十八「嗤往」條引《說文》：「嗤，笑也。從口蚩亦聲。」

補

濤案：《文選·傅毅〈舞賦〉》、潘岳《笙賦》注兩引《說文》：「咬，淫聲也。」今本無咬篆，以本部「哇，諂聲也」、「𠹤，讙聲也」例之，則古本當有此字。《廣韻·五肴》咬字注云：「淫聲。」正本《說文》。

魁案：《古本考》是。《類篇》卷四：「咬，又於交切。洼咬，淫聲。」《韻會》卷七：「哇咬滛聲。」蓋本許書。

吅部

（㖾） **亂也。从爻、工交吅。一曰，窒㖾。讀若禳。籀文。**

濤案：《廣韻·二十二庚》引作「窒㖾」，葢古本如是。今本窒乃傳寫之誤。《玉篇》引作「窒穰」，乃傳寫奪「㖾」、「讀若」三字而又譌「禳」爲「穰」耳。

又案：《玉篇》云：「𡂶，古文」，是古本尚有重文𡂶篆。

魁案：《古本考》所錄《說文》同今二徐本，云「今本窒乃傳寫之誤」，不知何意。《古本考》以爲《玉篇》有脫誤，古本尚有重文䙝篆，當是。唐寫本《玉篇》264：「䙝，女耕反，《說文》：『䙝，亂也。』《字書》；『一曰窒也。』」又云：「䙝，《說文》籀文䙝字也。」

（嚴）　教命急也。从吅，厰聲。古文。

濤案：《廣韻·二十八嚴》引「教命」二字作「令」，蓋古本亦有如是作者，義得兩通。

魁案：《古本考》非是。唐寫本《玉篇》62嚴下引《說文》云：「教令急也。」當是許書原文。《慧琳音義》卷三十五「嚴潔」引同今大徐本，當誤令爲命。《六書故》卷十一、《五音集韻》卷六引作「教令」。

（喌）　呼雞重言之。从吅，州聲。讀若祝。

濤案：《御覽》九百十八羽族部引《風俗通》曰：「呼雞朱朱，雞本朱公所化，今呼雞者朱朱也。謹案，《說文》解：喌喌二口爲讙。州，其聲也，讀若祝祝者，誘致禽畜和順之意，喌與朱音相似耳。」應劭所引《說文》聲讀皆與今本同，而訓解似不相同，古本《說文》喌喌必疊字，當云：「喌喌，呼雞聲也。」淺人删去一「喌」字，又添「重言之」三字，許書無此例也。

魁案：《古本考》非是。唐寫本《玉篇》62喌下引《說文》云：「呼雞重言之也。」同大徐本。無「喌喌」二字，許書原文當如是。王筠《句讀》曰：「之字指喌而言，謂呼雞者言喌喌也。」

哭部

（喪）　亡也。从哭，从亡，會意。亡亦聲。

濤案：《禮記·奔喪》釋文引作「从哭亡，亡亦聲也」，蓋古本無「會意」字，小徐本「从哭，亡聲」，亦無「會意字」，云「亦聲」則會意在其中。大徐本「會意」二字衍，小徐本又奪「亡亦」二字，皆非。

魁案：《古本考》非是。許書原文當如小徐本，作「亡也。从哭，亡聲」。《慧琳音義》卷二「命喪」條、卷十「亾喪」條、卷四十一「喪乎」皆引《說文》作「从哭亡聲」。

走部

（趨）　**走也。从走，芻聲。**

濤案：《御覽》三百九十四人事部引「趨，低頭疾行也」。「低頭疾行」乃本部「趛」字之訓，《頁部》「顉，低頭也」，趛从金聲，故有低頭之義。《一切經音義》卷十四引同今本，則《御覽》趨字乃趛字傳寫之誤，非古本如是也。

又案：《釋名・釋姿容》曰：「徐行曰步，急行曰趨。」《論語》包注亦云：「趨，疾行也。」疑古本趨字有「疾行」之一解，《御覽》引在「趨」條下，當本引「趨，疾行也」，「趛，低頭疾行也」，後人誤并爲一耳。

魁案：《古本考》懷疑趨字有「疾行」一解，非是。本部走、趨互訓，今二徐本同，許書原文當如是。張舜徽《約注》云：「趨即走之語轉。古韻同部，惟聲有輕重耳。」

（赴）　**趨也。从走，仆省聲。**

濤案：《御覽》三百九十四人事部引「直行也」，葢古本如是。《爾雅・釋詁》：「赴，至也。自此至彼謂之赴。」正「直行」之義，此乃赴之正解，引申之則爲趨赴、奔赴矣。

魁案：《古本考》非是。今二徐本同，《類篇》卷五、《韻會》卷十八所引並同二徐，許書原文當如是。

（趫）　**善緣木走之才。从走，喬聲。讀若王子蹻。**

濤案：《文選・西京賦》注、《一切經音義》十一皆引「趫，善緣木之士也」，葢古本如此。今本傳寫誤「士」爲「才」，又衍「走」字，皆非。《玉篇》云「善緣木之工也」，「工」亦「士」字之譌。

魁案：《古本考》是。《慧琳音義》卷五十六「趫行」條轉錄《玄應音義》，引《說文》云：「善緣木之蟲也。」蟲字誤。

（赳）　**輕勁有才力也。从走，丩聲。讀若鐈。**

濤案：《爾雅・釋訓》釋文引無「力」字，葢傳寫偶奪，非古本如是。《詩・周南》傳曰：「赳赳，武皃。」《爾雅・釋訓》曰：「洸洸、赳赳，武也。」武夫

尚力，知不得少「力」字。

魁案：《古本考》非是。《慧琳音義》卷八十三「赳赳」條引《說文》作「輕勁有才」，此與《爾雅》釋文引同，當是許書原文。「輕勁」則力在其中，不必更言力。

（越）　**度也。从走，戉聲。**

濤案：《文選・陸機〈赴洛詩〉》注引作「渡也」，乃傳寫之誤，非古本如是。《廣韻・十月》、《文選・謝混〈游西池〉詩》注皆引同今本可證。

魁案：《古本考》是。今二徐本同，許書原文當如是。

（趬）　**行輕皃。一曰，趬，舉足也。从走，堯聲。**

濤案：《一切經音義》卷十三、卷二十勦字共三處，皆云：「《說文》作趬，同。仕交反。」卷十五、卷十九引作「捷，健也。謂勁速勦健也」，卷二十一引作「便捷也」，一未引。是元應書以趬、勦爲一字，今趬下并無重文勦篆，《力部》「勦」訓「勞也」，與「趬」截然兩字，豈唐本與今本不同乎？《一切經音義》卷十六又引作「行輕皃也，一曰舉也，亦健也」，此「趬」下訓辭，亦與今本小異，倘「趬」、「勦」爲一字，則所引「捷，健也」等語亦必在「勦」字下，別出「一曰」之例，斷不在「趬」篆下也。然勦、趬同字旁無左證，或恐傳寫有誤，姑以存疑。

又案：《史記・衛將軍驃騎列傳》索隱引「趬，行疾皃」，輕、疾義得兩通。

魁案：《慧琳音義》卷六十四「趬腳」轉錄《玄應音義》引作：「《說文》行輕貌也。一曰舉足戲也。亦高舉足也。」

（趀）　**蒼卒也。从走，朿聲。讀若資。**

濤案：《易・夬》釋文云：「次，本亦作趑，或作跌。《說文》作趀，倉卒也。」是古本尚有引《易》語，今奪。

魁案：《古本考》爲節引，《釋文》「次」字下全文作「本亦作趑，或作跌。《說文》及鄭作趀，同，七私反。注下同。馬云：卻行不前也。《說文》倉卒也。下卦放此。」

（𧺊）　疑之，等𧺊而走也。从走，才聲。

濤案：《龍龕手鑑》引「𧺊，疑也」，當有奪文，而本文亦頗不可解。《玉篇》語亦相同，姑从闕疑。

魁案：朱駿聲曰：「有疑故遲鈍以行也。」張舜徽《約注》云：「𧺊之言在也，待也。謂有所待，忽止不行也。」

（趍）　趨趙，久也。从走，多聲。

濤案：《廣韻・五支》引「趍趙，久也」，葢古本無「趨」字。許書之例以篆文連注讀，二徐不知，於說解中妄增一「趍」，傳寫又誤爲「趨」耳。下文「趙，趨趙也」亦當作「趍趙」，「趍」之與「趨」音訓皆不同，《玉篇》亦作「趍趙」。

又案：陳徵君曰：「『久』疑是『夂』之字之譌，本書『夂，行迟曳夂，夂象人兩脛有所躧也』，正是趍字之訓。」案，濤案《廣韻》引正作「夂」字，《玉篇》亦作「夂」。

魁案：《慧琳音義》卷十一「如趍」條云：「《說文》：趍，走也。正體從走從芻聲也。經文從多作趍，俗用字也。」卷九十「𧺆竄」條云：「上緅苟反，正體走字也。《說文》：趍也。從夭從止。」依慧琳所引《說文》，「走」「趍」二字互訓，與今二徐本「走」「趨」二字互訓異，又慧琳書以「趨」爲正體，「趍」爲俗字，由是「趍」「趨」二字當形近竄誤。今小徐本作「趍趙」，與《廣韻》《玉篇》同，則許書原文當如是，《古本考》認爲說解妄增一「趍」字，非是。認爲「久」字當作「夂」，當是。

（�）　喪辟�。从走，甬聲。

濤案：《廣韻・二腫》引「喪躃趙也」，《足部》無「躃」字，當从今本作辟。小徐本作擗，皆誤。

魁案：《古本考》認爲小徐誤，非是。《慧琳音義》卷五「觿踴」條《說文》云：「踴，跳也。從足勇聲也。或作趙，擗趙也。」「擗趙也」正與今與小徐本同，唯奪「喪」字。擗當「辟」之後起字。王筠《句讀》曰：「經典皆作踴。《檀弓》：辟踴，哀之至也。」

（趕）　**止行也。一曰，竈上祭名。从走，畢聲。**

濤案：《後漢書・銚期傳》注引「《說文》『趕』與『蹕』同。」《玉篇》云：「止行也。與蹕同。」《廣韻・五質》趕字下列蹕字，注云「上同」。合三書互訂，是古本尚有重文蹕篆，今奪。

止部

（止）　**下基也。象艸本出有址，故以止為足。凡止之屬皆从止。**

濤案：《文選・西征賦》注引「趾，基也」，許書無「趾」，趾即止字之別體。葢古本無「下」字，言基即在下，不必言下矣。小徐本作下，無基，更誤。

魁案：張舜徽《約注》云：「自來說止爲趾之初文者多矣，義證確固，足成定論。」據此，《古本考》以「趾即止字之別體」，非是。

（歱）　**跟也。从止，重聲。**

濤案：《玉篇》、《一切經音義》卷十二引作「足跟也」，葢古本如是。《足部》曰：「跟，足歱也。」此云「足跟也」，正合互訓之例，今本爲淺人所刪。跟，《玉篇》「哏」，用或體字。

魁案：《古本考》認爲當作「足跟也」，是。《慧琳音義》所引「踵」「歱」二字混淆，卷二十八「髀踵」條轉錄《玄應音義》，引同沈濤所引。卷九十七「旋踵」條云：「《說文》以踵爲足跟，以此爲追逐之踵也。從足重聲，或從止作歱。」「以踵爲足跟」之「踵」字當作「歱」。

（峙）　**躇也。从止，寺聲。**

濤案：《廣韻・六上》引有「峙躇，不前也」五字，今本爲《足部》躇字說解，以許書通例證之，此解當作「峙躇，不前也」，《足部》躇字注當作「躇，峙躇也」。今本爲二徐妄竄，《廣韻》「峙，躇也」三字亦後人據今本竄入。

又案：《一切經音義》卷二十引「躊躇猶豫也」，躇即躇之俗體，本書亦無躊篆。《玉篇》云：「躊躇猶猶豫也。」是元應本引《玉篇》傳寫譌爲《說文》耳。

魁案：《古本考》當作「峙躇，不前也」，是。張舜徽《約注》云：「峙躇二字爲雙聲連語。《足部》躇下云：『峙躇，不前也。』……凡連語形容，必合兩字乃成義，不當單言躇也。今本說解，殆爲後人刪易矣。歭躇乃受義於彳亍，與蹢躅、趑趄、踟躕、跢跦皆語聲之轉。」《慧琳音義》卷七十四「歭立」條引《說文》云：「峙，行步不前也。」「峙」字乃「歭」字形誤。卷八十「鬱歭」引《說文》云：「歭，猶躇也。」則刪易已久。

（躄）　**人不能行也。从止，辟聲。**

濤案：《一切經音義》卷十六引無「人」字，葢古本如是。《六書故》所引亦同，今本誤衍。

魁案：《古本考》是。《慧琳音義》卷六十四「躄行」轉錄《玄應音義》引《說文》作「躄，不能行也。」躄當作躄。卷七十八「攣躄」引《說文》云：「亦不能行也。」「亦」字引者所足。

癶部

（癶）　**足刺𣥠也。从止、𡳿，凡癶之屬皆从癶。讀若撥。**

濤案：《五經文字》上作「象足有所刺𣥠也」，葢古本如是，今本刪節，文義不完。《玉篇》云：「癶，《說文》作𣥠，足有所刺也。」奪「象𣥠」二字，尚較今本爲勝。惟《廣韻·十三末》引同今本，當是後人據今本改。

《說文古本考》第二卷下　嘉興沈濤纂

是部

（是）　直也。从日、正。凡是之屬皆从是。籒文是从古文正。

濤案：《五經文字》是字入《曰部》，葢古本从曰不从日。

魁案：《古本考》非是。《說文》籒文不從曰。

辵部

（辵）　乍行乍止也。从彳，从止。凡辵之屬皆从辵。讀若《春秋公羊傳》曰「辵階而走」。

濤案：《廣韻・十八藥》引作「乍行乍止，从彳止聲，葢古本如此。部首字往往形聲兼會意，二徐皆以爲「非聲」而刪之，然《五經文字》「辵」下引《說文》云：「从行，从止」，與今本同，則古本亦有如是作者。

魁案：許書原文當如《廣韻》所引。《唐寫本唐韻・入藥》723 作「从彳止聲」。

（巡）　延行皃。从辵，川聲。

濤案：《玉篇》用〔註54〕作「視行也」，葢古本如是。「視行」謂省視而行，今本「延」不可通。

魁案：《古本考》是。今小徐本作「視行皃」，與《玉篇》同，許書原文當如是，今大徐本誤。

（逝）　往也。从辵，折聲。讀若誓。

濤案：《一切經音義》卷六引「往」作「行」，葢古本如是。《廣雅・釋詁》：「逝，行也」，當本許書。《詩・碩鼠》「逝將去汝」猶言「行將去汝」耳，逝之訓「往」訓「去」皆與「行」義相近，而非字之本義也（《廣韻・十二祭》：逝，往也，行也，去也）。

〔註54〕「用」字或當作「引」。

魁案：檢玄應《一切經音義》卷六「逃逝」條：「《說文》：『逝，往也。』《廣雅》：『逝，行也。』」不知沈濤所據何本，或以《廣雅》爲《說文》。小徐本亦作「往也」，當是許書原文無疑。

（逪）　迹逪也。从辵，昔聲。

濤案：《廣韻·十九鐸》引作「迹逪也」，葢古本如此。此即「交錯」正字。《玉篇》亦云：「逪，迹逪也。」今本誤。

（迻）　**遷徙也。从辵，多聲。**

濤案：《廣韻·五支》引作「遷也」，無「徙」字，然上文「徙，迻也」，則迻徙正互相訓。《玉篇》亦云：「徙也，遷也。」疑古本止作「徙也」，無「遷」字。《玉篇》上一訓正用許書，下一訓別有所本。今本乃據《玉篇》妄增「遷」字，《廣韻》傳寫又誤「徙」爲「遷」，益增譌謬矣。觀下文「遷」解訓「登」，「遁」解訓「遷」，知迻解不得有「遷」字。

魁案：《古本考》懷疑許書原文只作「徙也」，非是。《慧琳音義》卷八十五「玉迻」條、卷九十八「迻在」兩引《說文》並作「遷也」，與《廣韻》同，許書原文當如是。

（遁）　**遷也。一曰，逃也。从辵，盾聲。**

濤案：《一切經音義》卷十三引作「遷也，亦退還也，逃也」，卷二十引同，惟「逃」字作「隱」字。《玉篇》亦云：「逃也，退還也，隱也。」葢古本尚有「退還也」三字。下文「遯，逃也」，遁、遯古字通用，而許君分爲二字，遯既訓逃，則遁當訓隱，一爲隱遁正字，一爲逃遯正字。元應書卷十三「逃」字乃後人據今本改，《玉篇》「逃也」當爲「遷也」之誤。

魁案：《古本考》認爲許書原文尚有「退還也」三字，非是。《慧琳音義》卷八十七「肥遁」引《說文》云：「僊也。一云巡也。從辵盾聲。」此許書之完引，僊當作遷，巡當爲逃字之誤。卷九十九「遙遯」條引《說文》：「遁，遷也，或作遁。」《希麟音義》卷十「流遁」條：「下又作遯，《說文》：逃也。」所引與今二徐本同，許書原文當如是。《慧琳音義》卷三十三「遁邁」條轉錄《玄應音義》卷二十，卷五十五「隱遁」條轉錄《玄應音義》卷十三，所引皆同沈濤所引。

（送）　遣也。从辵，㑞省。籀文不省。

濤案：《玉篇》引作「遣也。《詩》曰：遠送于野。」「《詩》曰」六字亦許書原文，古本有之，後人誤以爲顧氏引《詩》而刪之。

又案：《一切經音義》卷十五引「送去也」，當是古本之一訓。

魁案：《古木考》非是。《慧琳音義》卷五十八「餞送」條轉錄《玄應音義》，云：「《說文》：送去也。謂以飲食送人曰餞。」「送去也」乃本書《食部》「餞」字之訓，非是「送」有「去也」一解。

（邐）　行邐邐也。从辵，麗聲。

濤案：《爾雅・釋邱》釋文引「邐，行也」，乃傳寫奪「邐邐」二字，非古本如是。

魁案：《古本考》是。今二徐本同，小徐唯少一「也」字，許書原文當如大徐。

（逮）　唐逮，及也。从辵，隶聲。

濤案：《一切經音義》卷二引「逮，及也」，蓋古本無「唐逮」二字。「逮」之訓「及」見於傳注者甚多，而「唐逮」之語他書未見，疑古本作「逮，及也。讀若唐棣」，後人傳寫奪誤奪「讀若」二字，又誤「棣」爲「逮」，淺者妄移于「及」字之上，或遂疑爲古語之不傳于今者。據元應所引則本無此二字，《篇》、《韻》皆云「逮及也」，當本《說文》。

又案：《華嚴經音義》下引〔註55〕「逮，及也，字从之不从夊。」陳文學（潮）曰：「字从之，謂下體从辵也；不从夊，謂廴也。」

又案：徐楚金曰「按《爾雅》：『逮、及、暨，與也。』又『遏、遾，逮也。』又曰『逮，及也』，義皆相通」云云，初不詮釋「唐逮」之義，是小徐所據本亦無此二字，而今《繫傳》本有者，乃後人據大徐本改耳。

魁案：《古本考》認爲無「唐逮」二字，是。《慧琳音義》卷四「逮得」條

〔註55〕「引」字刻本作「張」，今據《校勘記》正。

云：「《說文》正作逮。逮，及也。」卷二十二「逮十力地」條轉錄《慧苑音義》，引沈濤所引。又，卷十一「逮得」條云：「《說文》：行及前也。」與前引異。《慧琳音義》卷十七「逮教」條引《考聲》云：「行及前也。」則慧琳書竄誤，以《考聲》爲《說文》耳。

（逶）　逶迆，衺去之皃。从辵，委聲。或从虫、爲。

濤案：《文選・舞賦》注、劉峻《廣絕交論》注引作「逶迤，邪行去也」，《一切經音義》卷十九引作「逶佗，行去也」。是古本作「邪行去也」，今本奪「行」字，又改「也」爲「之皃」二字，皆誤。元應所引正與崇賢所據本同，特傳寫脫「邪」字耳。「逶迆」作「逶佗」，古字通用，依字「佗」當爲「迆」，「邪」當爲「衺」。

魁案：《古本考》是。《慧琳音義》卷五十六「逶迤」轉錄《玄應音義》，同卷十九沈濤所引。卷四十三「委佗」條轉錄《玄應音義》，云：「《說文》：委佗，行去也。」「委佗」即「逶迤」。合《文選》注引，許書原文當作「逶迆，衺行去也」。

（遴）　行難也。从辵，粦聲。《易》曰：「以往遴。」或从人。

濤案：《漢書・高惠高后文功臣表序》注晉灼引許慎云：「遴，難行也。」葢古本如是。「難行」、「行難」義得兩通。然晉氏下申之曰「言今行封則得繼絕者少」，是所見本作「難行」，不作「行難」。

（達）　行不相遇也。从辵，羍聲。《詩》曰：「挑兮達兮。」達或从大。或曰迭。

濤案：《詩・子衿》釋文引作「達，不相遇也」，葢傳寫誤奪或元朗節引，非古本無「行」字也。

魁案：《古本考》是。今二徐本同，許書原文如是。

（逯）　行謹逯逯也。从辵，錄聲。

濤案：《一切經音義》卷二引「逯，謹也。亦人姓也」，卷六引「逯，行謹逯也，亦人姓也」，兩引不同，葢卷二所引乃節取「謹」字之義，卷六所引乃傳寫誤奪「逯」字。《廣雅・釋訓》：「逯逯，眾也。」「逯逯」自是古語，不得刪去一字，人姓之說亦與許書無涉。

魁案：《古本考》是。今二徐本同，許書原文當如是。《慧琳音義》卷二十七「逮得」條下引同《玄應音義》卷六所引。

（迵）　迵迭也。从辵，同聲。

濤案：《廣韻・一送》引作「迭也」，蓋古本如是，今本衍一「迵」字。

魁案：《古本考》非是。王筠《句讀》云：「迵迭即是洞達。上文达『或曰迭』是也。」「迵迭」當是古之恒語。今二徐本同，許書原文當如是。《廣韻》當脫迵字。

（遺）　亡也。从辵，貴聲。

濤案：《一切經音義》卷七、卷十一引「遺，與也」，蓋古本當有「一曰與也」四字。「遺」之訓「亡」自是正解，而遺又訓「贈」（見《廣韻》），又訓「貽」（見《玉篇》）。《周禮・遺人》注曰：「以物有所飽遺也。」皆與「與」義相近，今本乃後人妄刪。

魁案：《古本考》認爲有「與也」一解，非是。《慧琳音義》卷五十二「饋遺」錄《玄應音義》，引《說文》同沈濤所引。然「與也」實出《廣雅》，玄應、慧琳書多處可見，其出《說文》當是竄誤。今二徐本同，許書原文當如是。

（遂）　亡也。从辵，㒸聲。古文遂。

濤案：《一切經音義》卷十引「遂，成也」，蓋古本有「一曰成也」四字。「遂」之訓「成」屢見《禮記》、《國語》、《呂覽》、《淮南》等注，《廣韻》「遂」字注亦有「成也」一義，蓋本許書。

魁案：《古本考》認爲有「成也」一解，非是。《慧琳音義》卷五十「諧遂」條轉錄《玄應音義》，云：「《說文》：諧，合也。遂，成也。就也。亦從也。「成也」諸訓當出自他書，非許書之辭。《音義》每於引《說文》後，爲廣其義援引他書而不冠書名。《慧琳音義》卷一「遂古」條引《說文》云：「亡也。」與今二徐本同，許書原文如是。

（邋）　**擠也。从辵，巤聲。**

濤案：《玉篇》引「擠」作「愶」，許書《心部》無「愶」字，而《手部》亦無「擠」字，此當闕疑。

魁案：張舜徽《約注》云：「《玉篇》邋下引《說文》：『愶也。』愶經傳通作脅，脅者，迫也。」

（迫）　**近也。从辵，白聲。**

濤案：《史記・梁孝王世家》索隱引「近」作「笮」，葢古本如此。《竹部》「笮，迫也」，迫、笮互訓。《漢書・王莽傳》：「迫笮青徐盜賊。」「笮」義通「迮」，亦「偪近」之義。今本作「近」，義雖可通，而非許君原文矣。

魁案：《古本考》認爲許書作「笮也」，非是。《慧琳音義》卷六十七「迫迮」引《說文》云「近也。從辵白聲。」與今二徐本同，許書原文當如是。

（逞）　**通也。从辵，呈聲。楚謂疾行為逞。《春秋傳》曰：「何所不逞欲。」**

濤案：《文選・張衡〈思元賦〉》注引「逞，極也」，葢古本尚有「一曰極也」四字，今奪。

又案：陳徵君曰：「《方言》：『東齊海岱之間疾行曰速，楚曰逞。』則『通』字似『速』字之譌，『一曰極也』當在『楚謂疾行爲逞』之下，『《春秋傳》曰』之上。」

魁案：《古本考》認爲有「極也」一解，非是。《慧琳音義》卷三十「志逞」條云：「逞，極也。快也。亦疾也。《說文》：逞，通也。」據此許書原文當無「極也」一訓。《慧琳音義》卷七十一「逞已」條、卷七十六「逞情」條、卷九十四「逞衒」條皆引《說文》作「通也」，與今二徐本同，許書原文當如是。「極也」實出《毛傳》，慧琳書多處援引。

（道）　**所行道也。从辵，从首。一達謂之道。古文道从首、寸。**

濤案：《御覽》一百九十五居處部引作「一達謂之道路」，葢古本如此。許君語本《爾雅》，《爾雅》本有「路」字，不得妄刪。《廣韻・三十二皓》引無「路」字，亦是後人據今本改。

魁案：《古本考》非是。許書所訓字頭爲「道」，當以「謂之道」結。《慧琳音義》卷三十七「口道」條引《說文》：「所行道也。」與今二徐本同，許書原文如是。

彳部

（彳）　小步也。象人脛三屬相連也。凡彳之屬皆从彳。

濤案：《五經文字》作「象人脛形」，是今本奪一「形」字。

魁案：《古本考》非是。《五經文字》不言出《說文》，不足爲據。今二徐本同，《六書故》卷十六、《集韻》卷十所引皆同二徐，許書原文當如是。

（復）　往來也。从彳，复聲。

濤案：《一切經音義》卷六引「復，往來也。謂往來復重也」，「謂往來」以下六字乃《說文》注中語。

魁案：《古本考》是。《慧琳音義》卷二十七「無復」條：「《說文》往來也。謂往來復重耳。」謂字以下乃引者續申之詞。今二徐本同，許書原文當如是。

（徼）　循也。从彳，敫聲。

濤案：《後漢書・董卓傳》注引「循」作「巡」，葢古本如此。《漢書・趙敬肅王彭祖傳》注：「徼，謂巡察也。」《後漢・班彪傳》注：「徼道，徼巡之道。」《荀子・富國篇》注：「徼，巡也。」是古「徼巡」字作「巡」，不作「循」，其作「徼循」者皆假借字，許君解字自當用正字也。

魁案：《古本考》非是。許君解字未必皆用正字。《慧琳音義》卷八十四「其徼」條亦引《說文》云：「循也。」與今二徐本同，許書原文當如此。

（循）　行順也。从彳，盾聲。

濤案：《書・泰誓》正義、《一切經音義》卷十三、十七、二十二引皆無「順」字。然「循」訓爲「順」傳注屢見，循字似不得單訓爲「行」，恐二書傳寫有奪，非古本如是也。以下文「急行」、「隱行」之例，「行順」當作「順行」。

又案：《一切經音義》卷十二引「行示曰循」，「行示」乃㣬字之解，此注標題「遍徇」二字云「又作㣬，同，辭後反」，則所引當是「行示曰㣬」之誤。

魁案：《古本考》是。《慧琳音義》卷四十八「循其」條、卷五十五「循大」條、卷七十四「巡行」條皆轉錄《玄應音義》，與卷一「循躬」條，卷二、卷六、卷十三、卷三十一、卷四十一「循環」條，卷十一「循機」條，卷七十七「循行」條皆引《說文》作「行也」。無「順」字，當奪。

（彶）　急行也。从彳，及聲。

濤案：《一切經音義》卷五、卷十三引作「彶彶，急行也」，蓋古本重一「彶」字。許書之例以篆文連注讀，淺人不知，疑注中「彶」字爲複舉而删之。諸書多言「汲汲」，即「彶彶」之假借字。《廣雅·釋訓》：「彶彶，遽也。」「遽」即「急行」之義，元應書作「伋伋」蓋从人从彳每多相亂。元應又云：「今皆从水作汲。」十七卷引傳寫誤作「汲汲」。

魁案：《古本考》是。《慧琳音義》卷三十、卷七十五「彶彶」條轉錄《玄應音義》，並引《說文》云：「彶彶，急行也。」卷七十四「孜汲」條亦轉錄《玄應音義》，引《說文》云：「汲汲，急行也。」「汲汲」即「彶彶」之假借字。

（徯）　待也。从彳，奚聲。徯或从足。

濤案：《詩·緜》正義引「蹊，徑也」，蓋古本一曰以下之奪文。

魁案：《古本考》是。張舜徽《約注》云：「《玉篇》徯下云：『胡啓切，待也。或爲竢。』而蹊字在《足部》云：『遐雞切，徑也。』《玉篇》分徯、蹊爲二字，必有所據。疑原本《說文》徯之或體本从立作竢。竢从立訓待，與《立部》竢、䇐諸字以立訓待正同。而从足之蹊乃徑之異名。」張氏此說甚諦，《慧琳音義》卷七十六「徯戀」條引《說文》云：「亦待也。從彳奚聲。或作竢也。」

（徛）　舉脛有渡也。从彳，奇聲。

濤案：《爾雅·釋宮》釋文引作「舉腳有度也」，蓋古本作「度」，不作「渡」。脛、腳義得兩通。《爾雅》：「石杠謂之徛」，謂「聚石水中爲步彴（見郭注）。」與石梁不同，若非舉足有度，必有傾跌之患，是以即以義爲「舉腳有度」之徛字爲名。淺人見爲「石杠」之名，遂改度爲渡，妄矣。

魁案：《古本考》非是。「度」與「渡」表示「跨越、通過水面」之義時可通用，今二徐本同，許書原文如是。

（彴）　**行示也。从彳，勺聲。《司馬法》：「斬以彴。」**

濤案：《六書故》云：「唐本旬聲。」《一切經音義》十三、十八亦引作「徇」，是古本作「徇」不作「彴」也。勻、旬古通，《玉篇》彴字注引《說文》，徇字注云：「亦同彴字。」是顧氏所見本與今本同，經典相承通用徇字，二字義得兼通。

又案：《泰誓》正義引「徇，疾也」，蓋古本一曰以下之奪文。

魁案：《古本考》認爲許書原文作「徇」不作「彴」，是。《慧琳音義》卷三「不侚」條引《說文》云：「疾也。從人旬聲也。或作儁，徇也。」卷六「不徇」條引《說文》云：「正體作彴。從彳勻聲。或作徇，亦通。」卷五十五「遍徇」引《說文》：「行示曰徇。」卷七十三「徇令」條引云：「徇，行示也。」後二引同沈濤《玄應音義》所引。

（亍）　**步止也。从反彳。讀若畜。**

濤案：《文選・魏都賦》注引「亍，步也」，蓋古本無「止」字。《魏都賦》云：「澤馬亍阜赭。」《白馬賦》曰：「秀騏齊亍。」皆無「止」義，則今本有「止」字者誤，《玉篇》引同今本，乃後人據今本改。

魁案：《古本考》認爲許書原文無「止」字，非是。今二徐本同，《類篇》卷五、《集韻》卷九、《韻會》卷二十五引皆同二徐，許書原文當如是。《文選》注當脫「止」字。

㢟部

（延）　**長行也。从㢟，丿聲。**

濤案：《文選・顏延年〈登巴陵城樓作詩〉》注引無「行」字，蓋古本如是。「延」之訓「長」見《爾雅・釋詁》，若如今本則與廴字之訓無別矣。《玉篇》亦云：「長也。」當本許書。

魁案：《古本考》非是。《慧琳音義》卷十二「延裔」引《說文》云：「長行也。」與今二徐本同，許書原文當如是。

行部

（街）　四通道也。从行，圭聲。

濤案：《文選・西都賦》注引無「道」字，葢傳寫誤奪，非古本如是。居處部〔註56〕引「通」作「達」，義得兩通。

魁案：《古本考》以爲《文選》注脫「道」字，是。《古本考》「居處部」三字上有脫文，不知何書之居處部。今檢《太平御覽》卷一百九十五居處部，引《說文》同今二徐本。《慧琳音義》卷九「街巷」條、卷三十二「衢街」條、卷八十「稾街」條引《說文》皆同今二徐本，許書原文當如是。卷三十八「街中」條引作「四達道也」，當傳寫之誤。

（衙）　行皃。从行，吾聲。

濤案：《廣韻・九魚》引「衙衙，行皃」，葢古本如此。二徐不知篆文連注之例，以注中「衙」〔註57〕字爲複舉而刪之，此猶「習習，數飛也」今本刪去「習」字之比。

（𧗳）　行且賣也。从行，从言。衒或从玄。

濤案：《一切經音義》卷六引下有「誸也」二字，《說文》無「誸」字，恐傳寫誤衍。

魁案：《古本考》是。《慧琳音義》卷二十七「衒賣」條轉錄《玄應音義》，引有「誸也」二字。卷八、卷十四、卷二十五、卷四十八「衒賣」條，卷九「自衒」條，卷四十一、卷四十五「𧗳賣」條，卷六十二「衒色」條，卷七十一「誇衒」條俱引《說文》作「行且賣也」，與今二徐本同，許書原文當如是。

（衛）　宿衛也。从韋、币，从行。行，列衛也。

〔註56〕「居處部」上蓋奪「《御覽》卷一百九十五」諸字，今補。

〔註57〕刻本作「行」，今據《校勘記》正之。

濤案：《九經字樣》「列」下無「衛」字，葢古本如此。此言宿衛之有行列，以釋从行之義，古無稱「列衛」者，今本之誤衍顯然。《韻會》亦無「衛」字，是小徐本尚不誤。

魁案：《古本考》認爲「列」下當無「衛」字，是。《慧琳音義》卷六「擁衛」條引《說文》云：「宿衛也。從行（行，列也）從韋從帀，守禦也。」順序與大徐稍異，又多「守禦也」三字。卷四十一「翼衛」條引《說文》云：「宿衛也。從韋從帀從行。行列周帀曰衛。」兩引不同，許書原文蓋作「衛，宿衛也。從韋從帀從行。行，列也。行列周帀曰衛」。

齒部

（齗）　**齒本也。从齒，斤聲。**

濤案：《一切經音義》卷一、卷九、卷十五引「齗，齒肉也」，《篇》、《韻》皆作「齒根肉也」，疑古本作「齒本肉也」，元應所引奪一「本」字，今本奪一「肉」字耳。

魁案：《古本考》非是。《慧琳音義》卷二十「齗齶」條轉錄《玄應音義》，與卷三十五「齗腭」條、卷三十九「齗腭」條、卷四十六「齗齒」條、卷六十三「齗牙」凡五引《說文》皆作「齒肉也」，許書原文當如是。

（齔）　**毀齒也。男八月生齒，八歲而齔。女七月生齒，七歲而齔。从齒，从七。**

濤案：《左氏》僖五年正義引作「男八月齒生，女七月齒生」，《廣韻·二十一震》引「男八月而齒生，女七月而齒生」，葢古本亦有如是作者。《玉篇》及《御覽》三百六十八人事部、《一切經音義》皆引作同今本，則今本亦不誤也。《一切經音義》卷四、卷二十皆引作「从齒七聲」，小徐本亦作「七聲」。段先生曰：「各本篆作齔云：『从齒从七』，初忍、初覲二音，殆傳會七聲爲之。今按，其字从齒七，七，變也，今音呼跨切，古音如貨。毀與化義同音近，元應書卷五：『齔，舊音差貴切。』卷十一：『舊音羌貴切（濤案即差字之譌）。』然則古讀如未韻之毀。葢本从七，七亦聲（濤案，當从齒七聲，許書聲本兼義也）。自誤从「七旁」，元應云初忍切，孫愐云初堇切，《廣韻》乃初覲切，《集韻》乃初問、恥問二切，其形唐宋人又譌齔从乙，絕不可通矣。」《一切經音義》卷十「七

歲而齔」作「七歲而毀」，可見齔之當讀毀。卷二十引作「男八歲而爲齔，女七歲而毀齒」。

魁案：《古本考》認爲今本不誤，是。《慧琳音義》卷一「齠齔」引《說文》云：「毀齒也。男八月齒生，八歲而齔。女七月齒生，七歲而齔。從齒匕聲。」卷三十三「齔齒」引《說文》云：「男八月生齒，八歲而爲齔。女七月生齒，七歲而毀齒也。字從齒匕聲。」卷四十三「童齔」引《說文》云：「男八月生齒，八歲爲之齔。女七月生齒，而七歲毀齒，字從齒從七聲。」卷四十五「童齔」引《說文》：「男八月生齒，故八歲齔。女七月生齒，故七歲毀齒也，字從齒七。」各條所引稍異。合諸引，許書原文當作「毀齒也。男八月生齒，八歲而齔。女七月生齒，七歲而齔。从齒七聲。」

（齰）　**齒相值也。一曰，齧也。从齒，責聲。《春秋傳》曰：「晳齰。」**

濤案：《左氏》定五年傳釋文引作「齒上下相値也」，蓋古本有「上下」二字，今奪。《正義》及《玉篇》引同今本，乃後人據今本改。

魁案：《古本考》非是。沈濤所引《經典釋文》原文作「幘，音策，又音責。齒上下相値也。《說文》作齰，音義同」，沈濤所引「齒上下相値也」乃「幘」字之訓，且不言出處，陸德明所言「《說文》作齰，音義同」，並不能明「齒上下相値也」即出《說文》，不可據也。今二徐本同，《類篇》卷六、《六書故》卷十一並引皆同二徐，許書原文當如是。

（齜）　**齒相齗也。一曰，開口見齒之皃。从齒，柴省聲。讀若柴。**

濤案：《一切經音義》卷六引作「謂開口見齒也」，蓋古本不作「皃」，「謂」字乃元應所足。

魁案：《古本考》是。《慧琳音義》卷五十三「齷齜」引《說文》云：「齒相齗也，一云開口見齒也。」卷七十六「齜齷」條引《說文》云：「齒相齗也。一曰開口見齒。」合訂之，許書原文當作「齒相齗也。一曰開口見齒也」。

（齞）　**口張齒見。从齒，只聲。**

濤案：《文選·登徒子好色賦》注引作「張口見齒也」，蓋古本如是。今本傳寫誤倒，便覺不詞。《韻會》亦同《選》注所引，是小徐本尚不誤。

魁案：《古本考》非是。《類聚抄》卷三形體部「齞唇」條下引《說文》云：「齞，口張齒見也。」今二徐本同，《玉篇》卷五所引亦同二徐，許書原文如是。

〔註 58〕（齸） **齬齒也。从齒，虘聲。**

濤案：《一切經音義》卷六引「齸，齒不正也」，葢古本如是。《玉篇》亦云「齒不正也」，當本許書。《東方朔傳》曰：「齟者，齒不正也。」「齟」即「齸」字之別體。

魁案：《古本考》是。《慧琳音義》卷二十七「樝掣」下曰：「又作齸，《說文》：齒不正。」據此，許書原文當作「齸，齒不正也」。

（齹） **齒參差。从齒，差聲。**

（齹） **齒差跌皃。从齒，佐聲。《春秋傳》曰：「鄭有子齹。」**

濤案：《左氏》昭十六年傳釋文云：「虘，《字林》才可、士知二反。《說文》作齹。云：齒差跌也。在河、千多二反。」是古本《說文》有齹無齹，《字林》始有齹字，今本齹篆當刪。

魁案：《古本考》非是。《慧琳音義》卷三十五「耳齹」條：「《說文》云：齹，齒參差也。從齒差聲。」卷五十六「不齹」條：「《說文》：（齒）參差也。虘，亦毀也。」則許書原文當有此篆。

（齮） **齧也。从齒，奇聲。**

濤案：《一切經音義》十三引「齮，側齧也」，葢古本如是。《史記・高祖紀》索隱云：「許慎以爲側齧。」是唐以前本皆有「側」字，字从奇聲，有偏側之義，如「掎」爲「偏引」是也。《漢書・田儋傳》注引如淳曰：「齮，側齧也。」今本爲淺人所刪。《玉篇》引同今本，乃後人據今本改。

魁案：《古本考》是。《慧琳音義》卷五十七「齮丘」轉錄《玄應音義》，云：「許慎云：側齧也。」張舜徽《約注》云：「析言固有正側之分，渾言則皆齧耳。」

〔註 58〕刻本缺字頭，今補。

（齩）　**齧骨也。从齒，交聲。**

濤案：《一切經音義》卷一、卷十一、卷十九、卷二十三引「齩，齧也」，乃傳寫奪「骨」字，非古本無之。卷九、卷十八引同今本可證。《文選・七命》注引亦有「骨」字。

魁案：《古本考》是。《慧琳音義》卷四十二「狗齩」條，卷四十九「貪齩」條，卷五十六「狗齩」與「𪘏齒」條皆轉錄《玄應音義》，與卷十三「或𪘏」條，卷七十二「齩足」條，以及《希麟音義》卷五「齩牙」條引《說文》皆脫「骨」字。卷四十六「齩齧」、卷七十三「齩食」條轉錄《玄應音義》，與《慧琳音義》卷五十三「齩食」引《說文》云：齧骨也。」與今二徐本同，許書原文如是。

牙部

（牙）　**牲齒也。象上下相錯之形。凡牙之屬皆从牙。古文牙。**

濤案：《九經字樣》作「壯齒」，是古本不作「牲」。輔廣《詩童子問》：「壯齒謂齒之大者。」

魁案：《古本考》是。《慧琳音義》卷三十五「牙頷」條引《說文》云：「壯齒也。象上下相錯之形。」許書原文當如是。

足部

（足）　**人之足也。在下。从止、口。凡足之屬皆从足。**

濤案：《玉篇》引作「在體下」，蓋古本有「體」字，今奪。《五經文字》又作「从口下止」，與今本不同。

（跖）　**足下也。从足，石聲。**

濤案：《一切經音義》卷五引「跖，足下也，躡也」，是古本有「一曰躡也」四字。跖，蹠《說文》爲二字，經典皆假蹠爲跖。《廣雅・釋詁》訓蹠爲履。《漢書・楊雄傳》注訓蹠爲蹈。《文選・舞賦》注引《淮南》許注訓蹠爲踏，《楚辭・哀郢》注訓蹠爲踐，皆與躡義相近，自不得少此解。元應又引《蒼頡篇》云：「蹠，跙也。」

魁案：《古本考》認爲有「躡也」一訓，非是。沈濤所引《說文》在玄應《一切經音義》卷五《菩薩投身餓虎起塔因緣經》「蹠踐」條，原文作「又作跖，同。之石反。《說文》：足下也。躡也。踐，履也。《倉頡篇》：蹠，躡也。」此引《說文》與《蒼頡篇》並舉，則「躡也」一訓非出許書可知。又，《慧琳音義》卷十二「雙跖」條、卷三十三「非跖」、卷八十五「盜跖」條及《類聚抄》卷三形體部「蹠」字下皆引《說文》訓「跖」爲「足下也」，與今二徐本同，許書原文當如是。

（蹡）　行皃。从足，將聲。《詩》曰：「管磬蹡蹡。」

濤案：《詩・執競》釋文引作「蹩蹩，行皃」，是古本說解中當複舉「蹩」字。

魁案：《古本考》認爲「蹩」字復舉，是。《慧琳音義》卷八十三「蹡蹡」條云：「《說文》：蹡蹡，盛皃。」「盛」字當「行」字之誤。合訂之，許書原文當作「蹡蹡，行皃」。

（蹻）　舉足行高也。从足，喬聲。《詩》曰：「小子蹻蹻。」

濤案：《漢書・高帝紀》注晉灼引許慎云：「蹻，舉足小高也。」《晉書音義》亦云：「舉足小高也。」蓋古本「行」字當作「小」。然《玉篇》亦引作「行」，而《五經文字》亦云「舉足行高」，《一切經音義》卷十六引同。是梁、陳以後之本皆與今本同矣。此《說文》之本所以愈古愈妙也。

魁案：《古本考》非是。《慧琳音義》卷六十四「蹻腳」轉錄《玄應音義》，引《說文》云：「舉足行高也。」與今二徐本同，許書原文如是。卷六十九「蹻足」條引《說文》云：「舉足高皃也。」當脫「行」字，又衍「皃」字。

（蹌）　動也。从足，倉聲。

濤案：《廣韻・十陽》引有「《詩》曰：巧趨蹌兮」六字，蓋古本有偁《詩》語，而二徐刪之。

（蹴）　躡也。从足，就聲。

濤案：《一切經音義》十一引「蹴，蹋也。以足逆蹋之曰蹴」，蓋古本作

「蹋」，下七字乃注中語。躡、蹋義雖相近，觀「以足蹋」之訓，則自當作蹋不當作躡，蹴蹋雙聲字。卷十二亦引「蹴，蹋」，《廣雅・釋詁》亦云：「蹴，蹋也。」正本許書。

魁案：《古本考》是。《慧琳音義》卷五十二「指蹴」條轉錄《玄應音義》，引《說文》同卷十三沈濤所引。卷五十五「蹶地」條亦轉錄，引同卷十二沈濤引所。又《慧琳音義》卷五十一「蹴蹋」條、卷七十八「蹴彌山」並引《說文》云：「亦蹋也。」則許書原文當作「蹋也」，今二徐本作「躡也」，並誤。

（躡）　蹈也。从足，聶聲。

濤案：《文選・藉田賦》注引「躡，追也」，葢古文一曰以下之奪文。《七啓》云：「忽躡影而輕騖。」是躡有追義。

魁案：《古本考》非是。《慧琳音義》卷一「躡霜」、卷十「躡金」、卷三十九「躡畫」、卷五十一「遍躡」、卷五十四「足躡」、卷六十三「若躡」與「不躡」、卷六十九「登躡」、卷七十四「蹦躡」、卷七十五「躡蹈」、卷八十三「踐躡」、卷九十二「踤躡」條及《希麟音義》卷五「躡金」條俱引《說文》作「蹈也」。與今二徐本同，許書原文當如是。《慧琳音義》卷十四「躡金屣」引作「踏也」，當傳寫之誤。卷二十八「足躡」、卷九十四「躡女裙」並引作「陷也」，亦當傳寫之誤。李善所引葢因文立訓而冠以許書之名，於古訓無徵，當不足爲據。

（跨）　渡也。从足，夸聲。

濤案：《五經文字》下云：「踤，跨，上《說文》，下經典相承，隸省」。是古本《說文》作「踤」，不作「跨」矣。《夊部》「午，跨步也。苦瓦切。」此文當作「从足从大午聲」。

魁案：《古本考》以爲作「踤」，不作「跨」，是。《慧琳音義》卷十八「踤王」條、卷四十九「遊踤」條、卷八十「各踤」條、卷九十二「踤躡」條俱引《說文》作「渡也。從足牵聲」。卷九十二「渡」作「度」，「從足牵聲」作「從足從牵聲」。則許書原文「從足牵聲」。

（蹈）　踐也。从足，舀聲。

濤案：《華嚴經音義》卷十五、卷六十八兩引「蹈，蹋也」（卷十五無也字）。蹋即訓踐，義得兩通。《一切經音義》卷六引同今本，葢元應、慧苑所據本各不同。

魁案：《慧琳音義》卷四「所蹈」條、卷十二「蹈空」條、卷十三「蹈躡」條、卷十八「蹈龍宮」條、卷二十七「蹈七」條、卷三十三「蹈地」條、卷七十五「躡蹈」條所引《說文》皆作「踐也」，與今二徐本同，許書原文當如是。卷二十一「蹈」字條與卷二十三「蹈彼門閫」條並轉錄《慧苑音義》，引《說文》作「蹋也」。

（踵） 追也。从足，重聲。一曰，往來皃。

濤案：《一切經音義》卷四引云：「踵，相迹也，亦追也，往來之皃也。」葢古本以「相迹」爲正解，當作「一曰追也，一曰往來之皃也」，今本妄刪一解，又節去數字，二徐之謬誤如此。《廣雅・釋詁》亦云：「踵，迹也。」正本許書。

魁案：《古本考》認爲今本刪一解，非是。徐灝《段注箋》曰：「《止部》『歱，跟也』，《彳部》『🀄，相迹也』，皆踵之異文。引申之義爲追。」〔註 59〕徐說當是也。此三字義近形似，極易致誤。《慧琳音義》卷四十三「踵相」條轉錄《玄應音義》，引《說文》同沈濤所引。「相迹也」當是「𡍮」字之訓竄於此，非許書原有。《慧琳音義》卷二十「治踵」條引《說文》云：「踵，追也。一云往來皃。」卷六十「踵前」條、卷六十四與卷八十一「相踵」條、卷八十八「接踵」條皆引《說文》作「追也」。卷九十七「旋踵」條：「《說文》以踵爲足跟，以此爲追逐之踵也。」「足跟」爲「歱」字之訓詳見上文。此引爲慧琳之語，旨在區別「歱」「踵」二字。合訂之，今二徐本不誤，許書原文如是。

（蹢） 住足也。从足，適省聲。或曰，蹢躅。賈侍中說：足垢也。

濤案：《文選・別賦》、《古詩十九首》注引「蹢躅，住足也」，是古本有「躅」字。許書之例，以篆文連注讀，淺人以爲「躅」字單文不詞而刪之，又妄添「或

〔註 59〕徐灝《說文解字注箋》，《續修四庫全書》（第 225～227 冊），上海古籍出版社，1995 年。

曰蹢躅」四字，「足垢」之訓疑專指「蹢」字。

又案：陸士衡《招隱詩》注引「蹢」作「躊」，云：「躊與躑同。」「躊」乃「蹢」字之誤，「躊」乃「躊躇」字，見《一切經音義》卷二十所引《說文》，與「蹢躅」無涉也。又司馬紹統《贈山濤詩》：「撫劍起躑躅。」注引《說文》曰：「蹢躅，住足也。躑躅與蹢𨇽同。」案許書作「躅」不作「𨇽」，而《選》注他處所引亦皆作「躅」，不作「𨇽」。疑詩本作「躑𨇽」，崇賢引許書「蹢躅」以注之，云「躑𨇽與蹢躅同」，今本傳寫互易耳。

魁案：《古本考》認爲淺人刪「躅」字，非是。王筠《句讀》曰：「住足也，乃蹢字之義也。雖無所徵，然《詩》『有豕白蹢。』足徵不必是連語也。」王說是。蓋在《詩經》時代「蹢」不與「躅」連用。然隨著語言的發展演變，「蹢」與「躅」確有連用之例。故許君先云「住足也」，後又補說「或曰蹢躅」，說明語言演變的這一現象。《慧琳音義》卷八「跳躑」條云：「《說文》：躑躅，住足也。或作蹢。」此許君合兩字而訓。卷四十七「躑跳」條：「《說文》：住足也。踦也。或作蹢。」卷四十七「躑」字下：「《說文》：住足也。踦也。或作蹢也。」卷六十五「跳躑」條：「《說文》從商作蹢，住足也。」此皆單字爲訓，則今二徐本不誤。

(跙)　**步行獵跋也。从足，且聲。**

濤案：《一切經音義》卷十五引「跙，步也」乃傳寫誤奪三字，非古本如是。《玉篇》亦云：「步行獵跋也。」

魁案：《古本考》是。《慧琳音義》卷五十八「狼跙」條轉錄《玄應音義》，引同沈濤所引。今二徐本同，《六書故》卷六所引亦同二徐，許書原文如是。

(躓)　**跲也。从足，質聲。《詩》曰：「載躓其尾。」**

濤案：《文選·謝靈運〈還舊園作詩〉》引「躓，跌也」，「跌」即「跲」字傳寫之誤，非古本如是。躓、跲互訓，毛傳亦云：「疐跲也。」疐即躓之假借字。

魁案：《古本考》是。《慧琳音義》卷八十七「蹎躓」條引《說文》云：「跲也。」與今二徐本同，許書原文如是。又，《希麟音義》卷九「躓害條」引《說文》云：「礙也。」當傳寫之誤。

（蹎）　**跋也。从足，真聲。**

濤案：《一切經音義》卷十四引「跋」作「蹳」。今本《說文》無「蹳」字，而《繫傳》有之，訓爲「蹎蹳」，與「跋」之訓「蹎跋」相同，疑即跋之重文。大徐誤奪，小徐又誤分爲二耳。卷二十二引「蹎，走頓也」，則係《走部》𧽤字之解，當是元應書本作「𧽤」字，傳寫誤爲蹎。卷十四引「𧽤」字之解正同今本，非所據本有異也。

魁案：《古本考》認爲《玄應音義》誤𧽤爲蹎，是。《慧琳音義》卷二「顛倒」條：「《說文》從足作蹎。又從走作𧽤，或作傎，並通。」卷四十八「蹎躓」條轉錄《玄應音義》，引《說文》云：「蹎，走也。頓也。」卷六十八「𧽤蹶」條云：「《說文》：走頓也。從走眞聲。或從足作蹎。亦作傎。」卷八十七「蹎躓」條云：「《說文》：跋也。從足眞聲。亦作顚。」據以上所引可知，引書者認爲「顚」、「蹎」、「𧽤」、「傎」四字並通，故致誤亂，唯卷八十七所引「跋也」爲許書之文，今二徐本同，許書原文如是。

（跋）　**蹎跋也。从足，犮聲。**

濤案：《詩》「狼跋」，正義引無「跋」字，葢古本如是。「跋」訓爲「蹎」，「蹎」訓爲「跋」正許書互訓之例。今本《說文》解中「跋」字誤衍。

（蹐）　**小步也。从足，脊聲。《詩》曰：「不敢不蹐。」**

濤案：《走部》趚字注引《詩》「不敢不趚」。《玉篇》同，云「今作蹐」，希馮葢據許書爲說，「今作」云云者謂當時毛詩本不作「趚」字，則此處偁《詩》者乃後人妄加也。《玉篇》亦云「小步也」，而無偁《詩》語，知六朝本尚不誤。

魁案：《古本考》非是。張舜徽《約注》云：「許書於一字異形而分別引經者甚多。」今二徐本同，許書原文如是。

（蹇）　**跛也。从足，寒省聲。**

濤案：《一切經音義》十二引「蹇，挂礙也」，當是古本之一訓。

魁案：《古本考》非是。《慧琳音義》卷二十八「屯蹇」條轉錄《玄應音義》，引《說文》同沈濤所引。又《慧琳音義》卷十一「跛蹇」條、卷十六「躄蹇」條、卷三十「跛蹇」條、卷三十一「跛蹇」條、卷六十九「蹇鈍」俱引《說文》作「跛也」，與今二徐本同，許書原文當如是。

（距）　**雞距也。从足，巨聲。**

濤案：《一切經音義》卷九引作「雞足距之也」，葢古本作「雞足之距也」，元應書傳寫誤倒，今本尤爲誤奪耳。

魁案：《古本考》非是。今檢《玄應音義》卷九「紫距」條引《說文》作「鷄足距也。」《慧琳音義》卷四十六轉錄此條引同，沈濤所據本誤矣。許書原文當如《音義》所引，今二徐本並奪「足」字。

補

濤案：《文選・長門賦》云：「蹝履起而彷徨。」注引《說文》曰：「蹝，躡也。」是古本有蹝篆。《選》注又引「一曰蹝，鞮屬」，�爲鞮屬見本書《革部》，初不作蹝，據崇賢所引似爲蹝之一解。葢古本鞿爲蹝之重文，在《足部》不在《革部》，猶躧字重文作韆也，《玉篇》又以蹝爲躧之重文，似所據本不同而皆有蹝篆。

補

濤案：《言部》誃讀若《論語》「跢予之足」，是古本有跢篆。《玉篇》：「跢，倒也。」《廣韻》：「跢，倒跢也。」

補

濤案：《金部》鑋讀若《春秋傳》「躄而乘他車」，是古本有躄篆。桂大令曰：「昭二十六年《左傳》作鑋，杜預本作躄，故訓一足行，後轉寫變爲鑋。」《玉篇》「躄，一足行皃」，《廣韻》「躄，一足挑行」，《五經文字》「鑋，金聲，又一足行皃」，一文二義，是唐本已脫躄字矣。

疋部

（疋）　**足也。上象腓腸，下从止。《弟子職》曰：「問疋何止。」古文以為《詩・大雅》字。亦以為足字。或曰，胥字。一曰，疋記也。凡**

疋之屬皆从疋。

濤案：《玉篇》引同而無「或曰胥字」四字，葢古本無此四字，胥爲蟹醢，从疋得聲而非即胥字，今殆二徐妄竄。

魁案：張舜徽《約注》云：「許君固以疋爲足矣。疋下說解，備載四義，惟『足也』一訓，乃許君本解。下稱『古文以爲』、『或曰』、『一曰』皆錄存異說之說，非斯字原意也。」張說可從。

（𤴓）　**門戶疏窻也。从疋，疋亦聲。窻象𤴓形。讀若疏。**

濤案：《一切經音義》卷七、卷十二皆引作「房室曰疏，疏亦囱」，葢古本如是。《囱部》云：「在牆曰牖，在屋曰囱。」在房室則曰𤴓矣，門戶不應有囱，今本之誤顯然。疏即𤴓之通用字。

又案：《音義》卷十四引「𤴓，窻也。𤴓从疋。疋，足也，从囱象其形也。門之窗牖皆所以引通諸物，故从疋，疋取通行意也。」「𤴓从疋」以下當是《演說文》語，庾氏葢言門戶引通諸物與窗牖同，亦非謂門戶有窻也。

魁案：《古本考》非是。《慧琳音義》卷二十八「櫳疏」條轉錄《玄應音義》，引《說文》云：「房室曰疏也。疏亦窗也。」卷三十「⿱龍木疏」條轉錄引云：「房室曰疏。疏亦窗也。」卷五十八「⿱龍木疏」條轉錄引云：「⿱龍木，房室之疏也。疏，窗也。」卷五十九「疏向」條轉錄引云：「《說文》作𤴓。𤴓，窓也。字從疋也。從囱象其形也，門戶囱牖皆所以引通諸物，故從疋。疋取通行意也。」又本書《木部》「⿱龍木，房室之疏也」，如卷五十八引。據此可知「房室」云云乃「⿱龍木」字之訓，非「𤴓」字之訓，卷二十八詞頭「櫳」亦當作「⿱龍木」。今二徐本並作「門戶疏窗也」，許書原文當如是。

龠部

（䶵）　**管樂也。从龠，虒聲。䶵或从竹。**

濤案：《一切經音義》卷十八引作「管樂也，有七孔」，卷十九引作「管有七孔，《詩》云：『仲氏吹篪』是也。」合兩引互訂，是古本作「管樂也，有七孔。《詩》云：『仲氏吹篪』。」今本奪略殊甚。元應兩引作「篪」，並云：「又作䶵竾，二形同。」葢古本尚有重文竾篆。

魁案：《慧琳音義》卷五十六「具篪」條轉錄《玄應音義》，引《說文》云：「管有七孔。《詩》云：『仲氏吹篪』是也。」同卷十九沈濤所引。卷七十三「吹篪」條轉錄引云：「管有七孔。」此引實即《玄應音義》卷十八所引，今《合刊本》亦同，不知沈濤書何以作「管樂也，有七孔」。唐寫本《玉篇》67「龥」下引《說文》云：「管有七孔也。」許書原文當如是，《古本考》非是。

又，沈濤以爲有稱《詩》語，亦非是。張舜徽《校說文記》〔註60〕225：「觀唐寫本《玉篇》引《說文》之上，先引毛《詩》『仲氏吹篪』，復引傳誼解之，而不以系之所引許書之下，知許書原文，未嘗引《詩》也。」

（龢）　**調也。从龠，禾聲。讀與咊同。**

濤案：《一切經音義》卷六引作「音樂和調也」，以下文龤字注「樂和龤也」例之，古本葢作「樂和調也」。元應書衍「音」字，今本奪「樂」、「和」二字。

魁案：《古本考》非是。唐寫本《玉篇》67龢下引《說文》與今二徐本同，許書原文當如是。又同葉唐寫本《玉篇》龤下引《說文》云：「樂和龤也。」亦與今二徐本同，不當以此認爲「龢」下所引有奪文。《慧琳音義》卷二十七「和鳴」條引《說文》云：「音樂和調也。」實轉錄《玄應音義》。「音樂和」三字葢傳寫誤衍。

（龤）　**樂和龤也。从龠，皆聲。《虞書》曰：「八音克龤。」**

濤案：《一切經音義》卷十二引「龤，樂和也」，乃傳寫奪一「龤」字，非古本無此字也。

魁案：《古本考》是。《慧琳音義》卷七十五「相諧」條轉錄《玄應音義》，引同沈濤所引。唐寫本《玉篇》67龤下引《說文》云：「樂和龤也。《虞書》『八音克龤』是也。」今二徐本同，許書原文如是。

〔註60〕張舜徽《唐寫本玉篇校說文記》，下稱《校說文記》，下標爲所在頁碼，《舊學輯存》，齊魯書社，1988年。

冊部

冊（冊）　符命也。諸侯進受於王也。象其札，一長一短，中有二編之形。凡冊之屬皆从冊。䈂古文冊从竹。

濤案：《華嚴經音義》上引云：「冊，符命也。謂上聖符信，教命以授帝位。字或从竹，或古爲圓行也。」據此則古本䈂乃或字，非古文。「或古爲圓形」句乃謂冊之古文，其如何爲圓形則不可曉矣。圓當作圜，「謂上聖」以下至「帝位」十一字當是《說文》注中語。

又案：《文選·冊字總題》注引「進受於王」下無「也」字。又「中有二編之形」，二字〔註61〕作「中有二編也」，此崇賢節刪，非古本如是。

魁案：《古本考》認爲「䈂」乃或字非古文，非是。《慧琳音義》卷八十七「簡冊」條云：「《說文》：符命也。諸侯進受於王。象其札，一長一短，中有二編也。古文從竹作䈂也。」慧琳明云「古文從竹作䈂」，則䈂乃古文，非或字。今二徐本同，許書原文如是。唐寫本《玉篇》68、270冊下引《說文》：「符命也。」《慧琳音義》卷二十一「天冊」條轉錄《慧苑音義》，卷九十一「冊授」條及《希麟音義》卷八「䈂立」皆引《說文》作「符命」。《希麟音義》卷八「冊立」：「《說文》云：土冊符命也。謂上聖符信，教命以授帝位，像簡冊穿連之形也。今或從竹作䈂。」此引蓋本《慧苑音義》。

扁（扁）　署也。从戶、冊。戶冊者，署門戶之文也。

濤案：《文選·景福殿賦》注引無「之文」二字，乃崇賢節刪，非古文〔註62〕如是。扁作楄，从賦中字體。

魁案：《古本考》是。唐寫本《玉篇》109扁下引《說文》：「扁，署也。扁門戶之文也。」今小徐本作「署也。從戶冊者，署門戶之文也」，三者雖不同，然皆有「之文」二字。

〔註61〕此句不通，疑「二字」或衍。

〔註62〕「古文」當作「古本」。

《說文古本考》第三卷上　嘉興沈濤纂

㗊部

（器）　**皿也。象器之口，犬所以守之。**

濤案：《爾雅·釋器》釋文引「器，皿也，飲食之器，从犬从器聲也」，與今本不同。許書象形者本無其字，㗊乃部首，且有四口，不得云「象器之口」。葢古文〔註63〕作「从犬，所以守之，㗊聲」，元朗所引奪「所以守之」四字，今本又爲二徐妄改耳。《玉篇》引同今本，當是後人據今本改。

魁案：《古本考》非是。《玉篇》引《說文》同今二徐本，當存許書之舊，許書原文當如是。

舌部

（舌）　**在口，所以言也，别味也。从干，从口，干亦聲。凡舌之屬皆从舌。**

濤案：《玉篇》引作「在口中，所以立言者」，葢古本「口」下有「中」字，「言」上有「立」字，古本當作「在口中所以立言别味者也」，今本奪「中」字、「立」字、「者」字，衍「也」字。《玉篇》傳寫又奪「别味」二字耳。《六書故》引李陽冰「口開則干人，故从干」，乃是當塗肊說，非許意。

魁案：《古本考》認爲奪「中」字，是；認爲有「立」字則非。《慧琳音義》卷十六「舌舐」條引《說文》云「舌，在口中，所以言也。」《希麟音義》卷八「舌䑛」條引《說文》云：「在口，所以言也。」今二徐本同，合訂之，許書原文當作「在口中，所以言也，别味也」。

（舓）　**以舌取食也。从舌，易聲。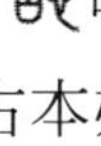舓或从也。**

濤案：《玉篇》引「食」作「物」，葢古本如是。以舌取物皆謂之舓，不必專言取食也。

魁案：《古本考》非是。《慧琳音義》卷十五「若舐」條、卷十六「舌舐」

〔註63〕「古文」當作「古本」。

條、卷二十九「舐血」條、卷七十五「舐利」、卷八十九「舓脣」俱引《說文》作「以舌取物也」。卷四十二「舐吻」條、卷五十七「噉舐」條、卷七十五「舐足」條、卷七十八「舐耳」條及《希麟音義》卷八「舌舓」俱引《說文》作「以舌取食也」。《希麟音義》少「以」字。慧琳所引前後不一，不知孰是。下面試作推測。(1)《慧琳音義》卷二十九「舐血」云：「上食爾反。顧野王云：舐，以舌取食也。《說文》正作舓，從舌易聲。」(2)卷三十九「舓脣」云：「上時尒反，顧野王云：以舌取食也。《說文》從舌易聲。」(3)卷七十八「舐菩薩足」條云：「上時爾反。《玉篇》云：以舌取食也。《說文》從舌氏聲，古文作舓也。」(4)卷五十七「噉舐」云：「食爾反。《考聲》云：以舌取物也。《說文》：以舌取食也。」從前三條材料可以看出，慧琳在引用顧野王的釋義後，便引用《說文》分析字形，似在說明《說文》的釋義與顧野王是一致的。當它書所引與《說文》不同時，慧琳便引出《說文》釋義，如(4)。(4)引《考聲》作「以舌取物也」，竊以爲凡「以舌取物也」此之上冠以《說文》者當《考聲》之誤，慧琳書竄誤。今二徐本同，許書原文當如是。

干部

干（干）　犯也。从反入，从一。凡干之屬皆从干。

濤案：《六書故》引蜀本《說文》曰：「干，盾也。」與今本不同。然《一切經音義》卷十三云：「干，犯也，觸也。从一止也，倒人爲干字意也。」雖不明引《說文》而實本許書，則古本自作「犯」不作「盾」，蜀本不可從。

魁案：《古本考》認爲蜀本不可從，是。《慧琳音義》卷十一「干戈」條云：「《說文》作戰，音干。干，犯也。從反入從一作女（仐），古字也。」

谷部

谷（谷）　口上阿也。从口，上象其理。凡谷之屬皆从谷。𧮫或如此。臄或从肉从豦。

濤案：《廣韻・十八藥》引又〔註 64〕「一曰笑皃」四字，蓋古本有之，今

〔註 64〕「又」字蓋作「有」。

奪。

（西）　舌皃〔註65〕。从谷省，象形。

濤案：《玉篇》引「象形」下有「一曰竹上皮」五字，蓋古本有之，今奪。

魁案：《古本考》字頭似從小徐本而有誤。大徐本作：「西，舌皃。从谷省。象形。因，古文西。讀若三年導服之導。一曰竹上皮。讀若沾。一曰讀若誓。弼字从此。」

㕯部

（矞）　以錐有所穿也。从矛，从㕯。一曰，滿有所出也。

濤案：《廣韻·六術》引作「一曰滿也」，乃傳寫奪「有所出」三字，非古本如是。

魁案：《古本考》非是。唐寫本《玉篇》112「矞」下引《說文》云：「以錐有所穿也。一曰滿也。」與《廣韻》引同，許書原文當如是，今二徐本衍「有所出」三字。

（商）　从外知內也。从㕯，章省聲。古文商。亦古文商。籀文商。

濤案：《汗簡》卷上之一：「商見《尙書》，、并見《說文》。」是古本重文篆體作，不作矣，二徐乃以古《尙書》之體誤竄於此。

魁案：唐寫本《玉篇》112商下引《說文》云：「以外知內也。」《慧琳音義》卷八十二「商榷」條引《說文》云：「以外知內也。從冏。」所引與今二徐本同，許書原文如是。

句部

（笱）　曲竹捕魚笱也。从竹，从句，句亦聲。

濤案：《初學記》卷二十二武部引「笱者曲竹以爲之」，乃櫽括之詞，非古

〔註65〕刻本「皃」作「見」，今正。

本如是。《御覽》八百三十四資產部引同今本可證。

魁案：《古本考》是。今二徐本同，許書原文如是。

ㄐ部

（糾）　**繩三合也。从糸、ㄐ。**

濤案：《文選·解嘲》注引作「三合繩也」，葢古本如是。《玉篇》亦云：「三合繩也。」《鬥部》「鬮」字注「讀若三合繩糾」，是許君不作「繩三合」。《一切經音義》卷二十二引「繩三合曰糾」，疑後人據今本改。

魁案：《古本考》非是。《慧琳音義》卷八十四「紛糾」條引《說文》云：「糾字，繩三合相糾繚。」雖有譌誤，「繩三合」當不誤，合《玄應音義》卷二十二所引，今二徐本當不誤，許書原文如是。

十部

（肸）　**響布也。从十，㕣聲。**

濤案：《文選》《甘泉》、《上林》賦注皆引「肸蠁，布也」，葢古本作「蠁」不作響，肸蠁二字篆文連注讀。

魁案：《慧琳音義》卷八十一「肹響」條：「《說文》作㕣，血脈在肉中而動，故從肉從八。八者，分別也。從十者，響遍十方。後人移八於十上作肸。又變爲兮作肹。」「八者」以下當是引者續申之辭。卷八十三「肸（肸）響」條：「《說文》正作㕣。肸肸，動作不安也。從肉八也。」卷八十九「肸響」條：「《說文》從八從肉作㕣。血脈在肉中㕣㕣而動也。」據慧琳書，此字許書本作㕣，蓋訓爲「血脈在肉中㕣㕣而動。從肉八」。朱駿聲曰：「此字本訓，許時已經闕。」非是。

廿（廿）　**二十并也。古文省。**

濤案：《龍龕手鑑》引無「并」字，乃傳寫偶奪。

（卙）　**詞之卙矣。从十，咠聲。**

濤案：《廣韻·二十六緝》引作「詞之集也」，葢古本如是。《玉篇》亦云：

「辞之集。」正本《說文》。段先生曰：「此下當有『《詩》曰：辭之咠矣』六字。」然許君偁《詩》毛氏，今毛詩作輯不作咠，訓和不訓集，則未必有此六字也。

卅部

補 

濤案：《廣韻·二十六緝》卌字注引《說文》「數名」，是古本有卌篆。《林部》𣡌字从之，注云：「卌，數之積也，與庶同意。」其爲今本誤奪無疑。然《廣韻》「數名」二字亦恐有誤，以廿字「二十并」，卅字「三十并」例之，當云：「四十并」也。《玉篇》云：「卅，三十也」，「卌，四十也」，正本許書。

又案：《芥隱筆記》曰：「據《說文》卄，而集反，二十并也；卅，速達反，三十并也；卌，先立反，四十并也。」是龔氏所見《說文》有此字，其訓解正與廿、卅同例。

又案：漢石經《論語》「年卌而見惡焉」，正作卌字。

言部

（言）　**直言曰言，論難曰語。从口，辛聲。凡言之屬皆从言。**

濤案：《藝文類聚》十九人部、《御覽》三百九十人事部引「論難」皆作「論議」，葢古本如是。本部「語，論也」，「論，議也」，「議，語也」，論、議、語三字互相爲訓，則此文作「論議」不作「論難」可知。《詩·大雅·公劉》傳：「荅難曰語。」（從《正義》本）《周禮·大雅樂》注亦云：「荅難曰語。」「荅難」即反覆辨論之意，今本毛傳作「論難」誤。《廣韻·六語》引《字林》：「荅難曰語。」正本毛傳。《禮部韻略》引作「論難」，亦宋後所改。

又案：《周禮·大司樂》疏引作：「直言曰論，荅難曰語。」乃傳寫有誤，賈氏正釋經文，「言語」二字不應引《論語》字以詮之，「論」乃「言」字之誤，論議之作荅難，又涉注語而誤也。

魁案：《古本考》認爲作「論議」，非是。《希麟音義》卷八「儒語」條引《說文》云：「直言曰論，論難曰語。」上「論」字當是「言」字之誤。今二徐本同，《爾雅注疏》卷二、《玉篇》卷九所引皆同二徐，許書原文當如是。

（謦）　欬也。从言，殸聲。殸，籀文磬字。

濤案：《一切經音義》卷六引「謦，亦欬也」，今本奪「亦」字，非是。汪生獻玗曰：「《說文》之例多有言亦者，本部『診，視也』。《後漢書・王喬傳》注引作『診，亦視也』，凡此之類，全書不可枚舉。」故古本決有「亦」字。

魁案：《古本考》是。《慧琳音義》卷四十七「謦欬」條轉錄《玄應音義》，與卷二十七、卷三十、卷三十六、卷三十七「謦欬」條，以及《希麟音義》卷七、卷九「謦欬」俱引《說文》作「亦欬也」。卷三十五「謦唾」條、卷六十二「謦欬」條、卷七十八「謦瘷」條引《說文》作「欬也」。卷十六「謦欬」條：「《說文》：謦，亦欬聲也。」「聲」字誤衍。合訂之，許書原文當作「亦欬也」。

（詵）　致言也。从言，从先，先亦聲。《詩》曰：「螽斯羽詵詵兮。」

濤案：《詩・螽斯》釋文云：「詵詵，《說文》作𦐈。」是元朗所據本《多部》有𦐈篆，今本奪此字。淺人強以引《詩》語竄入詵下，皆非也。《玉篇》引作「致言也」，無「《詩》曰」八字，可證六朝及唐時本如此。

又案：《焱部》：「燊，盛皃。讀若《詩》『莘莘征夫』。」本書無「莘」字，「莘」葢𦐈字之譌，則「皇華之駪駪」亦當作「𦐈𦐈」，而許書之有「𦐈」斷然矣。

（詩）　志也。从言，寺聲。古文詩省。

濤案：《汗簡》卷上之一引《說文》詩字作「」，是古本古文篆體不作也。或古文之一體，今本奪誤。

（讖）　驗也。从言，韱聲。

濤案：《史記・賈誼傳》索隱引「讖，驗言也」，《文選・鵩鳥賦》注引「讖，驗也。有徵驗之言，河洛所出書曰讖」，《魏都賦》注引「河洛所出書曰讖」，是今本奪「有徵驗」以下十二字。《文選・思元賦》舊注引《蒼頡篇》曰：「讖書，河洛書也。」《一切經音義》卷九引《三蒼》曰：「讖，秘密書也，出河洛。」是古字書無不以「讖」爲「河洛所出者」，二徐妄刪此語，淺陋甚矣。驗即譣之通假。古傳注皆釋「讖」爲「驗」，不應更著言字。崇賢、元應書所引皆無此字，恐是小司馬書傳寫誤衍〔註 66〕。

又案：《一切經音義》卷二引「讖，驗也。謂占後有效驗也」，「謂占」以下當是庾氏注中語。

魁案：《古本考》認爲許書原有「河洛」云云，非是。《慧琳音義》卷五十九「書讖」條轉錄《玄應音義》，引同沈濤引。卷二十六「讖記」條、卷五十七「讖書」條、卷八十三「讖什」條、卷九十五「讖緯」條俱引《說文》作「驗也」，與今二徐本同，許書原文當如是。《文選》注當是李善續申之辭。

訓（訓）　說教也。从言，川聲。

濤案：《一切經音義》卷二十二引作「訓，導釋也」，此疑所引涉他書而誤，未必古本如此。此《篇》、《韻》亦無「導釋」之義。

魁案：《古本考》是。張舜徽《約注》云：「許訓釋爲『說教』，與誨爲『曉教』，譔爲『專教』語例正同。」以此論之，今二徐不誤。檢《玄應音義》卷二十二「詁訓」條引《說文》作「導也，釋也」，《慧琳音義》卷四十八「詁訓」條轉錄之。《希麟音義》卷十「貽訓」條引《說文》云：「誡也。又導也。」今二徐本同，《玉篇》引亦與之同，許書原文當如是。

諭（諭）　告也。从言，俞聲。

濤案：《史記・朝鮮傳》索隱引作「諭，曉也」，葢古本如是。《廣雅・釋言》云：「諭，曉也。」《禮記・文世子》注：「諭，猶曉也。」《周禮・掌交》注：「諭，告曉也。」是告、曉義本相近，「諭」之釋「告」亦見《廣雅・釋詁》。然觀小司馬所引則許書本作「曉」，不作告矣。

又案：下文「譆，告曉之孰也」，「告曉」二字連文，或許書本作「告曉也」，如《周禮》注所釋，小司馬節引其一，今本又誤奪其一耳。

魁案：《古本考》認爲當作「曉也」，非是。《慧琳音義》卷八「檄諭」條引《說文》云：「諭，告也。」與今二徐本同，許書原文如是。

誾（誾）　和說而諍也。从言，門聲。

濤案：《一切經音義》卷十二引作「誾誾，和說而爭」，葢古本如是。說解

〔註 66〕「衍」字刻本作「行」，今正。

中「誾」字爲淺人所刪。爭、諍通用字。

又案：《玉篇》、《廣韻》、《一切經音義》三書皆云：「古文訔，同」，是六朝唐本皆有重文訔篆，今奪。

魁案：《古本考》是。《慧琳音義》卷二十八「誾誾」轉錄《玄應音義》，引與沈濤同。

（謨）　議謀也。从言，莫聲。《虞書》曰：「咎繇謨。」古文謨从口。

濤案：《玉篇》引同，而古文「暮」字作「謩」，此顧氏書誤字，非古本如是。觀《廣韻·十一模》謨古文正作「暮」可證矣。《廣韻》又云：「亦作謩」，或魏晉間有謩字耳，非古文作「謩」也。

（議）　語也。从言，義聲。

濤案：《御覽》五百九十五文部引作「議，語也」，又曰「論難也」，是古本尚有「一曰論難也」五字，今奪。

（信）　誠也。从人，从言。會意。古文从言省。古文信。

濤案：《汗簡》卷上之一引《說文》信字作「」，是古本古文篆體不作也，今本疑誤。

（誠）　信也。从言，成聲。

濤案：《一切經音義》卷二十五引「誠，信也，敬也」，而卷六但引「誠，信也」，又引《廣雅》「誠，信也」，「敬也」則一訓乃元應自引《廣雅》，傳寫奪「《廣雅》誠」三字耳，非古本有此一解也。

魁案：《古本考》認爲許書無「敬也」一訓，是。《慧琳音義》卷七十一「誠言」條轉錄《玄應音義》，引與沈濤同。《慧琳音義》卷二十七「誠如」條：「《廣雅》：敬也。《說文》：誠，信也。諦也。從言成聲。」此引《廣雅》《說文》並舉，則「敬也」一訓非出許書可知。「諦也」亦當他書之訓。本部誠、信二字互訓，今二徐本同，許書原文當如是。

（誥）　告也。从言，告聲。古文誥。

濤案：《汗簡》卷上之一引《說文》誥作「」，葢古本篆體如此，今本疑傳寫微誤。

（詁）　訓故言也。从言，古聲。《詩》曰「詁訓」。

濤案：《後漢書·桓譚鄭興二傳》注、《一切經音義》卷二十二皆引云：「詁，訓古言也。」葢古本如此。「故」即「詁」字之假借，不得以「故」釋「詁」。詁訓二字連文，《毛詩》云《詁訓傳》，《詩·大雅》「古訓是式」，猶言「詁訓是式」。詁从古聲，許書聲亦兼義，故以古釋詁。《詩·關雎》正義曰：「詁者，古也。」《詩·抑》《爾雅·釋詁》釋文皆引「詁，故言也」，疑後人據今本改，而傳寫又奪「訓」字。

又案：《詩·抑》：「告之話言。」釋文云：「《說文》作詁」，則元朗所見《說文》本此處引《詩》作「告之詁言」矣。毛傳曰：「話言，古之善言也」，「話」當作「古」，以「古」釋「詁」正與許同。自毛詩本傳誤而淺人疑詩無「告之話言」句，遂妄改如此。

又案：本部話字解引傳曰：「告之話言」，段先生曰：「當作《春秋傳》曰：『著之話言。』見文六年《左氏傳》，淺人但知《抑》詩，故改之，刪『春秋』字，妄擬《詩》可稱傳也。《抑》詩作『告之詁言』，於詁下稱之，又妄改爲『《詩》曰詁訓』。」

魁案：《古本考》認爲許書原文同《玄應音義》所引，當是。《慧琳音義》卷四十八「詁訓」轉錄《玄應音義》，引同沈濤所引。

（諗）　深諫也。从言，念聲。《春秋傳》曰：「辛伯諗周桓公。」

濤案：《左氏》閔二年釋文引作「深謀」，是古本不作「諫」，「諫」不得言淺深。《詩·四牡》傳、《爾雅·釋言》皆云：「諗，念也。」「念」有「深思熟慮」之意，故曰「深謀」。淺人見桓十八年傳「諗」作「諫」，遂妄改爲「諫」耳，《左氏》閔二年傳注、《詩·四牡》箋皆云：「諗，告也。」葢深爲人謀而後告之。

魁案：《古本考》認爲「諫」不得言淺深，非也。《漢書》卷六十五：「昔者關龍逢深諫於桀，而王子比干直言於紂。」徐鍇曰：「據辛伯之言簡而深，故知爲深諫也。」今二徐本同，許書原文當如是。

（䚻）　徒歌。从言、肉。

濤案：《六書故》云：「謠又作䚻，徐本《說文》無謠〔註 67〕字。䚻，徒歌也，从言肉。唐本曰：『䚻，从也，从言从肉，肉亦聲。謠，徒歌也。』晁氏曰：『䚻，余周切；謠，余招切。』是古本《說文》䚻、謠分爲二字，亦分爲二音。《廣韻・十八尤》：「䚻，从也，以周切。」《四宵》：「謠，謠歌也。《爾雅》：『徒歌謂之謠。』餘昭切。」正與古本相合。蓋「䍃」爲「繇」之正字，繇本通由，故訓爲从。《玉篇》〔註 68〕亦云「䚻，从也」，二徐妄刪謠字，遂將「徒歌」之訓移于䚻字之下，又疑肉爲非聲，妄刪「聲」字，致後世之爲小學者皆以經典謠字爲䚻之或體也，不知古本《說文》本有「謠」字也。《漢書・五行志》：「女童䚻曰：檿弧箕服。」此借䚻爲謠，非正字。

又案：《五經文字》云：「口謠上《說文》，下經典相承，隸省。」其所載《說文》之字雖已缺泐，然曰「隸省」，則《說文》必作謠，經典省夕爲⺈，若《說文》本作䚻，而經典則謠字畫轉繁，又何省之有乎？

又案：《一切經音義》卷十五、卷二十引「謠，動〔註 69〕歌也」，《類聚》四十三樂部引「獨歌謂之謠」，「獨歌」、「徒歌」義得兩通。可見唐以前本皆有「謠」字。

魁案：《古本考》認爲唐以前本有「謠」字，是。《慧琳音義》卷五十八「歌謠」轉錄《玄應音義》，引同沈濤所引。唐寫本《玉篇》[7]「謠」下引《說文》云：「獨歌也。」合沈濤前引，許書原文「謠」字當訓「獨歌也」，今二徐本並奪此字。

（訢）　喜也。从言，斤聲。

濤案：《漢書・萬石君傳》注晉灼引許慎曰：「訢，古欣字也。」是六朝本《說文》訢在《欠部》，爲「欣」之古文，不知何時誤竄於此。可見《說文》一書爲二徐所竄亂者不少矣。

〔註 67〕據文意當爲「謠」字。

〔註 68〕刻本作「玉爲」，今正之。

〔註 69〕據《校勘記》，「動」作「獨」，是。

魁案：《古本考》認爲「訢」爲古「欣」字，非是。《慧琳音義》卷十二「訢逮」條引《說文》云：「喜也。或作欣字也。」卷四「忻求」條引《說文》云：「善者忻人之善。正體作欣。或作訢，並通也。」卷三十二「忻樂」引《說文》云：「欣，笑喜皃也。從心斤聲。或作訢，又作欣也。」據慧琳續申，訢字當是唐時異體，《漢書注》轉引許慎說未必與《說文》同。今二徐本同，許書原文當如是。

（諧）　詥也。从言，皆聲。

濤案：《一切經音義》卷十引作「合也」，下文「詥，諧也」，古諧詥字如此，合行而詥廢。元應書葢以通用字易古字，非古本如是也。《篇》、《韻》亦同。

魁案：《古本考》是。《慧琳音義》卷十九「諧耦」引《說文》云：「合也」。卷五十「諧遂」轉錄《玄應音義》，同沈濤引。諧、詥二字互訓，今二徐本同，許書原文當如是。

（調）　和也。从言，周聲。

濤案：《一切經音義》卷十五引「調，勻也」，葢古本如是。勻疑均字之省，即今之韻字。《龠部》：「龢，調也。」樂諧韻則龢調，引申之則物之均平亦謂之調，均从勻聲，均勻義亦相近，今俗猶有調勻之語。

魁案：《古本考》認爲當作「勻也」，非是。張舜徽《約注》云：「調之本義，蓋謂人之不協諧者，以言辭和解之也。故其字從言。《周禮·地官》有調人『掌司萬民之難而諧和之。』鄭注云：『諧猶調也；調猶和合也。』是其義矣。」沈濤輾轉迂曲與「樂諧」強合，不可據。《慧琳音義》卷五十八「不勻」條轉錄《玄應音義》，引《說文》同沈濤所引。

（話）　合會善言也。从言，舌聲。《傳》曰：「告之話言。」籀文語从會。

濤案：《詩·板》釋文、《文選·秋興賦》《七命》注、《齊故安陸昭王碑文》注、《齊竟陵文宣王行狀》注皆引作「會合善言也」，《歸去來辭》注引作「會合爲善言也」，是古本作「會合」不作「合會」。「告」當作「著」，說已見前，《歸去來辭》注多一「爲」字，當是誤衍。

魁案：《古本考》非是。唐寫本《玉篇》3「話」下與《希麟音義》卷八「談話」條並引《說文》云：「合會善言也。」與今二徐本同，許書原文當如是。《慧琳音義》卷十五「世話」引脫「合」字，卷十六「談話」引脫「合會」二字。

（誐）　嘉善也。从言，我聲。《詩》曰：「誐以溢我。」

濤案：《廣韻・七歌》引同，惟「溢」字作「謐」，葢古本如是。小徐本亦作謐。《爾雅・釋詁》謐、溢同訓爲慎，今本毛詩之「溢」乃「謐」字之誤。《左傳》引作「何以恤我」，與「謐」古通字。《堯典》「惟刑之謐哉」，古文作「恤」可證也。

魁案：《古本考》認爲「溢」字當作「謐」，與小徐本同，當是。又唐寫本《玉篇》（羅本）4，（黎本）204「善」字下並引《說文》作「喜善也」，與今二徐本不同。又《集韻》、《類篇》並與唐本《玉篇》引同，竊以爲許書原文如是，今二徐本並誤。

（謝）　辤去也。从言，䠶聲。

濤案：《文選・魏都賦》注、《別賦》注、《七發》注，三引作「謝，辤也」。《玉篇》云：「謝，辭也，去也。」葢古本作「謝，辭也，去也」。謝本有辭、去二義，《漢書・陳餘傳》注引晉灼曰：「以辭相告曰謝。」《禮記・曲禮》：「若不得謝亦謂若不得辭（注：辤猶聽也，非）。」此即訓辭之義。《楚辭・橘頌》：「願歲并謝。」《招魂》：「恐後之謝。」《大招》：「青春受謝叔師。」皆訓謝爲去。《廣雅・釋詁》亦云：「謝，去也。」此即訓去之義。崇賢所引乃節去上一義，今本於辭下奪也字，非也。《文選・郭璞〈遊仙詩〉》注又引作「謝，辭別也」，別字乃傳寫誤衍。

魁案：《古本考》非是。唐寫本《玉篇》6謝下引《說文》云：「謝，辭也。」下文又引《楚辭》王逸注：「謝，去也。」可知許書舊本原文只有「辤也」一訓。又，《慧琳音義》卷三「謝法」條引《說文》云：「辝也。」今二徐本同，當並衍「去」字。

（諺）　傳言也。从言，彥聲

濤案：《御覽》四百九十五人事部引「諺，傳言也，俗言曰諺」，是古本尚有此四字。《國語・越語》注曰：「諺，俗之善謠也。」《左傳》隱十一年釋文云：「諺，俗言也。」《漢書・五行志》注云：「諺，俗所傳言也。」是諺爲「俗言」自是漢唐舊訓，當本《說文》。《一切經音義》卷二十引亦有「俗語也」三字。

魁案：《古本考》非是。唐寫本《玉篇》$_{8}$「諺」下引《說文》同今二徐本。當是許書原文。《慧琳音義》卷三十三「眞諺」條轉錄《玄應音義》，引《說文》云：「傳言也。俗語也。」「俗語也」三字當是引者續申。《慧琳音義》卷七十四「諺言」條引作「傳言也。謂傳世常言也。」謂以下六字乃慧琳續申。卷九十八「斯諺」條、卷一百「諺云」並引作「傳言也」，卷一百奪也字。合訂之，今二徐本不誤，許書原文如是。

訥（訥）　言難也。从言，从內。

濤案：《一切經音義》卷八、卷九、卷十、卷二十二、卷二十五皆引作「訥，難也」，無「言」字。然卷七引同今本，疑他卷傳寫奪誤，非古本如是。卷二十又引「訒難也」，更誤。

又案：《音義》卷二十一引「訥，艱澀也。謂遲鈍曰訥也」，此與他卷所引皆異，當係《演說文》語。

魁案：《古本考》認爲「言」字衍，是。唐寫本《玉篇》$_{9}$訥下引《說文》：「難也。」《慧琳音義》卷二十八「訥鈍」條、卷四十六「訥口」條、卷四十八「騫訥」條、卷五十「拙訥」條、卷七十一「陋訥」條、卷七十六「訥訒」轉錄《玄應音義》，皆引《說文》作「難也」，無「言」字。許書訒、訥二字相次，以訒字但訓「鈍也」例之，亦不當有「言」字。又，卷三十「吶其」條轉錄《玄應音義》，引同卷二十沈濤所引；卷十三「訥鈍」條引作「訥，語難澀也」；卷八十七「謇訥」條引同今二徐本；卷四十一「謇訥」條又作「難言也」，皆有譌誤。合訂之，許書原文當作「難也」。

譃（譃）　譃㛂也。从言，虛聲

濤案：《廣韻・九麻》引「譃，詠也」，《玉篇》云：「譃誺也。」誺、詠字形相近，詠字義不可曉，當爲誺字之誤。本書無誺字，二徐妄刪。

魁案：《古本考》是。唐寫本《玉篇》$_{9}$譃下引《說文》：「譃誺也。」與今本《玉篇》同，許書原文當如是。今二徐本並作「讘娽也」，「娽」字當「誎」字之誤。

（譊）　恚呼也。从言，堯聲

濤案：《一切經音義》卷八引作「譊譊，恚訟聲也」，卷二十又引「《說文》：『恚呼也。』《蒼頡篇》：『訟聲也。』」《玉篇》、《廣韻》亦云：「恚呼也。」元應書第一引乃傳寫奪去「呼也，《蒼頡篇》」五字。非古本如是矣。據元應所引，則說解中複舉譊字。

魁案：《古本考》認爲當復舉「譊」字，非是。《慧琳音義》卷十六「世事譊譊」條轉錄《玄應音義》，云：「顧野王云：譊譊，猶讙呼也。《說文》：恚呼也。從言堯聲。」此引與沈濤所引卷八不同，不知玄應所據。似《說文》承前省「譊譊」二字。卷三十四「譙譊」條亦轉錄《玄應音義》，引同卷二十沈濤所引。唐寫本《玉篇》10譙下引《說文》云：「恚呼。」與今二徐本同，唯脫一「也」字。合訂之，今二徐本不誤，許書原文當如是。

（諎）　大聲也。从言，昔聲。讀若笮。唶或从口。

濤案：《爾雅・釋鳥》：「行扈唶唶。」釋文曰：「唶，《說文》云：借字也。一云大聲。」葢古本「大聲」之訓係此字一解。許書《人部》無「借」字，而「叚」字注云：「借也。」「耤」字注云：「古者使民如借。」《序目》云：「六書假借。」則「借」字必所應有，二徐妄删。然「借字也」三字義不可曉，詞氣不完，必有譌誤，而今本之闕奪似此者正復不少矣。

魁案：《古本考》認爲非止「大聲」一訓，非是。唐寫本《玉篇》10諎下引《說文》云：『大聲也。』或爲唶字，在《口部》。」《慧琳音義》卷四十三「喑唶」條、卷五十五「喑唶」條、卷七十六「喑呃」皆引作「大聲也」。諸引與今二徐本同，許書原文當只此一訓。

（讇）　諛也。从言，閻聲。諂讇或省。

濤案：《一切經音義》卷六引作「佞也」，葢古本如是。上文「諛，讇也」，閻〔註70〕、諛互訓，今本義得兩通。

〔註70〕據文意當作「讇」字。

魁案：《古本考》非是。唐寫本《玉篇》[11]譋下引《說文》云：「謟，訑也。」又云：「謟，《說文》或譋字也。」《慧琳音義》卷十六《阿閦佛國經》轉錄錄《玄應音義》，「訑譋」條引《說文》云：「訑也。從言閻聲。」不知沈濤據何本作「佞也」。《慧琳音義》卷二十四「譋語」條、卷三十「訑譋」條、卷三十一「訑謟」條、卷三十八「譋簿」條、卷六十七「誑譋」及《希麟音義》卷九「謟語」條引《說文》皆作「訑也」。據諸引今二徐本不誤，許書原文當如此。卷十六「訑譋」條引作「諌也」，乃誤訑為諌。

（詑）　兗州謂欺曰詑。从言，它聲。

濤案：《一切經音義》卷四引「兗州謂欺曰詑。詑，不信也」，卷二十引「說（當作詑）不信也」。葢古本作「詑，不信也。兗州謂欺曰詑。」今本奪此三字，元應書卷四所引又誤倒耳。

魁案：《古本考》認為有「不信也」一解，非是。《慧琳音義》卷十一「匿詑」條云：「顧野王：詑，欺也，誰也，不信也。《說文》云：兖州謂欺為詑。」此引野王語與《說文》並舉，則「不信也」非出許書可知。又唐寫本《玉篇》[12]詑下引《說文》云：「兗州謂欺曰詑也。」與今二徐本同，許書原文當如是。

（謾）　欺也。从言，曼聲。

濤案：《一切經音義》卷十七引「謾，欺也，不信也」，「不信」乃「詑」字之訓，卷二十引「謾，欺也。詑，不信也」，則此處奪一「詑」字，非古本有此一解也。訑即詑字之別。

魁案：《古本考》是。唐寫本《玉篇》[212]謾下引《說文》與今二徐本同。《慧琳音義》卷三十三「謾抵」條、卷三十九「謾談」條、卷七十六「謾訑」皆引作「欺也」。卷七十四「謾誕」條轉錄《玄應音義》引同卷十七沈濤所引。合訂之，今二徐本不誤，許書原文如是。

（譺）　騃也。从言，疑聲。

濤案：《一切經音義》卷十六引譺「欺調也」，葢古本如是。《廣雅・釋詁》：

「譺，調也。」〔註71〕正本許書。《通俗文》亦云：「大調曰譺。」

又案：《音義》卷二引《字林》：「譺，欺調也。」或謂卷十六所引亦是《字林》，傳寫誤爲《說文》，不知《字林》率本《說文》，往往同訓，譺之訓騃義無可取，不必曲護二徐也。

魁案：唐寫本《玉篇》13譺下云：「《說文》：『譺，咍也。』《蒼頡篇》：『譺，欺也。』……野王案：相啁調也。」此與諸書所引大異，《慧琳音義》卷六十四「調譺」錄《玄應音義》，與沈濤引同。卷四十五「戲譺」引作「誤也」。宋本《玉篇》引作「欺也。啁調也」。寫本《玉篇》先引《說文》，次引《蒼頡篇》，再出野王案語，是野王所見《說文》必作「咍也」無疑。今咍字大徐歸入《新附》，云：「蚩笑也。《楚辭・九章・惜誦》：「行不群以巔越兮，又眾兆之所咍。」王逸注云：「咍，笑也。楚人謂相啁笑曰咍。」此義與諸書所引相合。許書原文當如寫本《玉篇》所引。

誣（誣） 加也。从言，巫聲。

濤案：《一切經音義》卷十一、卷十五、卷十七、卷二十一凡四引皆作「加言也」，卷十引「加言曰誣」，是古本有「言」字，今奪。段先生曰：「加言者，架言也。古無架字，以加爲之。《淮南・時則訓》『鵲加巢』，加巢者，架巢也。《毛詩》箋曰：『鵲之作巢，冬至加之。』劉昌宗，音架。」

又案：戴侗《六書故》引唐本《說文》「誣，加諸也」，則元應所引言字乃「諸」字之誤。《論語》：「我不欲人之加諸我也，我亦欲無加諸人。」「加諸」二字連讀。劉知幾《史通・采撰篇》曰：「沈氏著書，好誣先代，魏收黨附北朝，尤苦南國，承其詭妄，重以加諸。」《舊唐書・僕固懷恩傳》曰：「彼奉先聖京，供生異見，妄作加諸。」是誣訓「加諸」唐人皆知其義，二徐妄刪「諸」字，而傳寫元應書者又改「諸」爲「言」，遂使故訓日湮而經讀亦誤（今人讀《論語》者皆以諸人、諸我連文）。此唐本之所以可貴也。

魁案：《古本考》認爲許書原文作「加言也」，是；認爲作「加諸」，非是。唐寫本《玉篇》14誣下引《說文》云：「加言也。」《慧琳音義》卷五十一「誣网」條、「加誣」條轉錄《玄應音義》，並引云「加言曰誣」。卷五十二「誣謗」

〔註71〕「釋詁」之「詁」字刻本原缺，今補。

條、卷五十八「誣說」條、卷七十四「誣笑」條亦轉錄《玄應音義》，與卷七十八「誣擴」條、卷八十一「誣呰」條、卷八十九「祅誣」俱引《說文》作「加言也」。卷六「誣罔」條、卷十八「誣网」條引《說文》同今二徐本。合訂之，許書原文當作「加言也」。

詶（詶）　譸也。从言，州聲。

濤案：《一切經音義》卷六、卷十四、卷二十五皆引「詶，詛也。之授反。」卷十七云：「祝，《說文》作詶，今作呪，同。之授反。」《玉篇》云：「詶，《說文》職又切，詛也。」蓋古本如此，此即詛呪正字，今本乃淺人妄改，音市流切亦誤。下文「詛，詶也，」正許書互訓之例。

魁案：《古本考》認爲許書原文當作「詶，詛也」，是。唐寫本《玉篇》15詶下云：「《說文》亦譸字也。」據寫本《玉篇》，詶、譸同字，張舜徽《約注》亦以詶爲譸之重文，則不當以譸釋詶。《慧琳音義》卷三十二「呪詛」條：「正從言作詶。《說文》詶，亦詛也。」卷五十九「祝禬」條轉錄《玄應音義》，云：「《說文》作詶。之授反。詛也。」卷七十一「呪詛」條亦轉錄，云：「《說文》作詶，同。之授反。詶，詛也。」卷八十六「詶詛」條：「《說文》云：詶，詛也。詛，亦詶也。」《希麟音義》卷六「祝詛」條：「《說文》作詶，亦詛也。」據諸引合訂之，許書原文當作「詛也」。

詿（詿）　誤也。从言，圭。或从言，佳省聲。〔註72〕

濤案：《後漢書・光武紀》、《寇恂傳》兩注皆引作「亦誤也」，是古本尚有「亦」字，說詳本部謍字。

魁案：《古本考》非是。唐寫本《玉篇》16詿下引《說文》同今二徐本，許書原文如是。

譆（譆）　痛也。从言，喜聲。

濤案：《一切經音義》卷七引作「痛聲也」，是古本多一「聲」字，今奪。

魁案《古本考》是。徐鍇《繫傳》曰：「痛而呼之言也。」張舜徽《約注》

〔註72〕今二徐本均作「从言圭聲」。

云：「作『痛聲』者近是。《禮記・檀弓》：『夫子曰：譆！其甚矣。』鄭注云：『譆，悲恨之聲。』《莊子・齊物論》：『譆！善哉技。』李注云：『譆，歎聲也。』皆與痛聲義近。」唐寫本《玉篇》$_{16}$譆下引《說文》云：「哀痛也。」與玄應書不同，較今二徐本多一「哀」字。

（詍）　多言也。从言，世聲。《詩》曰：「無然詍詍。」

濤案：《口部》：「呭，多言也，从口，世聲。《詩》曰：無然呭呭。」《詩・板》釋文云：「泄〔註73〕，《說文》作呭。」則是《口部》有稱《詩》語，而此解無之，乃二徐妄竄。若云《三家詩》，則許君明言偁《詩》毛氏，必不自亂其例，而元朗又何以不云「又作詍」耶？

魁案：《古本考》認爲此皆當無稱《詩》語，是。唐寫本《玉篇》$_{17}$詍下云：「《說文》：『詍詍，多言也。』野王案：《毛詩》『無然詍詍』是也。或爲呭字，在《口部》。」寫本《玉篇》先引《說文》，次以案語引出《毛詩》，則許書原文當無稱《詩》語。據寫本《玉篇》，許書原文當作「詍詍，多言也」。

（訾）　不思稱意也。从言，此聲。《詩》曰：「翕翕訿訿。」

濤案：《一切經音義》卷七引「訾，量也，思也」，卷十二、卷十八引皆「訾，思也」，卷十三引「思稱意曰訾，訾，思也」，卷二十引「訾，思稱意也」，葢古本無「不」字。《國語・齊語》、《列子・說符》注皆云：「訾，量也。」《禮記・少儀》注云：「訾，思也。」正與許合。「思也」上當有「一曰」二字。

又案：《詩・少旻》傳曰：「訿訿然思不稱其上。」今本葢據此而改，然曰「不思稱意」則語不詞矣。桂大令曰：「本書當作『思不稱意也』，……《音義》引本書當爲『思不稱意曰訾』。」

魁案：《古本考》認爲許書原文無「不」字，是。《慧琳音義》卷二十八「訾計」條轉錄《玄應音義》，引《說文》云「訾量也，思也。」卷五十五「不訾」條轉錄引云：「思稱意曰訾，訾，思也。」卷三十四「訾量」條、卷七十五卷「不訾」條並轉錄引作「思稱意也」。卷七十三「訾哉」條、卷七十五「不訾」轉錄引作「訾，思也」。惟卷八十「難訾」條引《說文》云：「思不稱意也。」有「不」

〔註73〕當作詍。

字。唐寫本《玉篇・言部》17訾下引《說文》云：「思稱意也。」合諸引訂之，許書原文當作「思稱意也」。

（誻）　**語相反誻也。从言，遝聲。**

濤案：《六書故》引唐本《說文》曰：「言語相反〔註74〕也。」則今本「反」乃「及」字之誤，又妄增一「誻」字耳。《玉篇》：「誻，語諮，語相及。」正本《說文》，其爲「及」字無疑。

又案：陳徵君曰：「《辵部》遝，迨也。」迨即逮字，逮訓及，遝訓逮，遝爲「行相及」，則誻爲「語相及」無疑。

魁案：《古本考》認爲今本「反」字乃「及」字形誤，是。唐寫本《玉篇》18誻下云：「《說文》：誻，諮也。《字書》：誻諮，相及也。」黎本引「相」上補「語」字。張舜徽《約注》云：「唐寫本《玉篇》誻字下引《說文》：『誻，諮也。』又引《字書》：『誻諮，語相及也。』則『語相及也』之解，原出《字書》，非必《說文》舊義。然『目相及也』謂之眔，『行相及』謂之遝，誻字从言訓『語相及』自無可疑。」

（讗）　**言壯皃。一曰，數相怒也。从言，巂聲。讀若畫。**

濤案：《廣韻・十二齊》引「讗，自是也」，與今本兩解皆異，讗字經典罕用，《廣韻》所引疑一解之奪文。

魁案：唐寫本《玉篇》18讗下云：「《說文》：『言疾皃也，一曰相數讗也。』《字書》或爲嚄字，在《口部》也。」宋本《玉篇》卷五嚄下云：「或作讗，言疾皃。」此當存《玉篇》之舊，合兩書，許書原文之一訓當作「言疾皃也」。一曰之辭，未知孰是，姑存疑。

（誂）　**相呼誘也。从言，兆聲。**

濤案：《列子・力命篇》釋文引「誂，相誘也。」《文選・報任安書》注引「挑（即誂字之假借），相呼也」，皆節引非完文。《玉篇》引同今本可證。

魁案：唐寫本《玉篇》19誂下引《說文》與今二徐本同，許書原文當如此。《慧琳音義》卷三十五「謝誂」引《說文》云：「相呼也。」奪誘字。

〔註74〕據文意「反」當作「及」。

（誇）　譀也。从言，夸聲。

濤案：《文選·長楊賦》注引作「誇，誕也」。此因誕、誇、譀三字義相涉而誤，非古本如此。《篇》、《韻》皆不以「誕」詁「誇」。

魁案：唐寫本《玉篇》19誇下《說文》云：「譀也。」與今二徐本同，許書原文當如是。然《慧琳音義》卷六十「誇誕」條引《說文》云：「誇，亦誕也。」卷六十二「譁讃」下引《說文》云：「誇，誕也。從言夸聲。」慧琳書蓋以許書「譀」字訓「誕」而竄誤。

（誕）　詞誕也。从言，延聲。籀文誕省正。

濤案：《一切經音義》卷十七引「誕，大也」，葢古本如是。《爾雅·釋詁》、《詩》毛傳皆云：「誕，大也。」與許解合，今本義不可通。元應書「大也」下又有「不實也」三字，當是衍《說文》語。

魁案：《慧琳音義》卷七十四「謾誕」條轉錄《玄應音義》，引《說文》云：「謾，欺也，不信也。誕，大也，不實也。」今本《說文·言部》：「謾，欺也。」「不信也」非出許書。《音義》引書，每於《說文》之下援引他書之訓而不出書名。「誕」之訓「大」出《毛傳》《廣雅》，非出《說文》。《古本考》非是。

唐寫本《玉篇》20誕下引《說文》云：「調誕也。」黎本作「詷誕也」。曾忠華《玉篇零卷引說文考》云：「桂馥《說文解字義證》曰：『詞誕也者，當爲詷也。本書詷，譀也。』王筠從桂氏之說，於《說文句讀》釋曰：『桂氏曰：當作詷也。詷下云：一曰譀也。』『詷』，《說文》云：『一曰譀也。』『譀』，《說文》曰：『誕也。』是詷、譀、誕互訓也。則『詞』爲『詷』字之譌明矣。玉篇零卷『詷誕』乃複語也。」〔註75〕據此，羅本「調」字亦「詷」字之誤。《慧琳音義》卷六十二「譁誕」引《說文》云：「詭也。從言延聲。」亦非許書原文。

（讃）　中止也。从言，賁聲。《司馬法》曰：「師多則人讃讃止也。」

濤案：《文選·魏都賦》注引「讃」下有「列」字，乃涉賦語「襲偏裻以讃列」而衍，非古本如是也。

魁案：《古本考》是。今二徐本同，《韻會》卷二十所引亦同二徐，許書原

〔註75〕曾忠華《玉篇零卷引說文考》，臺灣商務印書館，1970年，第1頁。

文當如是。《玉篇》卷九、《類篇》卷七均作「中止也」，當本許書。

（譟）　擾也。从言，喿聲。

濤案：《一切經音義》卷二十二引「擾耳孔也」，蓋古本如是。卷二十引作「擾耳也」，乃傳寫奪一「孔」子〔註76〕。元應書卷二十二又引《蒼頡篇》曰：「聒，擾耳孔也。」「擾耳孔」自是古語，今本爲淺人妄刪。

魁案：《古本考》非是。《慧琳音義》卷四十八「諠譟」條轉錄《玄應音義》，引《說文》云：「譟，擾耳孔也。」卷七十五「譟讙」條轉錄引云：「擾耳也。」並沈濤所引。唐寫本《玉篇》$_{11}$譟下云：「《說文》：櫌（擾）也。《廣雅》：鳴也。《聲類》：群呼煩擾耳也。」寫本《玉篇》引《說文》與今二徐本同，許書原文當如是。下又引《廣雅》、《聲類》，是「擾耳」之訓出《聲類》，非許書之義。《慧琳音義》卷四十八「諠譟」條、卷七十五「譟讙」條所引不足據。合訂之，今二徐本不誤，許書原文如是。

（讙）　譁也。从言，雚聲。

濤案：《一切經音義》卷二十引作「讙，讙呼也」，蓋古本如是。讙呼即譁，今本義雖得通而非許書眞面目矣。

魁案：《古本考》非是。《慧琳音義》卷八十「諠譁」條：「《說文》正從雚作讙，與諠義同。」卷八十一「讙嚻」：「《說文》：諠，譁也。」本部譁下云：「讙也。」二字互訓。則今二徐本不誤，許書原文如是。《慧琳音義》卷七十五「譟讙」轉錄《玄應音義》，引同沈濤所引。

（謬）　狂者之妄言也。从言，翏聲。

濤案：《一切經音義》卷二十引作「托者之言也」，乃傳寫奪誤，非古本如是。

魁案：《古本考》是。唐寫本《玉篇》$_{223}$謬下引《說文》與今二徐本同，又《慧琳音義》卷六「迷謬」條、卷四十三「過謬」引《說文》並同二徐本，則許書原文當如是。《慧琳音義》卷七「謬誤」條所引奪「妄」字，卷四十「謬忘」條、卷六十九「錯謬」條、卷八十一「譌謬」條所引皆誤「妄」爲「志」。

〔註76〕「子」當作「字」。

卷九十一「紕謬」引《說文》作「妄語也」，乃節引。

（謈）　大呼自勉也。从言，暴省聲。

濤案：《廣韻·四覺》引「勉」字作「冤」，葢古本如是。《漢書·東方朔傳》：「舍人不勝痛呼謈。」注曰：「謈，自冤痛之聲也。」則今本作「勉」者誤。《爾雅·釋訓》釋文引亦作「自冤」，而「大呼」下衍一「也」字。

魁案：《古本考》認爲「勉」字當作「冤」，是。唐寫本《玉篇》[22]謈下引《說文》云：「大嘑也，自冤也。」「嘑」下《段注》云：「《大雅》：『式號式呼』以及諸書云叫呼者，其字皆當作嘑，不當用外息之字。」王筠《句讀》曰：「呼吸之呼，評召之評，多與嘑相亂。《号部》：『號，呼也』當作『嘑也』。」段、王所說是也。許書原文當如寫本《玉篇》所引。

（讋）　失气言。一曰，不止也。从言，龖省聲。傅毅讀若慴。 籀文讋不省。

濤案：《文選·東都賦》注、《史記·項羽本紀》索隱、《一切經音義》卷十皆引「讋，失氣也」，卷十九引「讋，失氣也，讋，怖也，一曰言不止也」，葢古本如是。「一曰不止也」語頗不詞，據玄應所引則古本「言」字在「一曰」以下，今本傳寫誤倒，又奪「怖也」一訓耳。《玉篇》亦云：「言不止也」，當本許書。

又案：《晉書音義》卷二「慴」作「摺」，乃傳寫有誤。

魁案：《古本考》認爲「言」字在「一曰」以下，是。唐寫本《玉篇》[23]讋下引《說文》云：「失氣也。一曰言不止也。」《慧琳音義》卷五十六「膽讋」條轉錄《玄應音義》，引同卷十九沈濤所引。卷九十九「氣讋」條引《說文》作「失氣而言也」，乃節引，非完文。許書原文當如唐本《玉篇》所引。《古本考》認爲今本奪「怖也」一訓，當非是。《音義》所引當是他書之訓冠以《說文》之名。

（謵）　言謵也。从言，習聲。

濤案：《一切經音義》卷二十引「謵讋也」，是傳寫奪誤，非古本如是。《玉篇》云：「謵讋言不正也。」可見「讋言」二字連文，據此則讋字注「言不止也」

疑爲「言不正」之誤。

魁案：《古本考》認爲《玄應音義》傳寫有奪誤，非是。唐寫本《玉篇》13 謵下云：「《說文》：謵讋也。《聲類》：謵讋，言不止。」《慧琳音義》卷三十三「慕習」轉錄《玄應音義》，引《說文》同沈濤所引。合訂之，許書原文當如唐本《玉篇》所引。

（訩）　說也。从言，匈聲。或省。訩或从兇。

濤案：《六書故》引唐本《說文》作「訟也」，《篇》、《韻》亦云「訩，訟也」，則是今本作「說」者乃二徐妄改矣。《爾雅・釋言》：「訩，訟也。」《詩・小雅・魯頌》傳箋皆曰：「訟也。」古無以訩訓爲說者。

魁案：《古本考》是。「說」當「訟」字形誤。

（訟）　爭也。从言，公。一曰，謌訟。古文訟。

濤案：《汗簡》卷上之一引《說文》訟字作，蓋古本篆體如此，今本恐誤。

（訶）　大言而怒也。从言，可聲。

濤案：《文選・曹子建〈與楊德祖書〉》注引無「而怒」二字，當是崇賢節引，非古本如是。

魁案：《古本考》是。唐寫本《玉篇》226 訶下引《說文》與今二徐本同。《慧琳音義》卷四十五「譏訶」條、卷五十五「訶譴」條並引同今二徐本，則今二徐本不誤，許書原文如是。卷四十一「訶罵」引作「怒也」，乃節引。

（訐）　面相斥罪，相告訐也。从言，干聲。

濤案：《文選・三都賦》注引「訐，面相斥罪也」，無「相告訐」三字，《西征賦》注引同，蓋古本如此。「面相斥罪」即「相告訐」之意，今本衍〔註 77〕此字，語意重複矣。《論語・衛靈公》釋文引「面相斥」，乃傳寫奪一「罪」字。

魁案：唐寫本《玉篇》25 訐下引《說文》：「面相庐罪相櫱訐。」《慧琳音義》

〔註 77〕刻本作「術」，今據《校勘記》正之。

卷四十二「訐露」條引作「面相厈罪，相訐也」。「面相厈罪」語義明確，當是一義。餘三字，三引各異，姑存疑。

（譙）　嬈譊也。从言，焦聲。讀若嚼。古文譙从肖。《周書》曰：「亦未敢誚公。」

濤案：《史記・朝鮮傳》索隱引「譙，讓也」，葢古本如是。嬈、譊二字從無連文者，《方言》訓「譙」爲「讓」，正許君所引，今本之誤顯然。

魁案：《古本考》認爲當作「讓也」，非是。《慧琳音義》卷「嘲誚」條，卷五、卷六與卷七「輕誚」條俱引《說文》云：「嬈也。或作譙。」卷四十「嗤誚」條：「《說文》：嬈也。從言肖聲。或作譙。」卷六十一「譏誚」條：「《聲類》：或作譙。《說文》：嬈也。從言焦聲。」據諸引是許書原文當作「嬈也」。

（誶）　讓也。从言，卒聲。《國語》曰：「誶申胥。」

濤案：《列子・力命篇》釋文引「誶，責讓也」，是古本多一「責」字，今本《吳語》作訙，注曰：「訙，告讓也。」告讓即責讓之意，六朝書體卒字作卆，故「誶」字傳寫每誤作「訊」。《詩・墓門歌》：「以訙之。」釋文云：「本又作誶，記予不顧。」《楚辭章句》引作「誶予不顧」可證。

魁案：《古本考》認爲許書原文當作「責讓也」，非是。唐寫本《玉篇》27訊下引《說文》云：「訊，讓。《國語》：『吳王訊申胥』是也。」寫本《玉篇》「訊」當「誶」字形誤。又奪一「也」字。今二徐本同，許書原文當如是。

（詭）　責也。从言，危聲。

濤案：《御覽》四百九十四人事部引「詭，責也。又横射物爲詭」。葢古本有「一曰横射物爲詭」七字。《孟子》趙注：「横而射之曰詭遇。」正本許書。

又案：《文選・西京賦》注引「詭，違也」，《海賦》注、《繁伯休與魏文帝牋》注、《沈休文〈謝靈運傳論〉》注、《陸士衡〈辨亡論〉》注皆引「詭，變也」。《孔文舉〈薦禰衡表〉》注引「詭，責也。」三引不同，當是古本尚有「違」、「變」二訓，今本爲後人妄刪耳。

魁案：《古本考》非是。唐寫本《玉篇》229詭下引《說文》：「詭，責。」《慧琳音義》卷八「詭言」條，卷十三、卷六十六、卷六十七「詭詐」條，卷六十二「詭誑」條，卷六十八「詭誑」條、卷八十「卓詭」條、卷八十九「詭滑」條、卷一百「所詭」所引《説文》俱作「責也」。卷八十五「譎詭」引作「亦責也」。皆云今二徐本同，許書原文如是。

（診）　視也。从言，㐱聲。

濤案：此條當依《後漢書》注所引，已見前「謦」字條下。《一切經音義》卷二引作「視之也」，此誤衍「之」字，非古本如此。

魁案：《古本考》是。唐寫本《玉篇》[30]引《説文》同今二徐本，《慧琳音義》卷二十五「診之」條引《説文》亦同今二徐本，許書原文如是。

（誅）　討也。从言，朱聲。

濤案：《一切經音義》卷二十三引「誅，討也，亦責也」，疑古本有「一曰責也」四字。

魁案：《古本考》非是。唐寫本《玉篇》[31]誅下引《説文》云：「誅，討。」脱也字。許書原文當只此一訓，今二徐本同，許書原文如是。「責也」一訓當是《音義》引他書之訓而冠以許書之名。《慧琳音義》卷五十「誅國」條轉録《玄應音義》，引同沈濤所引。

（諳）　悉也。从言，音聲。

濤案：《一切經音義》卷二十云：「喑，《説文》作諳，於禁反，大聲也。」葢古本如此，乃喑啞正字。《史記》假「兒泣不止」字爲之「諳」之訓，悉乃引申之義。今本爲淺人妄改矣。

魁案：《古本考》是。《慧琳音義》卷七十六「喑啞」轉録《慧琳音義》，引同沈濤所引。唐寫本《玉篇》[42]諳下引《説文》云：「大聲也。或爲喑字。」合訂之，許書原文當作「大聲也」，今二徐本並誤。

（謚）　行之迹也。从言、兮、皿。闕。

（諡）　笑皃。从言，益聲。

濤案：《五經文字》中云：「謚，諡，嘗利反，上《説文》，下《字林》。以謚爲笑聲，音呼益反，今用上字。」《一切經音義》卷十三引《説文》：「謚，行之迹也。从言，益聲。」戴侗《六書故》曰：「唐本《說文》無諡字，但有謚，行之迹也。《字林》謚从盆（當作从兪）。」《廣韻・六至》諡字注引《說文》作謚。是唐以前本《說文》皆有有謚無諡，其以謚爲「笑聲者」乃《字林》，非《說文》。大徐別撰从言从兮从皿之字，而以「行迹」之本字反用呂忱之解以改許書，可謂無知妄作矣。《藝文類聚》四十禮部引「謚，說行之迹也」，「說」字當是傳寫誤衍。嚴孝廉曰：「謚即謚之行艸，校者以行艸爲篆體，因改說解之『从益爲兮皿』，闕。」

又案：《藝文類聚》四十禮部引「謚者說行之迹也」，「說」字當是傳寫誤衍，「者」字乃虞氏所足。

魁案：《古本考》可從。《慧琳音義》卷五十七「謚比」條轉錄《玄應音義》，引同沈濤所引。

（詬） **謑詬，恥也。从言，后聲。詬或从句。**

濤案：《文選・干令升〈晉紀總論〉》注、劉孝標《辨命論》注兩引「詬，恥也」，葢古本如是。謑、詬二字皆訓爲「恥」，不必連文方訓爲「恥也」。若如今本則當云：「謑詬，恥也，詬，謑詬也」，方合許書之例。

（諜） **軍中反閒也。从言，枼聲。**

濤案：《文選・吳都賦》注引「諜，記也」，葢古本有「一曰記也」四字。

又案：《莊子・列御寇》釋文引「諜，閒也」，乃古書節引之例，非元朗所據本如是。

魁案：《左傳・桓公十二年》：「使伯嘉諜之。」《成公十六年》：「諜輅之。」正義並引《說文》云：「軍中反閒。」與今二徐本同，許書原文當如此。

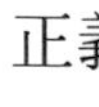（譯） **傳譯四夷之言者。从言，睪聲。**

濤案：《文選・司馬長卿〈喻蜀檄〉》注引「譯，傳也。傳四夷之語也。」葢古本如是。《後漢書・和帝紀》注引「譯，傳四夷之語也」，《文選・東京賦》注引「譯，傳四夷之語者」，是古本「傳」下總無「譯」字，許君以「傳」釋「譯」，不得更言「譯」也。「者」下當有「也」字。章懷、崇賢兩引皆有所節。《魏都賦》注引「四夷」作「四方」，葢傳寫之誤。

魁案：唐寫本《玉篇》34譯下引《說文》云：「傳四夷之語也。」與《選》注、《後漢書》注引同，許書原文當如是。今本「言」字當作「語」。《慧琳音義》卷八十三「譯粹」引曰：「譯，四夷之言者也。」卷八十五「鞮譯」條引曰：「《說文》：譯，傳四夷之言也。」皆非許書之舊。

補 

濤案：《左氏》莊十四年傳：「繩息嬀以語楚子。」注云：「繩，譽也。」釋文云：「繩，《說文》作譝。」是古本有「譝」篆，並有偁經語，今奪。正義曰：「《字書》繩作譝，从言，訓爲譽。」

補 

濤案：本書《彳部》「徲，使也。从彳謣聲」，則《言部》有謣字，《玉篇》「謣，言也。」

補 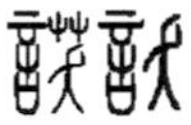

濤案：《玉篇》：「䛒，《說文》訞，同。訞，災也。又巧言貌。」是古本有訞篆，重文作訞。

音部

（竟）　**樂曲盡爲竟。从音，从儿。**

濤案：《九經字樣》：「竟，樂曲終也。」是古本作「終」不作「盡」。《六書故》亦引作「終」。

魁案：《古本考》非是。唐寫本《玉篇》260竟下引《說文》云：「樂曲竟也。」許書說解有不避同字之例，如《糸部》：「紡，紡絲也。」《段注》云：「凡不必以他字爲訓者其例如此。」寫本《玉篇》所引當是許書之舊。

辛部

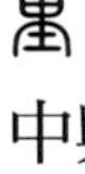（童）　**男有辠曰奴，奴曰童，女曰妾。从䇂，重省聲。****籀文童，中與中同，从廿。廿，以爲古文疾字。**

濤案：《一切經音義》卷六引作「男有罪爲奴曰童」，蓋古本如是。童、妾

皆有罪爲奴之偁，以男女而分之。今本誤「爲」爲「曰」，又衍「奴」字，誤。《玉篇》亦云:「男有罪爲奴曰童」，當本許書。《九經字樣》引「男有罪曰童」，乃節去「爲奴」二字，總不得如今本所云也。古僮僕字作童，僮冠字作僮，後人傳寫互易，元應書作「僮」乃用當時通用字。

魁案:《古本考》是。《慧琳音義》卷二十七「僮」字條引《說文》云「男有罪爲奴曰僮。」又《慧琳音義》卷七十「儒童」條引《說文》云:「童。幼也。謂幼少也。」「幼也」一訓當是後起義，蓋《音義》竄誤，非許書之辭。

廾部

（廾）　**竦手也。从𠂇，从又。凡廾之屬皆从廾。揚雄說，廾从兩手。**

濤案:《一切經音義》卷二引作「拱手」。蓋古本亦有如是作者，義得兩通。卷三又引「收兩手共持也」，疑重文「兩手」下古本尚有「共持也」三字。

魁案:《古本考》可備一說。《慧琳音義》卷六十「舂擣」條引《說文》云:「擣粟也。從廾，廾音拱，拱手也。」今二徐本同。

（兵）　**械也。从廾持斤并力之皃。古文兵，从人、廾、干。籒文。**

濤案:《玉篇》引作「从斤，斤，兵也」，蓋今本奪「斤兵也」三字，顧氏又奪「廾持」二字耳。

魁案:《古本考》非是。《慧琳音義》卷六「兵戈」條引《說文》云:「兵，械也。從廾，（廾音拱）持斤刃也。」與今二徐本殆同，可見二徐不誤，許書原文如是。

（弈）　**圍棊也。从廾，亦聲。《論語》曰:「不有博弈者乎！」**

濤案:《一切經音義》卷八云:「《說文》、《方言》: 自關而東，齊魯之間皆謂圍棊爲弈。」是古本此解作「自關而東，齊魯之間謂圍棋爲弈」，今本乃淺人妄節耳。許書用《方言》爲解者甚多，此即其一。

魁案:《慧琳音義》卷二十八「博弈」條轉錄《玄應音義》，云:「古文簙，同。補各反。《世本》云: 烏曹作簙。《說文》: 博，局戲也。六箸十二棊也。《方言》：自關而東，齊魯之間皆謂圍碁爲弈之也。」《慧琳音義》「博弈」詞條或有止引《方言》者，或有引《方言》而不出書名者，難於確定是《音義》引《方言》抑或《說文》引《方言》。竊以爲許書誠有引《方言》者，然不必字字全錄，今二徐本同，當是許書原文。

（具）　共置也。从廾，从貝省。古以貝爲貨。

濤案：《玉篇》引說解同，而字在《目部》，豈希馮所見本从目不从貝省耶？然从目無義。《廾部》亦載之，恐《目部》乃孫強輩妄增。

舁部

（興）　起也。从舁，从同。同二力也。

濤案：《文選‧關中詩》、顏延年《和謝靈運詩》注引「興，悅也」，乃古本〔註78〕一曰以下之奪文。《女部》有嬹篆，亦訓爲悅，葢字从興聲，故可同訓。不得疑《選》注所引爲彼字解也。

魁案：《慧琳音義》卷十二「興澍」條引《說文》云：「起也。」與今二徐本同，許書原文當如是。《古本考》非是。

晨部

（農）　耕也。从晨，囟聲。籀文農从林。古文農。亦古文農。

濤案：《一切經音義》卷十引「農，耕人也」，葢古本如此，今本奪「人」字耳。《莊子‧讓王篇》「石戶之農」釋文引李注云：「農，耕人也。」與此解同，葢古訓如此。「人」當作「民」，避唐諱改，《音義》卷二十四引同今本，乃後人據今本改。

魁案：《古本考》非是。《慧琳音義》卷四十五「農賨」條、卷七十「農夫」條轉錄《玄應音義》，並引《說文》云：「耕也。」與今二徐本同，許書原文當如是。

〔註78〕「本」字刻本原缺，今補。

爨部

（爨）　齊謂之炊爨。象持甑，冂爲竈口，廾推林內火。凡爨之屬皆从爨。籀文爨省。

濤案：《一切經音義》卷十七云：《三蒼》：「爨，炊也。字从臼持缶。缶，甑也。冂〔註79〕爲竈口，廾以推柴內火字意也。」此雖不引《說文》而「字从」以下數語皆本許書。今本已爲二徐節刪，又誤「柴」爲「林」，皆非是。此从兩木爲柴形，非从林也。

魁案：《慧琳音義》卷四十二「炊爨」條引《說文》云：「齊謂之炊爨也。從臼象持甑，巾象甑，冖象竈口，拱推薪內火也。」似今本《說文》有脫文。卷四十四「執爨」節引作「齊謂之炊爨」。

〔註79〕「冂」字刻本作「同」，今改。

《說文古本考》第三卷下　嘉興沈濤纂

革部

革（革）　獸皮治去其毛，革更之。象古文革之形。凡革之屬皆从革。古文革从三十，三十年為一世，而道更也，臼聲。

濤案：《一切經音義》卷十四引「獸去毛曰革。革，更也。獸皮治去毛，變更之，故以爲革字也。革者，更也。字三十从口，口爲國邑，國三十年而法更別，取別異之意也。口音韋。」葢古本如是。「口音韋」三字乃音隱之語。又卷十七引「獸去毛曰革。言治去毛，變更之也，故从三十从口。口爲國邑，國三十年而法更別，取別意之意也。曰韋也。」「曰韋也」乃口音之誤，今本誤奪，致不可通。

又案：元應書卷十八《音義》云：「革，更也。謂獸皮治去，變更之也。字从三十从口，口爲國邑，國三十年而法更別，取別異之意。口音韋。」卷二十二《音義》云：「革，更也。字从三十从口，口爲國邑，國三十年而法更別，取別異之意也。口音韋也。」皆與卷十四、卷十七大旨相同，而不言《說文》，乃傳寫偶奪耳。

又案：《左氏》隱五年傳正義引「革，獸皮治去其毛。革更之。」《詩・羔羊》正義、《周禮・司裘》疏引「獸皮治去其毛曰革。革，更也。」此乃孔、賈櫽括節引。「革，更之」猶言變更之，「之」下卻無「象」字，可見所據之本亦與今本不同矣。

魁案：《慧琳音義》卷三十六「革屣」條：「上革字。《說文》云：獸皮治去毛。革更之也。古文革字從三十。凡三十年爲一世而道更革易也。從臼，今從省作革。」卷五十九「皮革」條轉錄《玄應音義》，引《說文》云：「獸去毛曰革。革更也。獸皮治去毛曰革，故以爲皮革字也。革者，更也。字從三十從口，（口）爲國邑也。國三十年而法更，別取別異之意也。」卷七十四「不革」條轉錄《玄應音義》，與沈濤引《玄應音義》卷十七同。以上諸引大旨相同，竊以爲卷三十六所引較近於許書原文。卷四十一「革鞔」節引《說文》作「革，獸皮也」。又，《希麟音義》卷九「革屣」條引《說文》云：「三十年一世可更革也，故從三十、口。口即國也。」亦節引。

（鞹）　去毛皮也，《論語》曰：「虎豹之鞹。」从革，郭聲。

濤案：《詩・載驅》、《韓奕》正義皆引「鞹，革也」，葢古本如是。部首云：「革，獸皮治去其毛。」訓革義即明了，不勞複出矣。

（鞮）　革履也。从革，是聲。

濤案：《周禮・鞮履氏》釋文云：「鞮，許慎云：『屨也。』呂忱云：『革屨也。』」《一切經音義》卷十七引「鞮，韋履也。」竊意鞮字从革，不應單訓爲屨，疑元朗所引「屨也」亦「韋履也」傳寫之誤。韋、革同物，呂氏「革屨」之訓即本《說文》。又元應書卷十四、《文選・長門賦》注、《御覽》六百九十八服章部引同今本，葢古本亦有如是作者。《初學記》二十六服食部引作「草履」，亦「革履」傳寫之誤。

魁案：《慧琳音義》卷六十七「作屣」條轉錄《玄應音義》，條下引《說文》同卷十七沈濤所引。卷八十五「鞮譯」條引同今本。合沈濤所引，今二徐本當不誤，許書原文如是。

（鞀）　鞀遼也。从革，召聲。鞀或从兆，鞀或从鼓从兆。籒文鞀从殸召。

濤案：《爾雅・釋樂》釋文引作「遼也」。葢古本如是，今本「鞀」字衍。《韻會・四豪》引同，則小徐本尚不誤也。

魁案：《古本考》非是。王筠《句讀》曰：「《韻會》引『遼也』，無鞀字，非也。《眾經音義》：『鞉，山東謂之鞉牢。』《白帖》引《樂錄》：『鼗，《爾雅》曰：小者曰料，今人併而言之矣。』併而言之是鼗料也。遼牢疊韻，遼料同音。許亦併而言之，葢漢時口語固然。」筠說是也。今二徐本同，許書原文如是。

（靶）　轡革也。从革，巴聲。

濤案：《一切經音義》卷十九引作「轡飾」，葢古本如是。《爾雅・釋器》釋文引《字林》云：「轡革也。」二徐葢以《字林》改解《說文》耳。

魁案：《慧琳音義》卷五十六「璃杷」條轉錄《玄應音義》，云：「經文作靶，《說文》：轡飾也。」與沈濤引同。卷八十四「迴靶」條：「《說文》：轡革也。」

與今二徐本同，許書原文當如是。《希麟音義》卷五「劎把」條：「經文作靶。《說文》：轡飾也。」蓋本《玄應音義》。

䩞（䩞） 著掖鞥也。从革，顯聲。

濤案：《左傳》僖二十八年釋文、正義皆引作「著掖皮也」，葢古本如是。《史記》《禮書》「鮫韅」，《集解》引徐廣曰：「韅者當馬腋之。」正與許〔註80〕合，則知今本作鞥者誤。

靷（靷） 引軸也。从革，引聲。䩛籀文靷。

濤案：《荀子・禮論》注引作「所以引軸也」，葢古本如是。今本奪「所以」二字。《左氏》僖二十八年傳釋文、《一切經音義》卷一引「靷，軸也」，乃傳寫誤奪，《左氏》正義兩引皆有「引」字可證。

魁案：《古本考》非是。哀公二年《左傳》：「我兩靷將絕，吾能止之。」正義曰：「古之駕四馬者，服馬夾轅，其頸負軛，兩驂在旁挽靷助之。《詩》所謂『陰靷鋈續』是也。《說文》云：『靷，引軸也。』」是《正義》引同今二徐本，則楊倞所引「所以」二字必爲增飾之辭。今二徐本不誤，許書原文如是。

勒（勒） 馬頭絡銜也。从革，力聲。

濤案：《華嚴經音義》下引曰：「勒謂馬頭鑣銜也。」葢古本不作「絡」。《金部》：「銜，馬勒口中也；鑣，馬銜也。」三字互訓，則作「鑣」爲是。古本當云：「勒，馬頭鑣銜也。」謂字乃慧苑所足。《一切經音義》卷十四、卷十五引同今本（十四卷「也」作「者」），是古本亦有如是作者，義得兩通。

魁案：《慧琳音義》卷八「轡勒」條引《說文》云：「馬頭絡鑣銜也。」較今二徐本多一「鑣」字。《慧琳音義》卷二十三「轡勒」條轉錄《慧苑音義》，引《說文》同沈濤所引。卷七十四「羈勒」條引《說文》作「馬鑣銜也」，亦有「鑣」字。卷五十八「髁肋」條轉錄《玄應音義》，云：「律文從革作勒。《說文》：馬頭絡銜者也。」卷五十九「脅肋」條亦轉錄《玄應音義》，云：「律文作勒。《說文》：馬頭絡銜者。」所引同今二徐本，正如沈濤所言。竊以爲《玄應音義》成書早於《慧苑音義》《慧琳音義》，所引與今二徐本同，許書原文當如是。

〔註80〕刻本重一「許」字，今刪。

（鞭）　驅也。从革，便聲。古文鞭。

濤案：《初學記》卷二十二武部引作「驅遲也」，葢古本如是，今本奪「遲」字。

魁案：《古本考》是。《慧琳音義》卷十三「鞭杖」條云：「《考聲》：擊也。《說文》：驅遲也。」與《初學記》引同。卷十五「鞭打」條、卷七十五「鞭笞」條並引作「驅馳也」，蓋「遲」、「馳」音近而誤。

又，卷十八「鞭撻」引《說文》云：「鞭，擊也。」「擊也」之訓非出許書，由卷十三並引《考聲》《說文》可知。卷四十一「鞭撻」條又引《說文》云：「馬策也。」亦是他書之訓而冠以許書之名，上引卷七十五「鞭笞」條云：「顧野王：馬策曰鞭。策音楚革反。《說文》：驅馳也。」野王語與《說文》並舉，則「馬策」之訓非出許書可知。合訂之，許書原文當作「驅遲也」，今二徐本並奪「遲」字。

（鞅）　頸靼也。从革，央聲。

濤案：《左氏》僖二十八年傳釋文、正義皆引作「頸皮也」，葢古本如是。然《文選·謝元暉〈京洛在發詩〉》注、《一切經音義》卷三、卷六、《廣韻·三十六養》所引皆同今本，則今本義得兩通。

魁案：《古本考》認爲當作「頸皮也」，非是。《慧琳音義》卷六十八「鞦鞅」引《說文》云：頸相也。」「相」當「靼」字傳寫之誤。又，本部「韁，勒靼也」，「勒靼」與「頸靼」語例正同。合而訂之，今二徐本不誤，許書原文如是。

鬲部

（𩰫）　三足鍑也。一曰，滫米器也。从鬲，支聲。

濤案：《御覽》七百五十七器物部引「鍑」作「釜」，鍑如釜而口大，義得兩通。然《玉篇》亦云：「釜也」，則古本作「釜」，不作「鍑」矣。

魁案：《古本考》非是。今二徐本同，《類篇》卷八、《廣韻》卷三所引《說文》亦同二徐，許書原文當如是。本書《金部》「鍑，釜大口者」，則當是二字音同義近而誤。

（鬵）　大釜也。一曰，鼎大上小下若甑曰鬵。从鬲，兓聲。讀若岑。籀文鬵。

濤案：「大上小下」，《類聚》七十三雜器部引作「上大下小」，乃傳寫誤倒，義得兩通，而古人文法不如是也。

魁案：《古本考》是。今二徐本同，許書原文當如是。

（䰝）　鬵屬。从鬲，曾聲。

濤案：《一切經音義》卷十云：「䰝，籀文作⿲弓⿱曾鬲弓。」是古本䰝字有重文矣。䰝爲「鬵屬」，鬵字籀文从雙弓，此䰝字籀文亦从雙弓，正其例也。

魁案：《古本考》是。以上文「鬷，籀文鬵」例之，許書原文當有籀文⿲弓⿱曾鬲弓。

（鬳）　鬲屬。从鬲，虍聲。

濤案：《六書故》云：「唐本虔省聲，林罕亦曰：『虔省聲。』」是古本不作「虍聲」矣。大徐本音牛建切，小徐本音俱願切，皆與虔聲相近，則今本作「虍聲」者誤。

魁案：《古本考》是。錢坫《說文解字斠詮》云：「此字應从虔省聲爲是。」〔註 81〕錢說當是。

䰜部

（䰜）　歷也。古文亦鬲字。象孰飪五味气上出也。凡䰜之屬皆从䰜。

濤案：《九經字樣》無「飪」字，葢玄度所據本如此，義亦未通。

魁案：今二徐本同，許書原文如是。

（鬻）　⿰飠建也。从䰜，米聲。

濤案：《一切經音義》卷十三引作「粥，麋也」，粥即鬻字之別，麋乃糜字之誤。葢古本作「糜」不作「⿰飠建」。《米部》「糜，糝也，黃帝初教作糜。」《初

〔註 81〕錢坫《說文解字斠詮》，《續修四庫全書》（第 211 冊），上海古籍出版社，1995 年。

學記》、《藝文類聚》七十二食物部、《北堂書鈔》皆引《周書》曰：「黃帝始亨穀為粥。」則知糜、粥為一物。《釋名・釋飲食》曰：「糜，煮米使糜爛也。粥淖於糜，粥粥然也。」下文「鬻，𩜊也」，疑𩜊、鬻互訓，上文「𩜊」字解乃「鬻也」之誤。

又案：《龍龕手鑑》引作「稀飡也」，又與他書所引不同，當是所據本異，而亦不作「𩜊」。

又案：《玉篇》云：「《說文》又音糜。」《廣韻・一屋》云：「《說文》本音糜。」糜亦糜字之譌。大徐知之六切為俗音，不知作「𩜊之」亦為俗本也。《漢書・孝文紀》注師古曰：「鬻，淖糜也。」小顏訓解往往本於《說文》，是古本無作「𩜊」者。

魁案：《古本考》認為當作「糜」不作「𩜊」，是。《爾雅・釋言》：「鬻，糜也。」《慧琳音義》卷五十四」麥鬻」條轉錄《玄應音義》，云：「又作粥，同。《說文》：粥，糜也。」引《說文》同沈濤所引。卷六十二「歠粥」條引《說文》云：「粥，糜也。」卷九十二「饘粥」條云：「杜注《左傳》云：即糜也。《說文》亦同，糜也。」「粥」為「鬻」字之俗體，據諸引許書原文當作「糜也」，今二徐本並誤。

（䰞）　五味盉羹也。从䰜从羔。《詩》曰：「亦有和䰞。」䰞或省。或从美，䰜省。小篆从羔从美。

濤案：《初學記》卷二十六服食部引作「五味和也」，葢古本如是。「五味和」謂之羹，解中不應有「羹」字。《御覽》八百六十一飲食部引作「五味和粥也」，「粥」乃「䰞」字之誤，殆後人據今本《說文》改，此又傳寫誤「䰞」為「粥」耳。《初學記》所引又有「燒豕肉羹也」五字，當是庾氏注中語。《北堂書鈔》、《古唐類範》酒食部皆引作「五味之和」。

（鬻）　粉餅也。从䰜，耳聲。鬻或从食耳聲。

濤案：《後漢・酷吏樊曄傳》注引「餌，餅也」，乃章懷節引，非古本無「粉」字也。《御覽》八百六十飲食部、《廣韻・七志》引同今本可證。

魁案：《古本考》是。《慧琳音義》卷二十九「餌藥」條云：「《說文》從䰜作鬻，粉餅也。」《希麟音義》卷一「鉤餌」條、卷四「芳餌」條並引云：「粉餅也」。《慧琳音義》卷九十四「舥餌」條引《說文》云：「餌，即餅也。」乃有奪誤。合訂之，今二徐本不誤，許書原文如是。

（鬻）　**熬也。从䰜，芻聲。**

濤案：《爾雅・釋艸》釋文引「𤒫，火乾物也」，𤒫即鬻字之別體，所引豈古本一曰以下之奪文耶？然釋文又引《三蒼》「去熬也」，而《一切經音義》卷三、卷十四、十八所引皆同今本，則元朗書「《三蒼》、《說文》」四字傳寫誤倒耳。

魁案：《古本考》疑「火乾物」乃一曰以下奪文，非是。《慧琳音義》卷四十「𤒫之」條轉錄《玄應音義》，云：「《方言》云：𤒫，火乾也。《說文》作鬻，云：𤍽也。從䰜芻聲。」「鬻」即「鬻」字形誤。「𤍽」即「熬」字。據此「火乾」一訓非出許書可知。又卷五十九「自炒」條、卷七十三「煎炒」條並轉錄《玄應音義》，引《說文》同今二徐本，如《古本考》所言。則今二徐本不誤，許書原文當如是。

爪部

（孚）　**卵孚也。从爪，从子。一曰，信也。古文孚从禾，禾，古文保。**

濤案：《一切經音義》卷二引作「卵即孚也」，或云「孚，伏也」。「即」字乃傳寫誤衍，是古本尚有「伏也」一訓，今奪。

魁案：《古本考》認爲有「伏也」一訓，可備一說。《段注》云：「卵因伏而孚，學者因即呼伏爲孚。」

丮部

（谻）　**相踦谻也。从丮，谷聲。**

濤案：《史記・司馬相如傳》索隱引作「谻，勞也。燕人謂勞爲谻」（單行本無「爲」字），蓋古本如此，今本語不可解，當是二徐妄改，傳寫又有舛誤耳。《史記集解》引郭璞曰：「谻，疲極也。」《索隱》又引司馬彪云：「谻，倦也。」皆與許解相同。

又案：《人部》「㑴，徼㑴受屈也。从人，卻聲。」言《說文》皆以爲谻之正字，然《史記》、《漢書》相如傳及《文選·子虛賦》皆作「谻」，不作「㑴」。小徐於此字雖云「許氏全用相如《賦》語」，而於《丮部》又引相如《賦》「徼谻受屈」，則楚金所見《史》、《漢》、《文選》本亦皆作「谻」，不作「㑴」。且㑴字他書無見，惟《方言》云：「倂，倦也。」亦作倂，不作㑴。而蘇林《漢書注》云「卻音倦谻之谻」，正本《方言》，則《方言》本亦作谻。其作倂者，傳寫誤加人旁耳。且「徼谻受詘」云者，司馬彪曰：「徼谻受其倦者。」李善曰：「受屈取其力屈也。」顔師古曰：「言獸有倦極者，要而取之。力盡者，受而有之。」谻、詘各自爲義，許君即用相如此語，亦應先解倂字正義，然後明引相如說以證之。如《禾部》䆃字、《口部》嗙字之例，不應竟以「徼㑴受屈」四字訓釋㑴字，許書無此例也。《人部》㑴字疑二徐妄增。

又案：《心部》「㣘，勞也。从心，卻聲。」姚尚書（文田）以爲相如《賦》中谻之正字，然訓解雖與索隱所引合，而亦無「燕人謂勞爲㣘」之語，恐與谻字同訓而非長卿所用之字也。

魁案：《古本考》非是。谻之本訓當非「勞也」。桂馥曰：「『《集韻》：谻，足相踦皃。』馥謂踦谻者，足倦相倚也。」桂馥當是。本部「丮，持也。」本書《足部》：「踦，一足也。」由「足倦相倚」引申而有「倦勞」之義。

（𠃨）　**拖持也。从反丮。闕。**

濤案：《玉篇》引作「持也」，葢古本如是。此與《爪部》「爪亦丮也」同例，今本「拖持」無義。

魁案：《古本考》是。小徐本作「亦持也」，當是許書原文，大徐當衍「拖」字。

鬥部

（鬥）　**兩士相對，兵杖在後，象相鬥之形。凡鬥之屬皆从鬥。**

濤案：《廣韻·五侯》引「杖」作「仗」，《九經字樣》亦作「仗」，是古本不作「杖」也。

魁案：《古本考》是。《慧琳音義》卷四十四「鬪諍」條云：「《說文》兩士相對，兵仗其後，象形欲相鬥也。從丮𠃨相對爲鬥。」卷八十四「相鬭」條云：

「《蒼頡篇》云：門（鬥），爭也。《說文》云：兩士相對，兵仗在後。」文字稍異，均作仗。今小徐本亦作「仗」，合訂之，許書原文當作「兩士相對，兵仗在後，象鬥之形」。

又部

（㕞）　拭也。从又持巾在尸下。

濤案：《五經文字》作「㕞，飾也」，是古本不作「拭」。《巾部》「飾，㕞也」，㕞、飾互訓。

魁案：《古本考》非是。《慧琳音義》卷四十「洒㕞」、卷七十九「洒㕞」皆引《說文》與今二徐本同，許書原文如是。許書用蓋借字。

（叔）　拾也。从又，尗聲。汝南名收芋為叔。叔或从寸。

濤案：《詩・七月》正義曰：「《說文》云：『叔，拾也。』亦爲叔伯之字。」是古本《說文》必有一解而爲二徐刪之矣。

魁案：《古本考》非是。「亦爲叔伯之字」乃引者續申之辭，今二徐本同，許書原文如是。

（彗）　掃竹也。从又持甡。彗或从竹。古文彗从竹从習。

濤案：《一切經音義》卷十五引「掃竹，所以用掃者也」，「所以用掃」云云疑庾氏注中語。

魁案：《古本考》是。《慧琳音義》卷六十二「掃篲」條、卷七十八「掃篲」引《說文》並同今大徐本，小徐本「掃」字作「埽」，同。今二徐本不誤。卷九十「彗孛」條引奪竹字。卷五十八「掃篲」條轉錄《玄應音義》，引同沈濤所引。

（友）　同志爲友。从二又相交。友也。古文友。亦古文友。

濤案：《御覽》四百六人事部引「友，愛也，同志爲友」，是今本奪「愛也」二字。

又案：《五經文字》云：「友，《說文》从二又相交。」則此解當讀「交」字句絕，「友也」二字必「愛也」二字之誤，蓋古本作「同志爲友，从二又相交。

一曰愛也。」大徐誤以「二又」句絕，遂改「愛」爲「友」，以「相交友」連讀，妄刪「一曰」二字，誤矣（小徐本無「友也」二字，亦誤）。

又案：《一切經音義》卷八、卷十四引「友，同志也」，當是元應櫽括其詞，非古本如是。卷二十五引「同門曰朋，同志曰友」，是古本有「同門曰朋」四字。

魁案：《古本考》可從。《慧琳音義》卷七十一「朋友」條轉錄《玄應音義》，引《說文》同沈濤所引。以《言部》「直言曰言，論難曰語」例之，許書原文應有「同門曰朋」一語。《慧琳音義》卷二十八「友而」條、卷五十九「親厚」條轉錄《玄應音義》，並引《說文》云：「友，同志也。」同沈濤所引。

補欳

濤案：本書《艸部》「蒯，从艸。欳聲」，《目部》「瞶或从欳」，《邑部》「𨛢，从蒯省」，是古本有欳篆，今奪。《玉篇》：「欳欳息也，苦壞切。」《廣韻·十六怪》：「欳，太息，苦怪切。」《音義》當如《篇》、《韻》所列。

史部

事（事）　職也。从史，之省聲。㕝古文事。

濤案：《汗簡》卷上之一引《說文》事字作㕝，蓋古本古文篆體不作𠭖也。叓字見《又部》，郭氏以爲「使」字，出《義雲切韻》。

又案：《繫傳》臣鍇曰：「此則之字不省也」，是小徐本所據本古文事字从㞢从叓，與《汗簡》同。

聿部

肄（肄）　習也。从聿，㣇聲。𦘔籀文肄。肆篆文肄。

濤案：《五經文字》下云：「𦘟𦘔肄，並弋二反，習也。上《說文》，中《字林》，下經典及《釋文》相承隸省。」是古本無𦘔篆，肄篆亦出《字林》。又《左傳》文四年正義引作「𦘟，从聿㣇聲」，蓋古本此字从聿从㣇爲正字，其从彖从隶者乃籀體。孔、張各舉其一，肄篆出《字林》，更非《說文》所有。二徐誤爲从彖，乃涉重文而誤。小徐音羊媚切〔註 82〕，大徐音羊至切，皆與豸聲相近，彖聲則甚遠矣。又據《字林》妄增肄篆，更誤。

又案：《玉篇》以「隸」爲篆文，「𨽾」爲籀文，又與今本《說文》不同，要當以孔、張所引爲正。

畫部

（畫）　界也。象田四界。聿，所以畫之。凡畫之屬皆从畫。古文畫省〔註 83〕。亦古文畫。

濤案：張彥遠《法書名畫記》引「畫，畛也。象田畛畔，所以畫也」，與今本不同。嚴孝廉曰：「行艸界字作畍，與畛形近。」然則彥遠所據與今同，傳寫誤爲「畛」耳。

魁案：《古本考》認爲張彥遠書傳寫致誤，是。《慧琳音義》卷六「綺畫」條引《說文》云：「畫，界也。象田四界。聿，所以畫之也。」所訓作「界也」，與今二徐本同，許書原文如是。《希麟音義》卷八「畫牆」條引《說文》云：「從聿田。四界，聿，所以畫也，一即地也。」乃節引，似許書原文尚有「從聿田，一，地也」六字。

隶部

（隸）　附著也。从隶，柰聲。篆文隸从古文之體。

濤案：《一切經音義》卷三云：「𨽻，附著也。字從米𣪠聲。古者𨽿人擇米以供祭祀，故从米也。」又卷一云：「隸，從米𣪠聲。」𣪠字從又從祟，《九經字樣》云：「案，《周禮》：女子入于舂槀，男子入于罪𨽿。」𨽿字故从又持米从柰聲，又象人手也，經典相承作「隸」已久，不可改正。桂大令曰：「案此二說謂『隸』、『𨽻』皆从米，唐本當如此，但不知何以屬《隶部》。案，《楊君石門頌》作𨽿，即《九經字樣》之說，《魯峻碑》作隸，即《一切經音義》之說。「出」變爲「士」，與賣作賣同，《楊淮碑》作叔，或古文與？」

〔註 82〕切語今補。

〔註 83〕「省」字今補。

魁案：《慧琳音義》卷六「僕𨽾」條引《說文》云：「附著也。正體作隸。」卷四十「僕𨽾」條引《說文》云：「附著也。從隶柰聲。篆文作隸。」訓釋與今二徐本同，許書原文如是。箸同著。

臤部

（臤）　**堅也。从又，臣聲。凡臤之屬皆从臤。讀若鏗鏘之鏗。古文以為賢字。**

濤案：《詩・卷阿》正義引云：「賢，堅也。以其人能堅正，然後可爲人臣，故字从臣。」「以其」以下疑《說文》注中語。

（豎）　**豎立也。从臤，豆聲。籀文豎从殳。**

濤案：《一切經音義》卷十六《毘尼母律》第五卷云：「燭樹或作豎，《說文》樹，立也。」〔註 84〕「樹」無「立」訓，葢元應引許書本作豎乃釋，注文「之」或作「也」，後人見標題「燭樹」，遂妄改爲樹，非古本如是。據此則古本此解不重「豎」字，今本亦誤。

魁案：《古本考》認爲不重「豎」字，非是。《慧琳音義》卷三十七「竦竪」條：「《說文》：竪立也。從臤豆作竪。」「竪」乃「豎」字俗體。卷六十一「豎匙」條引云：「豎立也。」卷二十「或豎」條引云：「亦豎立也。」《慧琳音義》引許書，或舉被釋字，或否。卷二十引作「亦豎立也」，「豎」下不可斷句，則許書原文當作「豎，豎立也」。今小徐本作「豎，堅立也」，「堅」字當「豎」字之誤。又《慧琳音義》卷四十「直豎」條：「《說文》：立也。」當奪「豎」字，非許書之訓作「立也」。

殳部

（豛）　**繇擊也。从殳，豆聲。古文祋如此。**

濤案：《玉篇》云：「豛，古文投。」則今本「祋」乃「投」之字誤。

魁案：《古本考》是。《慧琳音義》卷三「投趣」條云：「《說文》作豛，古投字也，遙擊也。」卷五「投趣」引《說文》云：「遙擊也。或作豛古字也。」

〔註 84〕據後文文意斷句。

卷十一「投竄」條：「《說文》作豉，遙擊也。」慧琳引《說文》繇作遙。《段注》曰：「《說文》無遙字，此即其遙字。」

（毆）　捶毄物也。从殳，區聲。

濤案：《一切經音義》卷二十二引作「擊也」，卷二十二引「毆，捶擊也」，葢古本無「物」字，今本葢涉上文「毃，椎擊物」而誤衍。元應書二十二卷所引亦奪「捶」字。

魁案：《古本考》認爲許書原文無「物」字，是。《慧琳音義》卷四十七「毆擊」條轉錄《玄應音義》，云：「《說文》：毆，棰擊也。」「棰」當作「捶」。卷六十二「拳毆」條云：「《說文》從殳作毆，云：捶擊也。」卷四十八「毆擊」條轉錄引云：「毆，擊也。」並同沈濤所引。卷八十四「毆之」條引云：「毆，擊也。」此四引，二引有「捶」，二引無，今二徐本有之，據此，許書原文當有。合訂之，許書原文當作「捶擊也」。

（毃）　擊頭也。从殳，高聲。

濤案：《文選・賈誼〈過秦論〉》注引「毃，擊也」，乃崇賢節引，非古本無「頭」字。《左傳》定二年釋文引同今本可證。

魁案：《古本考》是。《慧琳音義》卷四十六「敲門」條轉錄《玄應音義》，云：「横檛也。擊頭也。」誤毃、敲爲一字，合二字之訓爲釋，《古本考》於「敲」字下已有辨證。所引「横撾也」當是敲字之訓。《慧琳音義》卷一百「敲銅鈸」條：「《說文》云：敲，擊也。」此引奪「頭」字，當是「毃」字之訓。今二徐本同，許書原文如是。

（殿）　擊聲也。从殳，屍聲。

濤案：《御覽》一百七十五居處部引「殿，堂之高大者也」，葢古本如此。《初學記》居處部〔註85〕引《蒼頡篇》云：「殿，大堂也。」正與許合。《土部》「堂，殿也」，堂訓爲殿，殿訓爲堂，正許書互訓之例。經典堂殿字習見，而傳注中從無以「殿」爲「擊聲」者，今本之誤顯然。

〔註85〕「居處」二字刻本原缺，今補。

又案：《左氏》定二年傳：「奪之杖以敲之。」釋文云：「《說文》作敲，云：『擊頭也。』《字林》同，又一曰擊聲也。」然則「擊聲」乃敲之一訓，敲、殿二篆相次，必傳寫者誤竄于殿字之下，二徐不察，遂使敲字缺別解而殿字橫生異解矣。

（毅）　妄怒也。一曰，有決也。从殳，豙聲。

濤案：《一切經音義》卷九引「決」下有「之」字，乃傳寫誤衍，卷下引同今本可證。

又案：《一切經音義》卷二十二引「毅，果決也。殺敵爲果，致果爲毅也。」「果決」當爲「有決」傳寫之誤。是古本尚有「殺敵」以下八字。

魁案：《古本考》以爲「果決」當爲「有決」傳寫之誤，是。《慧琳音義》卷十七「對毅」條引云「毅，有決也」。認爲古本尚有「殺敵」云云，則非是。《慧琳音義》卷四十二「雄毅」條云：「《左傳》云：致果爲毅，毅威嚴不可犯也。《說文》：妄怒也。一云有決也。從殳豙聲。」卷四十六「猛毅」條轉錄《玄應音義》，云：「孔安國曰：殺敵爲果，致果爲毅。《說文》妄怒也。一曰有決也。」據此，「殺敵」云云非出許書可知。二引亦同今二徐本，許書原文如是。

几部

（𠘧）　新生羽而飛也。从几，从彡。

濤案：《玉篇》引無「而」字，蓋古本如此，今本誤衍。

魁案：《古本考》可備一說。今二徐本同。

寸部

（寸）　十分也。人手卻一寸，動衇，謂之寸口。从又一。凡寸之屬皆从寸。

濤案：《廣韻·二十六慁》引「度量衡以粟生之，十粟爲一分，十分爲一寸，十分〔註86〕爲一尺」，乃是引《說苑》語傳寫爲《說文》，非古本有此數語也。

〔註86〕檢《廣韻》「分」字作「寸」，刻本誤。

（尋）　**繹理也。从工、从口、从又、从寸。工、口，亂也。又、寸，分理之。彡聲。此與𤔔同意。度人之兩臂為尋，八尺〔註 87〕也。**

濤案：《六書故》云：「唐本不从口而从几。唐玄度、林罕云：『古文从寸，从尺。』」《九經字樣》云：「度人之兩臂爲𢒪，繹理也。从口，从工，从又寸，分理之，从彡聲。上《說文》，下隸省作尋者譌。」則唐本从几正玄度所云當時誤本耳。林罕書不可見，玄度並無「从尺」之說，更不知戴氏何見〔註 88〕所本也。

魁案：《慧琳音義》卷四「尋伺」條云：「《說文》作尋（𢒪）。尋，繹也，理也。從口從彡從工。口、工，亂也。上從又，下從寸。」末六字當非許書原文。卷六「尋伺」條引《說文》云：「繹也，理也。從又，（又，手也）。從彐（口）從工從寸。寸，分理之也。度人之兩臂曰尋。古文作𡬶。」此蓋許書原文，是許書本有古文𡬶字，今奪。戴侗引玄度、林罕云「古文从寸从尺」是也。卷八十「尋閱」條引作「尋，繹理也。從工口、工口，亂也。又寸分理之」，卷九十二「尋紬」引作「尋，繹理也。從几（口）工彐從寸分理之」，並有奪誤。

皮部

（皰）　**面生气也。从皮，包聲。**

濤案：《一切經音義》卷十四、卷十六、卷十八引作「面生熱氣也」，卷二十二引「面生熱氣曰皰」，是古本「生」下多一「熱」字。下文「皯，面黑氣也」，葢「面之熱氣爲皰」、「面之黑氣爲皯」，「熱」字不可少。元應書卷二、卷六、卷七、卷九、卷十七、卷二十二、卷二十四所引皆同今本，疑後人據今本改。

魁案：《古本考》是。《慧琳音義》所引《說文》甚豐，合《希麟音義》所引分述如下。(1)「面生氣也」：卷二十八「生皰」條、卷四十六「五皰」條、卷七十「後皰」條、卷七十三「骨皰」條皆轉錄《玄應音義》，與卷六「腫皰」條、卷十五「皰初生」條、卷二十五「創皰」條、卷三十七「瘡皰」條、卷四

〔註 87〕刻本作「八寸」，今正。

〔註 88〕據《校勘記》，「見」字當衍。

十「皰瘡」條、卷六十二「瘡疱」條俱引《說文》作「面生氣也」。(2)「面生熱氣」：卷四十八「一皰」條轉錄《玄應音義》，引作「面生熱氣曰皰也」。卷五十九「皰沸」條與卷七十三「牙皰」並轉錄《玄應音義》，引作「面生熱氣也」。(3)「面生熱瘡」：卷二「腫皰」條引作「面生熱瘡也」。卷十六「創皰」條引作「面生熱創也」，創當瘡字之誤。《希麟音義》卷六「疱癩」條作「面生熟瘡也」，熟當熱字之誤。(4)其他：《慧琳音義》卷三十五「瘡疱」條引作「面上熱氣細瘡也」，卷六十二「肉疱」條引作「面氣生瘡也」，卷七十五「五皰」條引作「身生熱細瘡也」，卷七十九「肉皰」條引作「肉中熱氣也」。由以上諸引可知，許書在唐時已多有譌誤，屬第一種情況的最多，綜合考查，當補「熱」字，許書原文蓋作「面生熱氣也」。

攴部

（啟）　**教也。从攴，启聲。《論語》曰：「不憤不啟。」**

濤案：《華嚴經》卷二《音義》引「啓，開也。」此口〔註89〕乃《口部》「启」字之訓，經典皆通用「啓」，慧苑以通用字易本字，非古本「教」字作「開」也。凡傳注訓開者皆爲启之假字，惟《論語·述而》篇乃啓迪正字，故許引以明之。又《華嚴經》卷二十一《音義》引《說文》云「啓，開也，教也」，是合啓、启爲一字。《論語》皇疏亦訓啓爲開，蓋六朝以後啓、启不分〔註90〕，啓行而启廢矣。

魁案：《古本考》是。啓之義當訓「教也」，許書稱經《論語》可證。後世或借啓爲启，或併二字之義。《慧琳音義》卷十「敷啓」引《說文》：「启，開也。」卷二十一「爲啓難思」條引《說文》曰：「啓，開也。」卷二十二「啓導」條引曰：「啓，開也。教也。」卷四十八「啓道」條引曰：「启，開也。」

（肇）　**擊也。从攴，肇省聲。**

濤案：《玉篇》：「肇，俗肈字。」《五經文字》：「肈作肇，譌。」蓋古本無「肇字」，《經典釋文》、《開成石經》肇皆从戈可證，今本乃後人妄竄。

〔註89〕疑「口」字衍。

〔註90〕刻本「分」作「兮」，今正。

魁案：《古本考》當是。《慧琳音義》卷八十三「肇生」引《說文》云：「始開也。或作肁，義亦同。」亦非肇字。

（敀）　**迮也。从攴，白聲。《周書》曰：「帝敀常任。」**

濤案：《史記・梁孝王世家》索隱引「迫，笮也」，迫即敀之假借字，葢古本作「笮」，不作「迮」。《竹部》：「笮，迫也。」亦敀之假。敀笮，笮敀正互訓之例。

魁案：《古本考》是。王筠《句讀》曰：「《說文韻譜》作『笮也。』蓋敀、迫，笮、迮皆以通聲相假借。」

（敷）　**𢻫也。从攴，尃聲。《周書》曰：「用敷遺後人。」**

濤案：《史記・建元以來侯者年表》索隱引「敷，讀如躍」，今本無「讀如躍」三字。然尃聲與躍甚遠，疑傳寫有誤，非古本如是。𢻫與施同讀，非即施字。《廣韻・十虞》竟引作「施」，亦誤。

（敞）　**平治高土，可以遠望也。从攴，尚聲。**

濤案：《一切經音義》卷十四引無「以」字，葢傳寫偶奪。

魁案：《古本考》是。《慧琳音義》卷六十「敞庳」條，卷七十七「宏敞」條，卷八十二「顯敞」條、「弘敞」條，卷九十九「敞恍」條皆引《說文》與今二徐本同，許書原文如是。卷二十四「夷敞」條引作「平野高土，可遠望也」，奪「以」字。卷五十九「敞露」條轉錄《玄應音義》，引《說文》「高土」誤作「高大」；卷八十三「顯敞」條作「治高土可遠望也」，奪「平」字；卷九十四「閑敞」條引作「平治高土曰敞也」，乃節引；卷九十一「敞軒」條引作「高處遠望也」，譌奪更甚。

（赦）　**置也。从攴，赤聲。赦或从亦。**

濤案：《一切經音義》卷五引「赦，寬免也」，是古本有「一曰寬免也」五字。置、赦互訓（《四部》「置，赦也」），《爾雅・釋詁》訓「赦」爲「舍」（即捨字之假借），捨之猶言置之不得，疑今本爲誤。《公羊》昭十八年傳云：「赦，止者，免止之罪辭也。」是赦有免訓，元應所引其爲一解無疑。

魁案：《古本考》認爲有「一曰」等五字，是。《慧琳音義》卷四十四「原赦」條亦引《說文》作「赦，寬免也」。許書原文蓋作「置也。一曰寬免也。从攴，赤聲。」

（攸）　行水也。从攴，从人，水省。秦刻石嶧山文攸字如此。

濤案：《六書故》引唐本《說文》曰：「水行攸攸也。其中从。」是古本从水不省。《詩・衛風》傳曰：「滺滺，流皃。」「滺」乃「攸」字之俗，「滺滺」即「攸攸」也。許解蓋用毛義，可見二徐之譌奪矣。

又案：吾邱衍《學古編》：「《嶧山碑》有徐氏門人鄭文寶依眞本刊者，攸字立人相迎一直筆作兩股。」桂大令曰：「此說與唐本正合，與此文異。」

（寇）　暴也。从攴，从完。

濤案：《一切經音義》引「寇，暴者」，乃傳寫誤「也」爲「者」，他卷皆引同今本可證。

魁案：《古本考》是。《慧琳音義》卷十「遏寇」條、卷十八「寇敵」條、卷二十六「羅寇」條、卷三十四「寇害」條、卷四十三「寇賊」條、卷五十一「寇擾」條及《希麟音義》卷五「遏寇」條皆引《說文》作「暴也」。今二徐本不誤，許書原文如是。

（𢼸）　閉也。从攴，度聲。讀若杜。𢼸或从刀。

濤案：《華嚴經音義》下引「𢼸，閉塞也」，是古本尚有「塞」字，今奪。《玉篇》亦訓𢼸爲塞。

魁案：《古本考》可備一說。《慧琳音義》卷五十六「皆杜」條：「《說文》作𢼸，同。徒古反。《國語》：杜門不出。賈逵曰：杜，塞也。塞，閉也。」許君所訓，每與乃師同。

（鼓）　擊鼓也。从攴，从壴，壴亦聲。

濤案：《六書故》引蜀本《說文》曰：「从攴言其攴然遠聞也。」此亦陽冰穿鑿之說。

又案：《華嚴經音義》下引「鼓，擊也」，蓋古本無「鼓」字。凡考擊之字皆當作从攴之鼓，如鼓鐘、鼓瑟今皆作鼓者誤，不必擊鼓方用此字也。此與鐘鼓字形易相亂。鼓字乃淺人妄增，《玉篇》亦云：「鼓，擊也。」

魁案：《慧琳音義》卷二十三「鼓揚海水」條轉錄《慧苑音義》，引《說文》同沈濤所引。今二徐本同，難定是非。

敂（敂）　**擊也。从攴，句聲。讀若扣。**

濤案：《一切經音義》卷二十五引「敂，亦擊也」，蓋古本有「亦」字，今本爲後人妄刪。

魁案：《古本考》是。《慧琳音義》卷三十七「扣擊」條：「《說文》從句從攴作敂。敂，亦擊也。」卷七十一「扣擊」條轉錄《玄應音義》，引同沈濤所引。卷三「欲扣」條引《說文》亦奪「亦」字。

敲（敲）　**橫擿也。从攴，高聲。**

濤案：《一切經音義》卷九云：「敲又作毃，《蒼頡篇》作㲌，同，苦交反，下擊也。《說文》云：橫擿也。擊頭也。」卷十二同，無「又作毃」三字。卷十五兩引「敲，橫擿也」，皆云「又作毃，同。口交反。謂下擊也」。卷十六云：「敲，又作毃，同。口交反。《說文》：『敲，橫擿也。謂下打者也。』」卷十一引「敲，橫擿也，亦下擊也。」本書無「擿」字，「擿」即「擿」字之別。《殳部》「毃，擊頭也」。《左氏》定二年傳：「奪之杖以敲之。」釋文云：「《說文》作毃，云：擊頭也。訓此敲云：橫擿也。」是唐本《說文》毃、敲本二字，元應不應誤合爲一，其「下擊」之訓，他卷皆引于《說文》之上，則非許說可知。

魁案：《古本考》是。今二徐本「毃」、「敲」二字分別甚明。《慧琳音義》卷四十六「敲門」條轉錄《玄應音義》，云：「橫檛也。擊頭也。」卷五十二「敲戶」條轉錄引云：「橫擿也。亦下擊也。」《慧琳音義》卷五十八「拳敲」條轉錄引云：「橫擿也」。卷六十五「敲節」條轉錄引云：「敲，橫擿也。謂下打者也。」皆同沈濤所引。

鈙（鈙）　**持也。从攴，金聲。讀若琴。**

濤案：《廣韻・五十二沁》引作「持止也」，蓋古本有「止」字，今奪。《玉篇》:「亦止，鈘，持止也」〔註91〕，當本《說文》。

魁案:《古本考》是。《唐寫本唐韻》(去沁)680鈘字下引《說文》云:「持止。」

教部

(教)　**上所施下所效也。从攴，从孝。凡教之屬皆从教。古文教。亦古文教。**

濤案:《汗簡》卷上之一「，教見《說文》。，一本如此作。」一本者，《說文》之異本也。然則古本《說文》有則無，有則無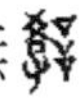，今本二篆並列，且咖篆亦與恕先所引不同，皆誤。

卜部

(卜)　**灼剝龜也，象灸龜之形。一曰，象龜兆之從橫也。凡卜之屬皆从卜。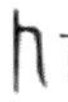古文卜。**

濤案:《御覽》七百二十五方術部引「卜，灼龜也」，是古本無「剝」字。《呂覽・制樂篇》注云:「灼龜曰卜。」《白虎通・蓍龜篇》云:「卜，赴也。爆見兆也。」爆即是灼，古人皆以灼龜訓卜，無言剝龜者。

魁案:《古本考》非是。唐寫本《玉篇》317卜〔註92〕下引《說文》云:「灼剝龜也，象灸龜之形。一曰象龜兆从横也。」又云:「楷，《說文》古文卜字也。」

(㸛)　**灼龜坼也。从卜；兆，象形。古文兆省。**

濤案:《汗簡》卷下之二兆，是今本古文篆體微誤。

〔註91〕疑刻本此處有誤，今檢宋本《玉篇》卷十八鈘字下云:「持止也。」無「亦止」二字。

〔註92〕寫本《玉篇》字頭原闕，據後文說解補。